玉炉胭脂香

徐洛一 著

你我之情，经岁月雕研，初心依旧。

河南人民出版社

图书在版编目(CIP)数据

玉炉胭脂香 / 徐洛一著. —郑州 ：河南人民出版社，2017. 2(2018. 2 重印)
ISBN 978-7-215-10616-1

Ⅰ. ①玉… Ⅱ. ①徐… Ⅲ. ①言情小说－中国－当代
Ⅳ. ①I247. 5

中国版本图书馆 CIP 数据核字(2016)第 297777 号

河南人民出版社出版发行
（地址：郑州市经五路 66 号　邮政编码：450002　电话：65788067）
新华书店经销　　河南新华印刷集团有限公司印刷
开本 880 毫米×1230 毫米　1/32　印张 8.25
字数 200 千字
2017 年 2 月第 1 版　　2018 年 2 月第 2 次印刷

定价：39.80 元

目录

第一卷 凤凰台上凤凰游

第二卷 凤去台空江自流

第三卷 隔江人在雨声中

目录

第一卷

凤凰台上凤凰游

·第一章·

未央

承和六年暮春，轻寒薄暖，繁繁珠玉碎。淅零零的细雨将未央宫的天空晕染上温润的粉青颜色，如极薄的素瓷，而至积云浓处，又似错落的开片裂纹。春末落下的几场雨，迎面扑在人脸上，恍然以为是深冬存的雪霰子，贪心地藏掖着，直到再也留不住，索性一股脑儿全抛了出去，上天不堪怜，骤使人间满瓢泼。

想必，是残春最后的雨了。

一场雨，洗尽帝都天色碧，也将未央宫前的金阤玉阶仔细拂拭得明丽非常，却也干净得落寞。独独是雨后的上林苑，芳草淑郁，花胜锦绮。

我起身将窗子再支开些，倏尔微风徐过，落下一片栀子树叶，那片树叶缓缓坠地，连同我思绪里的过往一并跌得粉身碎骨，南朝的皇后，我竟也做了两年之久。

沁萝轻言劝道："娘娘，外头阴湿寒气重，莫伤了凤体。"

未央宫离上林苑脚程不远，依稀闻得那处莺声燕语，言笑晏晏，许久未曾听到这样爽朗鲜活的笑声了，我不禁侧耳倾听，"沁萝，是新人入宫了？"

唐儿低眉敛目，手捧锦绣罗裳，静静站在我身后，怯怯地唤了我一声："皇后娘娘。"沁萝默默接过她手中的衣裳，让她暂退。

"如今朝暮可闻新人笑，只消一年，转眼又都成旧人。"两年前，我以皇后之尊入主未央宫，也一一走过竹影摇金，穿过锦绣花开，可再未展露欢颜。

南朝周氏，世代鼎贵，自元德二十七年至今，出过三位皇后。

当今太后，故去的肃谨皇后，还有我。

可我并不想做贵倾后宫的女人。

沁萝将衣裳轻轻披在我身上，温言道："娘娘，太后的意思，您也该出去瞧一瞧了，毕竟南朝的正位中宫，是皇后您。"我缓缓转身，言辞语调平静无澜，不悲不喜，仿若已是百年身，喃喃道："皇后啊……"

我已经三月未曾见到南陵刈。

两年前太后赐婚，我入主未央宫，自此长明宫灯夜夜燃，却怎么也等不来南朝国君。新婚之夜，李公公传来圣谕，陛下正和军政大臣商议边关要事，怕是来不了，娘娘淑惠，定能体恤陛下，先天下之忧而忧，娘娘便早些歇息吧。

于是，我看着龙凤烛垂泪到天明，龙凤呈祥的希冀幻灭在灰烬里。也只是一夜，宫中人人皆知，皇后在新婚之夜便失宠。

沁萝看到我怔怔出神，立即下跪叩首，无不端正地向我行宫礼。再抬首的时候，一双眸子已潸潸含泪。

我微微昂首，竟有几滴斜雨吹落在眼角，我心中一落，旋即不动神色抹去，微笑道："久不至长信宫请安，也不知太后凤体是否康健，顺道也去瞧瞧后宫的新颜色。"

沁萝眸光微动，浮上一丝笑意。

还未来得及起身，凉风一过，外头又簌簌落起雨来，凄风苦雨，想来也是应了心境的。听雨半晌，唐儿禀我，郑公公求见。

既是太后身边的人，我也只得宣召。

太后素来赏识郑公公处事为人张弛有度，眼见不过四十左右，早已升为长信宫的主事公公。他恭顺地向我请安："皇后娘娘，太后说着您许久不曾过去她宫里了。若是平时有的，也不过是随了后宫妃嫔一同去请安，近来是十分牵挂皇后娘娘。"

我微笑道："倒是本宫懈怠了，劳烦郑公公回禀太后，待本宫更衣后便去长信宫向母后问安。"

长信宫，后宫之西，离未央宫脚程极近。想当初我入宫的时候，南陵刈便把这未央宫赏了我，言官之笔皆恶语，他只说是皇后与太后姑侄亲厚，常来走动，太后每每宽慰。在深宫中亦有家眷相伴，享半世欢颐。

乘着凤辇，须臾便至。

太后悠然沏茶，只着了石青色缎绣衣裙，云髻也未梳，用素黑的木簪松松挽着。鬓间依稀的白发任凭巧手也难遮掩，褪去荣华，也只是个寻常的老妇人罢了。

我双膝着地，缓缓下拜，手掌着地，额贴覆于手掌上，后直上身，双手亦随之齐眉，平身再拜，“臣妾参见母后，母后长乐安康。”

茶水声疏疏漏漏，偌大的宫殿唯有这清冷的声响平静地徘徊，随着缠绵的茶香萦绕漫回。錾花银鎏金凤凰步摇伶仃，太后这才抬眼看我，唤我免礼。

太后颔首笑道：“帝妃里头，到底还是皇后的礼数最周全，不似外头胡乱飞来的莺莺燕燕，没个端正样子。”

“臣妾甫一进宫的时候，宫礼学得并不是最好。”我淡然一笑，两年前的那日也是下着雨，雨势漫天卷地泼洒在帝都城内，似要将人间的污秽冲刷得一干二净，宫砖上砸下无数豆大的雨粒，污泥沾水飞溅在我的裙角，而我一心急着去长信宫请安，并没有察觉。

那时，我直直跪在大殿中央，冰冷的寒气直入骨髓，而太后见我仪容不佳，蕴着怒气道：“女有四行，皇后，你说说是哪四行？”

我听出太后言外之意，闷着嗓子一一道：“女有四行，妇德、妇言、妇容、妇功。”

“盥浣尘秽，服饰鲜洁，沐浴以时，身不垢辱，是谓妇容。”

太后此言一出，我羞惭地低下头，不敢再抬眼看她。

太后愈加生气，“一国之后，除了皇帝，你无需向任何人低头，你对哀家谦卑恭顺，却不必事事将自己摆在下首！”

此后接连四月，我日夜勤勉练习礼节，无一不是尽善尽美，再被人指不出半分错漏。

“皇后，你过来尝尝这茶。”

玲珑青花玉瓷镂空茶盏，端看是上好的玉瓷。我浅啜一口，用帕子轻拭唇角，笑道：“这茶入口延绵，甘而不涩，十分清爽。”

她亦执起茶盏，撩着盖子，似笑非笑地凝视于我，氤氲的烟气迷蒙着她历经沧桑的华贵面庞上，恍惚有些慈蔼之颜，“瑾仪，你独独不夸这茶是好的。”

“姑母亲手泡的，当然是好的。只是瑾仪不尚茶道，恐拂了姑母的好兴致。”

太后浅抿了一口，方道：“你素不喜吃茶，哀家莫不是老糊涂了，才不知道？”

我扯了帕子，掩笑道：“姑母这样好的记性，瑾仪倒是惭愧了。”

太后的目光一凛，旋即又浮上了祥和的笑意，“瑾仪，你是后宫之主，是我南朝的皇后，即便皇帝待你情意不深，你依旧是皇后，有哀家一日，你的地位便无人敢来觊觎。如今新人入宫，你是聪明的孩子，应当知道该怎么做……”

太后轻轻按着额角，她的头疾一直反复。而后，她疲惫地摆了摆手，“退下吧，哀家累了。”又转头看到外头雨势已止，柳翠欲滴，心旷神怡，尽是一派好春色，又道，“既然来过长信宫了，皇帝那里也该走动走动。”

“是。”

出了宫门，方觉雨止风静，春光潋滟，上林苑群芳吐蕊，鸟语花香，那片沁人的香气幽幽然连长信宫内都可闻得这般真切。

沁萝搀着我，“娘娘，是回宫吗？”

我闭上眼，沉沉吸了一口清新的空气，“去宣政殿。”

才至殿外，内便有嬉笑声传入耳中，我不禁皱眉。守在殿外的小太监见是我的凤辇，急忙高唱。内帏笙箫鼓乐，熏炉暖香澹淡骤然飘卷在鼻息间，流转着暮夕颓败的绮靡光色。

殿外天寒气清，远处的树木枝叶在风中伶仃，瑟瑟作响，连我也不禁拢了拢衣袖，小太监见我受寒，颤着嗓子再次通传。半晌过后，殿门洞开，一阵艳俗的胭脂粉味扑面而来，几个妃嫔仓皇离开。见到我的刹那，美眸里满是惊讶，连问安亦是草草了事。

沁萝低低啐了一口，替我愤愤不平：“不过是区区几个美人采女，竟不如宫里歌舞伎知尊卑礼教，若再晋几个位份，哪还会将娘娘放在眼里……”

我面色一凛，厉声道：“放肆！”

“奴婢失言，请娘娘责罚。”说罢，径自跪在宣政殿前，我知她年轻气盛，也是为我抱不平，可这后宫之中有多少双眼睛盯着未央宫的言行，一失足，便是万劫不复。

抬眼看了一旁垂首默然的宫人，沉声道：“静跪思过吧。”

“是。”

·第二章·

故 念

满室的酒浓脂粉香未来得及消散，方才的美事也已昭然。南陵刈慵懒地斜倚在榻，乌发散落在肩，衣襟染酒香，恍然欲醉。他调笑似地望向我，“今儿是什么日子，皇后竟屈尊驾临。”

我俯身下拜，正红牡丹纹花边云锦广袖堪堪垂落，沾上地面上一处浓郁酒渍，立即便洇了颜色，“臣妾不敢。”

南陵刈拿起琉璃酒盏对我，笑着问：“皇后可有雅兴对饮一杯？”

我清浅笑道：“陛下如此沉溺酒色，史官将陛下言说成商纣周幽，连臣妾的未央宫都传到了。”

他醉醺醺地端着酒杯，猛然仰头饮下，饮罢忽而抬头直直盯着我的脸，殿内明灭的烛火浮曳在我的脸上，微微发烫，我垂下眼帘，“陛下恕罪。”

南陵刈执起玉壶斟酒，高高倾倒入杯，宛若银练轻轻荡漾，白光晃动着折射在他白皙孱弱的面庞上，好似月华辗转流照，高贵得让人挪不开眼睛。他凝睇着我，突然道：“皇后，你过来，陪朕说说话。”

我提起裙角，小心翼翼涉过碎杯酒倾处，南陵刈指着卧榻一侧示意我坐下。

“陛下想同臣妾说些什么？”

“卯饮一杯眠一觉，世间何事不悠悠……皇后可有烦愁？”

地上有无数细碎琉璃杯残片，我俯身将地上的碎片一一拾起，然后用帕子包好，琉璃夜光杯，南陵刈果真奢靡。

“皇后？”南陵刈以为我没有听到，又问了我一次。

我淡然微笑，“前朝的事，左右臣妾是够不着的。而后宫祥和安定，臣妾也无须操心，陛下仁德治世，四海之内海晏河清，臣妾还能有什么烦忧呢？”

南陵刈忽然倾身向前，扯过我的身子，紧紧箍住我的手腕，“皇后，你而今不过二九年华，竟也学会宫中见高踩低、阿谀奉承的言辞了？”我斜睇着他，眼中有些酸涩，他居然还记得我的年纪，可，又如何呢？

丽靡烂漫的纯真不应当属于一个皇后。

我斜睇着南陵刈，嘴角牵过一抹酸涩的笑，“六宫内人人都是这样的说辞，旁人说得，只有臣妾说不得吗？若陛下觉得臣妾所言欺君，岂非阖宫个个有罪？陛下容不得这样的话，太后亦容不得旁的风言风语秽乱宫闱。”

南陵刈望向我的眸子晦暗不明，隐有怒气，他的手劲愈发大，捏得我的腕骨发出“咯咯”的声音，我不禁蹙眉，抿住双唇。见我如此，他的脸上反露出邪魅的笑容，冷声道：“皇后眼里只有太后，没有朕吗？在皇后心里，朕已无用到事事逢迎讨好太后的地步了吗！”

我缓缓仰起头，微风穿透珠帘绣幕，起伏错落的玉珠间发出凄哀音色，似一缕愁烟纠缠在南陵刈的眉间，黑白分明的眼眸沉寂落寞，疏离一切。而这，并不是帝王身处高位的孤独。

我收回目光，淡淡道：“臣妾不敢。”

那手攥住我的手腕，陡然将我一把甩开，帕子包裹的碎片散落满地，不偏不倚扎进我的掌心，血珠顿时涌了出来，一寸一寸滴进裂瓷罅隙，溶入萦萦暖香内，若隐若现。

疼……

我压抑着却还是闷哼了一声。

“朕这皇帝，做得还不如你们周家的意吗！”他怒然拂袖，直直扇在我的右颊，生生被扯出许多零落的青丝。

我屏声敛目，顾不得手心撕裂般的痛楚，俯身再拜，“臣妾惶恐。”

他嗤笑：“惶恐……你何来惶恐，朕才该诚惶诚恐……”琉璃杯盏直向我砸来，碰着地乍然碎裂。

“陛下，这天下是您的，是南氏皇族的。”

他走到我的面前，带着郁积酒气端详着我，突然拔了我髻上的如意和合素银鎏金嵌宝簪子，“你可知朕一开始便不喜你？”

“臣妾知晓。”

“你知晓？”他微眍着眸子，像是要看透我的心思，终归一声叹息，“朕……没有法子……”

南陵刈没有办法，出生即丧母。太后膝下唯有一女，偏生又不喜欢这公主，只觉着是分了皇子的福气，才没有皇子得出。后来，索性就认养无母的南陵刈，他生性怯懦，想着好生待他，扶他坐上皇位，她终究会是名正言顺的皇太后。于是，事无巨细，均要皇太后先过目才禀了皇帝，南陵刈自然成了傀儡皇帝，虚有其表。

而我，却是延续周氏皇后血脉的一根系带。

与他无异。

可是，这是我们彼此的命。

久积的愤懑得到宣泄，他和着酒醉沉沉睡去。而我依旧跪在殿内，掌心的血迹早已干涸，结出暗黑色的痂，强忍的泪水终于还是落下，我紧紧攥着手心，想大声哭喊出来，可当我环顾黑暗的宫殿，冰冷死寂到能够活活将人淹没。我揉了揉酸疼的膝盖，捡起挽发的嵌宝簪子，踉跄走进内殿整顿衣裳，重新敛容。

我轻轻关上宣政殿门，吩咐方才的太监：“不要惊扰陛下，陛下累了，让他好好睡一觉吧。”

行出宫门，耳畔依稀还回荡着痴痴呢喃，而天际渐染上了浓重的昏黄，像是一张金缕织就的网，定定罩着偌大的深宫禁院，既无法挣脱，也毁之不得。乍眼极望，约略之间与玉阶彤庭重影层叠，不甚辨析。

“臣弟参见皇嫂。”

这一声叫醒了我，我方觉失仪。

南陵缙负手立于正殿门外，神色恭敬向我问安。他少于南陵刈三岁，细算来，徒长我五岁。缙王爷素与南陵刈亲厚，而往昔夺嫡，兄弟两人却缄口不语。若是旧年他登得帝位，只怕也没我周氏一族的活路了。

南陵缙生得十分好看，相如秋满月，眼似青莲华，容貌比女子更为玲珑细致，贵胄之气，玉质彰显。

他这王爷确是做得比皇帝舒坦。

我淡然一笑，“陛下已歇息，缙王爷要白跑一趟了。”

南陵缙低垂眼眸，问我：“皇嫂的手，可是受伤了？”我退却一步，默默将手掩藏身后。一个男子盯着一个女子的手，本就于理不合，更何况他是南陵缙的皇弟，飞短流长更是可怕。

我轻轻启言："是蔻丹没晕好便匆匆来了宣政殿，缙王爷见笑了。"

南陵缙道："臣弟唐突，既然皇兄歇息了，臣弟就改日再来看望。"

我微微颔首，"陛下平日无趣，缙王爷常常进宫陪陛下吟词作赋打发打发辰光，陛下也会十分欢喜。"

"是，臣弟自当多为陛下解忧。"

"如此甚好。"

峭寒轻透，烟雨迷蒙，愈发映得他风流天成，光辉夺目。

我想起上林苑芳草萋萋，随口道："上林苑的锦绣繁花陆续开放，缙王爷也可去瞧一瞧上林苑的景致。"

他抬头看了眼天色，遗憾道："改日天清气朗，定一览美景。"

我笑着点点头，向他告辞。

沁萝似漫不经心地问道："缙王爷生得可真好看，娘娘不觉得吗？"

我瞪了她一眼，"方才跪的时辰不长，还长不了记性吗？"沁萝嘟着嘴，沉沉低下了头。

南陵缙美名在外，但凡家中有女的官宦人家没有一个不伸长了脖子，盯着缙王府的王妃位子。可是，这些年，他虽在别院养了无数娇媚姬妾，却迟迟未立正妃。人都说，缙王爷的心，不是寻常女子能留得住的。

当我还在金钗之年的时候，姐姐已及笄。

一顾倾人城，再顾倾人国，这便是姐姐的美貌。

及笄礼后，帝都人人皆知周相长女，清韵似仙，风姿绝世，四国之内唯南朝缙王可与之配。

可我却清楚，姐姐不会下嫁诸侯王爷，她只能嫁给一个人，南朝皇帝。

她亲口告诉我，瑾仪，姐姐并不想嫁给皇帝，可是周氏女儿是必须入宫的。

我歪着脑袋，一脸迷惑地问姐姐，是不是等我长大了，也要嫁给皇帝呢？

姐姐怜爱地摸着我的头，告诉我，我会遇到一个很好的男子，和他做一对寻常夫妻。那时，我早已听闻南陵缙的盛名，我摇摇头，姐姐，人人都说南陵缙长得十分好看，说这世间只有南陵缙能配得起你，等我长大了，能不能嫁给像他一般的男子？

她笑笑说，可以。

半年后，姐姐果真入宫为后，南陵缙至今未娶。曾有流言，有绝世美人可结良缘，如今世间再没一个女子配得起他那样的人，于是世间红颜皆失颜色，他沉醉于自己的琅嬛宝像，非人间所有。

近晚幽径处气息清凉，我撑着额，凤辇颠簸，总是无法安憩。

沁萝留心着路，又问着：“缙王爷可是与娘娘有交情？”

我但笑不语，不过是昔年无知孩童的一句戏言，一直暗藏在我心里罢了。

脑海中慢慢浮现他的面目。想起古人言语，翩翩公子，温润如玉，说的应是这样的人物方才不辱了去。

·第三章·

赵女

帘幕风柔，庭帏昼永，天气也渐渐放晴，我吩咐唐儿将我平日珍爱的字画拿出来晾晒，我展开姐姐的画像，用绢子小心擦拭，风裳水佩，冰肌雪艳，顾盼之间栩栩如生。唐儿见我分外爱惜这幅画，不免好奇地凑过身来看，她惊呼出声："娘娘，画中女子是谁，竟生得这样美！"

唐儿是我入宫后亲选的婢女，因我不喜太多人侍立身侧，只留下少许婢女，唐儿性格纯真，开朗活泼，因此被我留下。

我抚着姐姐的画像，只要一看到姐姐的样子，就会想起当初在家时无拘无束的快活自在。我笑意盈盈地告诉唐儿："这是本宫的姐姐，肃谨皇后。"

唐儿皱着眉端详了好一会儿，仿佛在极力回想一些事情，"娘娘，奴婢觉得画中女子好生眼熟，像是哪里见过。"

我用手指戳了下她的脑袋，"真是没记性，肃谨皇后是承和二年入宫，你是承和四年入宫，怎会见过呢？"

她使劲摇头，"娘娘，奴婢前几日在上林苑亲眼看到的，虽不是一模一样，但有七分相似，看她的穿着应是今年新选入宫的秀女。"

外头来的一阵凉风，将案几上的画像吹落在地，画轴兀自卷起，将女子的眉眼堪堪掩去，只余红唇浅勾，莞尔动情。

晌午，沁萝小跑进殿。彼时我仍对着姐姐的画像怔怔失神，指尖流连在她右颊笑靥，画中美人似在对我微笑。

“娘娘，陛下新册封的美人……”

我冷声打断沁萝，“同肃谨皇后十分肖似是吗？本宫只有一个姐姐，陛下心里也只认肃谨皇后。宫外的人费着心思将自家女儿送进这不见天日的宫阙，竟还妄想凭着故去之人的容貌夺得圣宠，本宫可算是开了眼界。”

沁萝俨然是被我疾言厉色的模样惊住了，许久才开口：“陛下以为……以为……”

“以为什么？”

“陛下以为，悠悠生死别经年，上天被陛下的一番相思情谊所动，故而还肃谨皇后的仙魄，复归来兮伴君左右。”

我放下画轴，起身往殿外走去，远处丝竹悦耳，笙箫乐声越过白发宫人半开的窗闼，最后一点掉落在未央宫的玉阶前，瞬息即逝。

真是荒谬。

这样的谎言，自欺欺人。

暮春之际，应选入宫的女子并不多，周氏女即占多数，很多都是太后所钟意为南陵刈选的后妃，南陵刈给她们的位份屈居美人之下，却独独册封赵苑绮为赵美人。

原是打算封赵苑绮为婕妤，皇帝方有这个念头，长信宫的耳朵就听见了，太后以南朝无此擢升先例为由，彻底打消南陵刈的念头。南陵刈愤愤不平，将我周氏女子尽数充为良人长使一流，此举无疑打了周太后的脸，而他一意孤行，半点情面也不留。

为了一个赵苑绮，得罪太后，得罪周氏一族。

沁萝不止一次问我：“娘娘不想去瞧瞧这赵美人是什么模样吗？”

我终于不耐烦了，“你可见长信宫有何动作？陛下给了太后这样一副好脸色，长信宫却半点动静都没有，不奇怪吗？”太后应该动怒，她一手扶持的傀儡皇帝竟敢忤逆她的懿旨，可是她却生生咽下了这口恶气。

沁萝若有所思，不再作声，殿内阒静得能听见细风婆娑拂过书页的微末声响。

“为何？”

“太后终究只是太后，南朝不是没有皇后，皇后应当整肃的事，太后何必废此一举多言置喙呢？”

沁萝继续道：“那娘娘是要去会一会这赵美人？”

“断没有皇后亲去觐见美人的道理，等着吧，她迟早要来的。”

未央宫自我执掌凤印，便以喜静清养为由，免去嫔妃请安的规矩。太后虽有不快，但碍于凤印，碍于我才是名正言顺的后宫之主，也只得嘱我自己忖度，并无太大干涉。起初还有三三两两的嫔妃踏足未央宫，做做表面功夫，日子一长，便谁也不来了。

未央宫的静谧，近乎清冷。唯独新人入宫，按照宫里的规矩，必须到未央宫朝见皇后。两日后，就是嫔妃正式觐见皇后的日子。

一众宫人恭顺地侍立一侧，唐儿无比郑重地为沁萝呈递衣饰，沁出的汗珠将额前绒绒的刘海儿都沾湿了，星云纹铜镜中映出唐儿战战兢兢的模样，我不禁“扑哧”笑出声。沁萝正在为我妆点面容，见我瞅着唐儿发笑，埋怨道：“你这丫头，好端端地又在耍什么滑头，过会子嫔妃朝见，娘娘的妆面若有丝毫差错，仔细你的皮儿！”

沁萝一本正色，唐儿吓得连连叩首，脑袋似孩童手里的拨浪鼓般一个劲儿地晃动，宫髻上的绒花瓣儿也轻颤着，“奴婢该死，娘娘恕罪，娘娘恕罪……”

我狠狠拧了一把沁萝的胳膊，“吓她作甚，又不是顶要紧的事。”

我笑着向唐儿招招手，唐儿膝行至我的妆台旁，我打开九子妆奁，取了一双翡翠蝴蝶对钗，碧色晶莹，点点苍翠似流萤之辉，又有金丝缠绕依偎，既非华贵太过，又自有一番清韵雅致，赐给唐儿再好不过。我将对钗置于素绢，层层叠好，放在唐儿的手心，唐儿一脸惊讶地望着我，轻呼了一声：“娘娘。”

“你既无错处，又能博本宫一笑，赐你一双对钗并不打紧。可惜宫内妆戴太过招摇，等过几年出宫配了人家，定要叫你夫君为你簪钗画眉。”

沁萝在一旁听着，使坏道：“娘娘是急着将你许配人家呢！”

唐儿一听，忙双手捧着对钗对我叩首，“奴婢不想出宫，奴婢还想服侍娘娘，娘娘不要赶走奴婢……”话音未落，喉间已有哽咽之音，再抬脸时，泪珠儿似水帘般息止不住，手胡乱一抹，更是像一只狼狈的猫儿。侍立的宫人不禁都暗自嬉笑，我亦是觉着可爱，“净听她胡说，如花似玉的一张脸都哭花了，怎还会有夫婿要你？即便有夫家要你，本宫也要多留你几年的。”

唐儿终于破涕为笑，欢天喜地连连唤着“好娘娘”。

簪珥光彩，袿裳鲜明。

我端坐于金殿之上，繁复华丽的皇后朝服犹如凰尾曳于身后，华贵得不可方物。”

殿下便是新晋的佳人，一众袅娜娉婷女。为首的美人引着一众妃嫔向我三拜行礼，额贴于掌上，屏息敛目，窗外有细细的树叶摩挲声，潜入窗闼，吹拂起姝丽衣袂，烟霞绮罗色，一如上林苑日影下轻跳的彩蝶翩然若舞般美好。

我竟微微失神。

唐儿悄悄地唤了我一声：“娘娘。”

我回过神来，嘴角含笑，亲和道：“诸位妹妹，平身罢。”

诸女谢恩平身，两手齐眉，再起身，均一一恭顺垂首。

美人的服制簪饰自与旁人不大同，她将曲裾深衣加以多重，袖领交叠，纤腰束素，配以曳地长裙，富丽雅致。

“赵美人抬起头，好叫本宫也仔细看看，陛下亲册的美人是怎个倾国倾城貌？”

帘幕珠玉累累，满殿生辉，而赵氏的美生生穿透所有的华贵，动人心魄，那一双漆黑的眸子，真似明月珠子，玓瓅江靡。她缓缓步出众人间，微微欠身，启唇道：“臣妾赵氏，娘娘金安。”

除了这黄鹂出谷的清音，果真像有七成。

这如出一辙的举止行为，我问道：“赵美人的宫中礼节，是刘姑姑教的吧？”

赵美人一张薄唇轻轻启来，似花蕊嫩瓣一般娇艳明媚，“娘娘慧眼，正是刘姑姑所授。”

我微微点头，“刘姑姑可是宫中的老人，当年肃谨皇后和本宫的礼节亦是刘姑姑亲授……若本宫没记错，刘姑姑两年前就离宫回乡颐养天年了，赵美人竟还能寻到。”

赵美人不料我这么一说，若她承认自己有心寻刘姑姑请授宫礼，其心也昭昭。

她嫣然一笑，“臣妾父兄皆在朝为官，为陛下分忧，臣妾虽为女子，亦想为父兄分忧，为陛下解愁，故而自请入宫侍立君侧。请宫中老人教习周全礼仪，实不想粗手笨脚多出错漏。况有皇后娘娘凤仪姝华，窃以为己身陋貌难得陛下青眼。”

我瞥了一眼身侧的沁萝，她当即会意，躬身手捧紫金香匣，下殿递至赵美人眼前。

“诸位妹妹都是世家千金，本宫宫中清简也没有什么贵重的宝物，也不知各位妹妹的喜好，只拣些首饰钗环赐予妹妹们了。”语音方落，沁萝站在赵美人身旁，香匣启，玲珑珠翠，流光旖旎开，羊脂美玉温润洁白，点缀在镶金嵌玉的钗环间，遗世独立，日光之下更是柔如瑶池水，贵似月中仙。沁萝面呈赵美人，依照分位，也应当是她先行挑选。

她的眼底闪过一丝动容，遥遥向我福身，“娘娘，臣妾能否要这紫金香匣？”

“古有楚人买椟还珠，舍了千金的珠子不要却中意一方木椟。赵美人不取美玉珠饰，怎偏生喜爱这匣子，今日本宫予匣，知道的人说一句美人风雅，不知道的可是要责怪本宫小气了。”

赵美人听罢，脸上掠过一丝失意，“臣妾浅薄，皇后恕罪。”

沁萝再次上前，赵美人选了一支十分寻常的蓝宝石簪，串珍珠一颗，其下点翠仰，俯莲瓣承接，样式简单，朴实无华，衬出蓝宝石内敛之美。

其后妃嫔各自选了一些钗饰，叩首谢恩后相继离去。沁萝端着空匣，略有些不屑，我知她定是因了赵美人求匣舍玉而气闷，的确，连我也好奇，这匣子有什么金贵，竟能抵得上一块稀世美玉。

我从沁萝手中接过香匣，放在手心左右摊看，并没有什么端倪。呵，不爱无价玉，偏爱敛玉匣。

“娘娘，奴婢瞧着紫金香匣所绘缠枝并蒂莲，美则美矣，却美中不足，所绘并蒂莲有一枝残叶，并不像南朝的画法。”唐儿走近，指着香匣上精巧的描莲缓声说道。

的确，莲本清贵，匣上绘莲却是少有的艳冶张扬，似莲化为绝代舞姬迎风而舞。

沁萝哂笑一声：“依奴婢看，赵美人就是好端端的惹是生非，旁的少长使哪像她这般挑三拣四。”

我不悦，随手扔给了一旁侍女，淡淡道：“送去鸳鸾殿，赐赵美人。”

沁萝小步上前，一把拦住侍女，“娘娘，送她做什么，狐媚之人，怎能助长气焰……”

“放肆！”我厉声喝止，“沁萝，是本宫待你太好，让你恃宠而骄口无遮拦了吗？还是你觉得本宫治下无方，需要你来教本宫怎么做！”

沁萝急忙拜倒请罪，吓得面如土色，连身子也有些颤抖。

她是府里出来的丫头，自小便跟在我身边，姐姐亡故后，我更视她如亲妹，入宫之后吃穿份例样样不曾亏待于她，本就是皇后身边的掌事宫女，即便我不得宠爱，皇后宫里的人总归要比嫔妃宫里的奴婢眼界高些。日子久了，也不是没有听过宫里嚼舌根子的闲言碎语，她虽鲁莽冲动，可也一心护主为我，我只睁一只眼闭一只眼。可近来，她却越发乖张不自知，竟连后妃的闲话也敢说得。

我揉了揉额，也实在是疲乏不愿多管，最后无奈地摆摆手，“这阵子就去掖庭磨一磨性子，知道错了我自会让你回来。”

沁萝一听要去掖庭，眼泪“刷”的一下涌了出来，“娘娘恕罪，奴婢知错了，奴婢不想去掖庭，奴婢以后定好好管着自己的嘴巴。”说完，还狠狠扇了自己两个耳刮子。

“娘娘……”唐儿轻轻叫了我一声，我转过眼去瞧她，她默默低下头，发髻上几点珠花也微微摆动，十分娴静，“沁萝姐姐服侍娘娘惯了，娘娘爱吃什么，爱穿什么，旁人都比不得姐姐事事仔细，娘娘将她打发去掖庭，身边也没个机灵人使唤，平白得惹娘娘生气。”

我看了一眼伏在殿下的沁萝，冷声道：“即日起，宫女沁萝罚入掖庭一月，宫内掌事由唐儿暂代。”沁萝猛得一抬头，目光生冷地看着唐儿，似冬日悬在宫檐下长长的冰凌子，嗞嗞吐着寒气。

“奴婢遵旨。”

沁萝几乎是咬牙切齿地走出未央宫门，我闭着眼倚靠在贵妃榻上，良久才沉沉开口：“沁萝性子太过执拗，你不要成为第二个她。”

“奴婢知晓。”

“知晓便好，别忘了去掖庭走一遭。”

唐儿细细思量我的话，立即展颜，“娘娘仁厚，姐姐知道必定感念娘娘一番苦心。”

我会心一笑，果然是个聪慧的丫头，掖庭这种地方，都是罪臣女眷和末等宫人服劳役的地方，若不让唐儿好好打点妥善，只怕沁萝待不了几天。

·第四章·

玲珑

暮春近夏，阴晴不定。

凉风丝丝透过窗子，那窗牖外的天是铅垂似的阴晦，想来片刻将致雨，夹杂着暑热的风愈加压得人头脑昏沉不爽。我困倦地揉了揉颞颥。常说春困秋乏夏打盹，如今天气渐热，身子愈加疲懒，我撑着脑袋翻阅尚宫局呈上近一月的文书，一手算着内廷用度开支，一手摩挲着下一份待阅文书。

我胡乱翻了一页，朱红笔墨字迹，艳如娇花。

唐儿见我有些尴尬，从我手中拿过彤史，缓缓道："娘娘，上月初，陛下独居宣政殿，中旬陛下除了赵美人的鸳鸯殿，不曾召妃嫔侍寝，下旬……"唐儿说着说着，脸也微微有些涨红，我向她伸手，唐儿犹豫着将彤史递给我。

下旬，周少使侍寝两夜，周良人侍寝三夜，卿婕妤那里也去了几次，剩下的日子，皆是赵美人占尽皇恩，好不得意。

彤史被我扔弃在案几上，这个口口声声说深爱着先皇后的男人，转眼就搂着新欢，日夜笙歌。一生挚爱，就如此浅薄易忘，当真是荒唐。

前几日便有一众宫妃来未央宫，唐儿把她们悉数挡了回去。现想来，只能是为了赵美人。

"娘娘，赵美人长久如此，只怕会招来宫妃嫉恨。"

案几上的书页被风沙沙吹起，密密匝匝的小字镌写的如蝼蚁难辨，一点点地爬进眼里，啮咬人心。唐儿将吹乱的书页拂好，将彤史夹在一摞文书的最末。

我看着她平静的面容，似一澜秋水般温和。

我放下手中批阅的紫毫，搁在白玉笔架上，冲着唐儿微笑道：“木秀于林，必为众所不容，这好好的一株佳木，修剪整齐了才不会碍着旁人的眼，令自己免于诛伐。”

唐儿担忧道：“赵美人宠眷正浓，娘娘的话不一定听得进去。”

“赵美人是帝王后妃，该怎么做，是她的事，而非本宫，本宫是后宫之主，在其位，谋其政，只需将自己的本分尽到就好。”

唐儿若有所思地点点头，便去鸳鸾殿传旨，宣赵美人觐见。

我本欲再提笔阅览几册文书，奈何实在困乏得很，搁在白玉笔架上的蘸墨紫毫渐渐被潜入的风，一点点风干，连空气中都弥漫着若有若无的墨香。我把头枕在臂弯里，静静地看着窗外的光景，上林苑柳絮翻飞，扬扬若雪倾，一簇簇极小的雪绒从窗边悠悠然溜过，我的神思也随着飘絮飘到了很远。

我不知何时沉睡去，睡梦中有人为我轻轻披上衣裳，依稀听到窗户关闭的吱呀声。鎏金银竹节熏炉溢出奇楠香，清凉香甜，在梦中慢慢勾勒出姐姐的眉眼，那一缕淡色的薄烟凝成她的倩魂，她依旧会顺抚着我的发丝，哼着淡淡的小调。

忽至的一阵风，吹走了所有的虚妄。

我惊呼了一声姐姐，自梦中惊醒，面颊的残泪，啪嗒一声落在案几上。

唐儿闻声立马进来，捡起落在地上的披衣，颇为奇怪地逡巡着殿内。我见她已回，悄悄抹去了泪痕，问道：“赵美人可在殿外？”

“陛下宣赵美人侍墨，又召去了宣政殿。”

我微微一惊，沉声道：“摆驾宣政殿。”

宣政殿到了，守殿的仍是当日的小黄门。

小黄门战战兢兢向我下拜，我暗自冷笑。

他扯着尖细的嗓音为我通传，殿内分明只有渺渺弦乐声，南陵刈却迟迟不召我宣见。

我在殿外站立许久，殿门大开，沉郁的龙涎香气陡然蹿出，我不禁蹙眉。

出来的是南陵刈身边的公公汪秉，他手脚利落，立即匆匆掩好殿门，谄笑道："陛下请娘娘回宫。"

我眸色渐深，冷冷地乜斜着汪秉，"公公的意思是，本宫进不得？"

汪秉的脸上又叠上一层笑意，"奴才哪能做得了陛下的主，娘娘真是说笑了。"

我望了一眼描金漆红的宫门，窗格上瑞意祥和的花纹映衬着绰约的人影。

"今儿吹得是哪门子的风，竟把皇后娘娘也吹来了。"一声银铃娇笑，得意之色丝毫不加掩饰。

韩籁卿是宗正韩彦之女，与我同年入宫，立为婕妤。

她身着一袭月白水纹凌波裙，裙裾下摆绣上一朵重瓣胭脂色蔷薇花，行时蔷薇藏于裙衫内，时隐时现，但若起舞，只要舞步拿捏得当，舞者技巧，让这朵蔷薇花翩然欲飞，再跌落君怀，也不是不能。

何况，韩籁卿便是以舞得君幸。

青丝绾成灵蛇髻，斜簪一支红翡滴珠流苏步摇，艳色似血，人面如玉。

卿婕妤悠闲地向我行常礼。

她秀眉一挑，笑靥浅浅，"娘娘怎不进殿，皇后身子金贵，站在风口万一伤了凤体该怎么好？可要臣妾进殿向陛下讨个恩赐，让娘娘随臣妾一同入殿？"

她特意加重"随"字，连唐儿都十分不悦，蹙眉看了我一眼。

我颇有兴味地看着她一身薄衫，话锋一转，"妹妹要为陛下舞乐，再不进去，陛下可是要着急了。"

卿婕妤听我这样说，自然欢心，汪秉也拦了她，可她却一把将他推开，还让随行的侍女拦住汪秉，径自推开宫门，钝重的宫门发出沉声。

弦露袅袅音，烛下双双影。

果然，卿婕妤触了天子逆鳞，她还未踏入殿内，便听得南陵刈一声怒斥，"滚！"玉瓷砸碎的声音，锦帛扯裂的声音，卿婕妤仓皇跑出的时候，那一朵胭脂蔷薇亦尽失颜色。

她怨毒地看了我一眼，带着侍女便匆匆逃离了宣政殿。

"没想到皇后也会捉弄人。"

竟是南陵缙。

南陵缙站在唐儿身后，身着月白点墨锦袍，而我正立于殿外望着卿婕妤离去的身影，自然就没有瞧见他，但他清朗的声音，我却识得。

我并不否认，但被他堂而皇之揭露恶意的时候，我还是阴了脸。

他缓步而来，对汪秉和小黄门摆摆手，他们便恭顺地向后退却几步，南陵缙细细地打量着我，淡淡道："不过卿婕妤性格骄纵，目中无人，今日她惹恼皇兄，今后能收敛几分也不失为一件好事。"

我嘴角噙笑，"缙王爷对宫中人事倒是十分清楚。"

他亦似笑非笑地看着我，"人有一颗心，宫中女子多妒忌之心、邀宠之心、害人之心，并没什么难猜的。"

"那本宫怀的便是害卿婕妤之心了。"我笑着对上他幽深的眸子。

"皇嫂若要害她，大可乘人之危，治她一个不敬帝后的罪名，哪还能容她一脸怒气地回了自己的宫室。"

是，韩簌卿对皇后不敬，擅闯宣政殿。加上这一身打扮，再扣个魅惑君王，扰乱朝纲的罪名，没有赐她三尺白绫已是仁慈。

我看着南陵缙，淡淡笑着。

"依臣弟看，皇嫂是后宫最会周旋的妙人。怀的，自然是颗七窍玲珑心。"

"七窍玲珑心……传闻纣王叔父比干有一玲珑心，却被妖妃妲己使计，让那纣王取了那玲珑心，烹之，食之，若无此心，比干定不能看出妖妃真身，也不至于焚了狐窟后，遭剜心之苦，本宫倒觉得这玲珑心白白招致祸患。"

南陵缙笑了一声："皇嫂倒是通透得很。"

"当今天下既非夷靡乱世，南朝亦无佞臣当政，并不需要什么玲珑心。"

言罢，我携了唐儿和侍女先行离去，可身后那抹精明的眼眸却牢牢地凝视着我，直到宫阙深处。

南陵缙收回目光，温润的脸上覆着一层清寒，汪秉对小厮使了几番眼色，小厮才怯怯唤了声主子。

他抬头望了一眼宣政殿外的天空，纵使近黄昏，还是明澈的青蓝色，他想起少时碧玉湖的水也是这样的青蓝，阳光洒在明净的湖面上，微风吹过碧玉湖面，湖水便如美玉倾碎，折射出粼粼波光映在少女低垂含羞的眼眸里。

"走吧。"

南陵缙并未出宫，反去了上林苑，再次遇上我的时候，并没有一丝诧异。

总能这般巧。

我正俯身赏着一支早绽的锦葵，花期未到，却早早开了。

满园春色，独一支惹眼。

“臣弟竟又遇着皇嫂了。”可他的语气明明十分笃定，笃定会遇到我。拈着锦葵的手戴着缠丝金壳护甲，轻轻一折，花茎便断了。唐儿见状走到我身边，我把花递给她，眼波一转，“把花送到未央宫，放在那只绘花鸟纹的玉壶春瓶里头。”

唐儿当即心领神会懂了我的意思，指了几个侍女将花送回未央宫，只留下随行几人，平日都是不会多嘴之人。

“本宫从不信巧合，缙王爷有什么话，直说吧。”

南陵缙走到我的身畔，低垂着眸子，阳光下细密的睫毛，如鸦羽般在他白净的脸上投下一片阴影。

他看着尚且流着汁液的断茎，语调很平静：“皇后娘娘说的并不是实话。”

我一怔，“什么？”

“南朝果真是政治清明，无权臣奸佞吗？”

若论权臣，最大的权臣便是周相，要论奸佞……

他笑意渐深，耐心等着我的回答。

“后宫不得干政，缙王爷不应来问本宫。”

谁知南陵缙竟欺身上前，我下意识地向后退却一步，不想一个趔趄崴了脚。他急忙伸手去挽我，而我看到他宽厚的掌心向我伸出，仿佛是濒死之人见到最后的希冀，不顾一切地抓住。

我不偏不倚撞在了他的怀里，他比我高出许多，呼吸沉沉落在我的脖颈间，又暖又酥，可他在我耳畔呢喃的一句话，却让我害怕地推开了他。

他说，南朝最大的奸佞，是周太后。

原本鸟语花香的上林苑，仿佛骤然陷入了死寂，再没有别的声音，只那一句，“南朝最大的奸佞，是周太后”。

“放肆！”

他盯着我的眼眸，步步紧逼，一字一字直戳人心，“六宫之内，南朝上下，谁不知周太后擅权弄政，只是不敢说罢了，因为……”他冷笑了一声，明明是这样好看的一张脸，却似九重狱里挣扎逃出的妖孽。

“因为说实话的人，都死了。”

“既然缙王爷知晓言多必失，在深宫之后更应谨言慎行，陛下万安，南朝可定，缙王爷也可继续逍遥山水间，与美人吟咏风月，都是皆大欢喜的事，又为何苦执着于一句真话，一个真相，世人宁愿装聋作哑以免惹祸上身，为何缙王爷偏偏要冒天下之大不韪，害了自己不说，更会株连无辜。”

南陵缙的神情瞬息万变，唯有一双眸子阴冷到了极致，凉意透骨。

他轻笑一声，不屑道：“是了，皇后自也属周氏一族。”

空气中有暗香幽浮，轻风翻飞杨柳絮，我觉得有些不适，清咳出声。唐儿听到我的咳嗽声，一脸担忧地向我小跑过来，我极力抑制住咳嗽，缓缓抬眼，“今日本宫只是与缙王爷巧遇，仅此。”

南陵缙忽然有些恍惚，他静默片刻，最后说：“暮春多飞絮，柳絮细小极易吸入体内，娘娘保重凤体。”

除了沁萝唐儿，连亲姑母都不曾关切过我的身子，平静无澜的心突然被一丝暖阳惊起清漪潋滟，但是水火不相容，他是南陵刈最亲厚的兄弟，离皇权最近的人。

我是南朝皇后，更是要誓死守护周氏一族。

我们注定，不相容。

·第五章·

成病

先遣回宫的宫人还在焦头烂额地寻找我说的“花鸟纹玉壶春瓶”，唐儿扶着我靠在贵妃榻上休息，我看着眼前东奔西走的宫人，拧着眉朝唐儿使了个眼色。唐儿微微颔首，转身向库房走去。

玉壶春瓶多是素净洁白，早年库房里确是有一件花鸟繁纹的玉壶春瓶，只不过沁萝在清点库房时蹿出一只老鼠，失手打碎了。

不多时，唐儿便捧着青白色玉壶春瓶，将那支锦葵插入瓶中，放在案几一角。

我以手支颐，半阖着眼，总觉得有许多事应当想一想，又觉得没什么可值得劳神苦思。唐儿轻轻走到我的身后，柔软的手指按上我的颞颥，为我轻揉按摩。

“唐儿，其实你很聪明。”

她的手指微微一顿，“娘娘谬赞，都是奴婢的本分。”

我想起沁萝行事鲁莽，叹了口气：“聪慧之人晓得何时该糊涂，何时该机敏，沁萝只知以进为进，你比她多了一份心思，自然看得也更远。本宫说的话，旁人不一定懂，但你懂，本宫的心意，不想明着让旁人知晓，你却能心领神会。唐儿，你是个好姑娘。”

唐儿有些哽咽，声线凄楚，“若不是娘娘当年……”

“好了。”我拍拍她的手背，牵过她的手，叠在我的双手之间，彼此的温暖都是可以切身感受到的，我低声：“唐儿，往事不能提，记住，千万不能提。”

她的小手攥成拳头，又慢慢松开，咬了咬唇，“奴婢知晓。”

有宫人小步进殿，“娘娘，赵美人来了。”

我放开唐儿的手，正色道：“宣。”

赵美人款款而至，一袭月白素锦宫装，玉面玲珑，盈盈冷艳。即使她遥遥立于阶下，我仍能清晰地感受到方才宣政殿内两情畅咏，欢悦歌笑喧的余韵，连衣上龙涎香气都未散尽。

她盈盈一拜，“臣妾参见皇后娘娘，娘娘万福。”

“美人免礼。美人为陛下侍墨劳累，来人，为赵美人赐座。”

话音刚落，便有宫人搬来黄花梨木椅，放置在赵美人身侧，赵美人谢恩就座。

“本宫闲来无事，便去宣政殿走了一遭，陛下操心国事，本宫也被拦在殿外不得入内，不知陛下龙体可好？”我有意无意地扫视了她一眼，她却起身跪倒在殿下，说：“臣妾有罪。”

我好奇道：“美人何罪之有？”

赵美人神情从容淡然，静静地回道：“陛下连日来处理政事愁眉不展，臣妾亦为陛下龙体担忧，臣妾愚笨，没有什么好法子讨陛下一笑，只好在宣政殿起舞，让陛下舒舒心。”

南陵刘国事繁忙，赵美人为君解忧，这样说来，她哪有半点不是。

“赵美人起身吧，本宫哪舍得怪罪于你，你为陛下排忧解难，也是帮了本宫的大忙，本宫谢你还来不及，又怎会责罚你？只是陛下处处挂念美人，眼里心里都是你，看久了，只怕陛下连各宫妃嫔都快要认不出了。美人既是福慧双全之人，也懂水满则溢的道理，总要匀一匀才更稳妥。”

她抬起璨若星子的眼睛，抿唇一笑，连同为女子的我，也不免心惊。

赵美人恭顺地点点头，“多谢娘娘提点，臣妾谨记于心。”

聊着聊着，远远地就能看到各宫灯火次第亮起，无数明亮的烛火将漆黑的夜都染映上了暖熏熏的光色，有多少妃嫔妾侍满心欢喜地倚在宫门口等着君王临幸。可听着渐行渐远的辘辘车声，沉重的车轮仿佛碾碎了温暖的希望，点再多的灯，也始终照不来心心念念企盼之人。

马车走过留下的痕迹再长，也抵不上她们因失望而一次次落下的眼泪，是那样的没有边际。

未央宫也陆续掌起了灯，我也不再多留赵美人，该说的，已言尽于此，就看她能做到什么地步了。

赵美人离去之际，郑公公带着太后的口谕在殿外等候通传。

“奴参见皇后娘娘，参见赵美人。”

“公公免礼。现已近晚膳时刻，公公怎么得闲到本宫这儿来了？”

郑公公圆滚滚的脸上挤着笑容，眼睛周围布满深浅的皱纹，却丝毫遮不住他的精明，他笑眯眯地说：“太后娘娘备了一桌晚宴，原本是邀陛下作陪，请赵美人吃一顿家宴，这不，陛下日理万机不得空，太后说娘娘是陛下的妻子，请了娘娘去也是一样的。”

不过是胡乱扯了来的由头，陛下怎么会不得空，舍得让他的爱妃孤身前去赴宴。

陛下若真是去，这晚宴才要不欢而散了。

我了然一笑，将手轻轻抬起，唐儿便扶着我的手缓缓步下殿阶。我走至赵美人的身侧，斜瞥见她绝美的侧颜，她的身上有极淡的清莲香，在这样沉闷的夜里宛若夜光杯中盛放的清醴，在晦暗的夜里散着冷冽的味道，亭亭袅娜，情不自禁地想让人去靠近。

庭院风过，吹得满庭芳。

我和她并肩而立，她微微低垂着头，眉目不动，也已含情。

郑公公在旁温言提醒：“二位娘娘，时辰不早了，太后那里可还等着娘娘呢！”

我和赵美人拜见太后，请过安，太后便让我们入席落座。

说是只寻常家宴，但案上罗列霜熊之掌，文鹿之茸，鼋羹镌嚯，晨凫宿鹌，肴以多品，羞以珍名。太后让我作陪，我无可推辞多饮了几杯酒，席间谈笑风生祝愿太后长乐无极，后又贺赵美人入宫之喜。

撤下晚膳后，太后亲切地向赵美人招招手，赵美人犹疑片刻，垂首走到太后身边。

鎏金铜十五连枝灯树在我身后无声无息地燃烧着，赤红色的火苗不停地蹿动，丝丝灼热在我的背上蔓延，我的额上沁出了细密的汗珠，唐儿悄悄地低声问我，娘娘身子可好？

我微笑着颔首，用锦帕拭去汗珠。

“皇后，你也过来。”

“是。”

太后的笑意仿佛融在了满殿灯火里，当我靠近，竟暖得有些不自在，她十四岁入宫为妃，十六岁母仪天下，人心的温暖应当早就被这座冰冷的宫殿禁锢，只剩下冷漠。

她执了我的右手，眼眶微微有些湿润，殷切道："哀家的眼睛也不中用了，看着这赵美人倒是和瑾青像得很。"

我瞧着这张几乎和姐姐一模一样的脸，沉吟道："赵美人芳年玉质，后禄正长，肃谨皇后虽已故多年，但未入宫前，十几载的姐妹情分臣妾却从不曾忘，在臣妾心中，肃谨皇后是世间独一人，此花开尽更无花。"

太后目光微微一滞，抽回了自己的手，扶额长叹道："瑾青这孩子，是个没福分的啊……"

而我默然敛下眼睑，不再作声，所有的人都屏息敛目，仿佛在举行一场肃穆的哀悼。此时，有一个温润的声音轻轻扬起，如长信宫里的一颗尘埃，静静落在窗闼上抑或是灯芯烛焰里。

"臣妾该死，让太后娘娘和皇后娘娘念及故人，徒增哀思。"

"是哀家老了，最近总能想起很多从前的事儿。"

我道："母后也要稍微宽宽心。"

"哪里能呢？皇帝前朝政事繁多，后宫可心伶俐的妃子不过那几个，先帝虽子息单薄，终归也是有四位皇子和两位公主。哀家都这把年纪了，还没见到皇孙，若真是到了九泉之下，也着实愧对先帝。"

子嗣之事，我也无能为力，南陵刈与我，除了逢场作戏，别的什么也没有。他不愿违背本心，我也不愿失了初心。

我也害怕，若有一日，我曾经唤着姐夫的男人成为我的夫君，而我要和后宫千千万万的女子争夺他一人的宠爱，日日夜夜提防着别人，算计旁人，就此度过漫长的一生，对谁，都是件很残忍的事。

所以，我宁愿无宠，也就不会争宠、失宠。

而赵美人娇羞地低着头，满是小女儿情态，怎能不让陛下心怜。

她的脸微微涨红，面颊上的胭脂泛着醉人的颜色，娇声道："臣妾自当尽心尽力侍奉陛下。"

太后听罢，凤颜大悦，当即赏了赵美人一尊白玉观音像。

二人言笑了一会儿，见天色将晚，鸳鸾殿途远，便让赵美人先行告退。

赵美人走后，太后直勾勾地盯着我的脸，方才的和悦随着赵美人的离开，也散了，"皇后，论姿色，你和赵苑绮不相伯仲，但她会用自己的姿色去换取想要的东西，比如说，荣华富贵，权势名分。那你呢，你想要什么？”

她倦怠地摇摇头，“瑾仪，你想要的是什么？”

我告诉太后，“强求来的，臣妾不想要，臣妾要的，最好不强求。”

太后竟愣了愣神，周苓姑姑扶着她行至殿外，头顶明月高悬，皎皎若白玉，月色冷峻如霜，她声音清冷，不怒自威，“一入深宫里，哪里还随得了自己？你是皇后，可以不争不抢，比不得那些上蹿下跳的莺莺燕燕自掉身价，能折腾出什么来！自赵苑绮入宫，后宫中谁不知她一枝独秀，独占君恩。这上好的一块美玉，若无巧匠雕琢，资质再好，也只是一块好成色的石头，就看你，愿不愿意用心琢磨琢磨了。”

我仰头望月，那倾漏的遍地月光竟能冷到眼底，再缓缓沉落，一直跌到心里。

“臣妾……知晓了。”

不知是否柳絮之故，回宫后，我的嗓子已经有些生疼，如鲠在喉，十分难受。唐儿见我在席间几乎没怎么进食，关切地问我可要再用些点心。

我摇摇头，“无碍，让御厨熬一道玉梨清露便可。”我忽然想起午后小憩，有宫人为我披衣，便告诉唐儿，让她好好打赏那个宫人。

是夜，我因为身体不适很早便歇下，原以为睡一觉该大好了，没想到第二日一直睡到辰时，唐儿唤我不起，便急匆匆请了御医。

我躺在床榻，唐儿侍立一侧，两只小手焦急地拧在一起，时不时踮着脚向外张望，时不时问我可有不适。

“许太医到。”唐儿听到宫人的通禀声，飞快地将寝殿的帷幔放下，昏黄的光晕跳上淡色的垂帷，和着晨风微微摇曳。

老太医不疾不徐地悬丝诊脉，唐儿瞅着就像热锅上的蚂蚁，一直追问：“许太医？娘娘凤体可有大碍？”

“娘娘是伤风了，微臣为娘娘开几剂药，娘娘按时服用就能大好了。”

听得太医一句无碍，唐儿心中的大石也总算落下。许太医默默地站在垂帷外，垂首立在一侧。

我的声音有些沙哑，喉咙里像是被人胡乱塞了粗石沙砾，说话的时候一下一下地疼，我轻声道：“太医还有什么话要叮嘱本宫吗？”

许太医沉沉叹了一口气，问：“娘娘是否常常夜里辗转难眠，白天又是恹恹欲睡？”

我抬头看见帷幔帐顶绣着的凤鸟纹，栩栩如生，恍惚间，竟像是一双羽翼被绣女穿针引线，绣死在了帷幔之上，那对如宝石般明亮晶莹的眼睛，覆着荫翳，死气沉沉。

“太医尽管说便是，本宫听得。”

良久，许太医道：“娘娘心中忧思，郁结难舒。微臣不知娘娘所忧所思之事，若心病不得纾解，终有一日将大伤娘娘凤体。”

唐儿一听立刻慌了神，急问道：“娘娘的心病，怎样能医好？”

“心病难医。”他隔着落了一层又一层的帷幔深深望向我，眼带悲悯。

我苦涩一笑。

“唐儿，随太医去取药吧。”

·第六章·

不识

夜半，我强撑起发热的身子，用指尖褰开帷幔一角。夜风顺着拨开的罅隙，滑入轻罗帐帷。冰凉的地上映出天上的月，月华如水，铺在地上，点缀在熄灭的铜枝灯上，恍恍然似广寒仙宫般清冷，隔绝万丈红尘，断了一切欲念。

我赤着足踏上凉沁的地面，脚心感知的凉意传遍四肢百骸。我随手披了一件寝衣想去殿外吹风，此时夤夜，很多人都已睡去，只有看守宫殿的侍卫如同无数尊雕塑，摆放在宫苑的各个角落。

对了，未央宫外还栽着那株栀子树。

栀子未开，很多年，一直都不开，也许只有在赵国才能盛放出世间最为纯白的栀子吧。

我屈膝坐靠在栀子树下，一片树叶从我眼前缓缓跌落，我凝目望了许久，半晌才颤着伸出双手去接，如霜的银辉落在手心，冷香盈盈。

暗夜里缓缓走出一男子，神情寡淡，清峻的面庞不染一丝尘埃，月光淡淡地笼罩在他月白色的衣襟上，襟带暗绣银丝，白昼阳光极盛，也唯有在这样清冷的月色下方能折射幽幽粼光，他的唇边浮着一抹笑，细长的眉眼凝睇着我。

这样宛若神祇的男子，含着笑，翩然向我走来。

他走到我面前，树叶响起一阵哗啦啦的声音，栀子树下吹过的风，卷起了他的衣袍，散出淡淡的药香。

冷风一吹，我瑟缩着拢了拢衣裳，双手紧紧抱着自己的身子，将下颌靠在膝盖上。我苦笑，又能是谁呢？

男子俯下身，盯着我看了一会儿，最后将自己的衣袍一扯，披在我的身上。我戒备地抬手推开男子的衣袍，“男女授受不亲。”我哑着嗓子，嘶哑的声音游荡在寂静的夜里，诡异地有些可怖，我以为他会识相地离开，没想到他还是用衣袍把我严严实实裹好，拍拍我的脑袋，笑道：“丫头，是被主子罚了？罚你在树下彻夜思过？”

我低垂着头，鼻尖萦绕着一层又一层清苦的药香味。

“未央宫……皇后身边的丫头？”他坐在我身旁，见我不答话，轻轻推了我一下。

我不悦地皱眉，“你是谁？为何深夜还在宫中？不怕被人当作刺客抓起来吗？”

“敢擅闯禁宫的人，会怕被抓吗？要是不幸被抓，也早已做好了准备。”

“擅闯！”我惊呼出声。

莫非是刺客！

他轻笑着，一双狭长的眼眸斜睨着我，如盈盈月色般温润。

似乎洞悉了我心中所想，男子解释说：“我不是刺客，但你也别问我，来这里是为了什么。”

我微微一怔，旋即说道：“既不是刺客，皇宫便不是你该来的地方。”

他大笑了几声，笑得这样恣肆，丝毫不怕将侍卫招引过来。如果真引了人来，反倒陷我于窘境。

我起身欲走，他的衣袍堪堪披在我的肩头，起身之时，倏然滑落。我转身向殿内走去，谁料他竟踩住我的衣裙不放。我极力忍着怒意回头，他眉目含笑，玩味地望着我，“小丫头，怎不问问我是谁？”

我压低嗓子，怒道：“放开！”

他突然站起身与我并肩，竟还踩着我的裙角。猝不及防将我一拽，右手揽住我的腰，我的身子沉沉欲坠，衣袂翻飞，青丝未挽，束发的青碧绸带缠绕在他的指尖，轻轻一勾，满头青丝如瀑，沿着我的脖颈轻轻垂下，泛着如绸的光泽。

“放肆！你若再纠缠不休，我可要喊人了！”我怒瞪着他，而他置若罔闻，一双眸子把我上上下下地打量，看得我好不自在。

“若是喊了人来……”他似笑非笑地看着我。

我偏了偏头，心里一沉，我只随意着了一件薄衫。

“擅闯禁宫，罪无可赦。”我轻轻启唇，比起死罪，其他的罪过便算不得什么罪过了。

他收敛笑意，揽在我腰间的手紧了紧，在我耳畔低语：“你就不怕我杀了你？”

“杀便杀了，命之所至。”

他低低嗤笑，细长的手指挑了我的一绺头发在手中把玩，忽然银光一闪，我静静地闭上了眼。

那绺发滑落在他的手中，我心中惊疑。他说：“我还是头一次见你这样不怕死的丫头。”

我抬眸，恰好对上他乌沉沉的眼，“你是谁？”

他仰头看栀子花树，神色幽谧，“凌君。”

呵，凌君……怕也是胡诌的假名罢。我与他素不相识，今生能否再见也是未知，真真假假，并不重要。

重新踏进昏沉如夜的殿内，我已经忘了这个自称凌君的男子。

一夕间，皇后的病竟加重了。

我迷迷糊糊地看到偌大的寝殿里乌压压跪了许多人，连卿婕妤也带着百年灵芝来瞧我，饰以华衣珠翠，整个大殿当属她最显眼。

陛下心里并没有我，她的这番心思，怕是要白费。

过了许久，等到人都陆续散去，我方唤唐儿。唐儿拿来软垫放在我背后，反复摆弄了好几次，她促狭一笑，“娘娘早醒过一回了吧？”

我伸出手指轻轻刮了刮她的鼻尖，“都是些平素无往来的人，现下又生着病，也懒得和她们说话。”

唐儿转过身捧了一碗乌黑的药汁，空气中弥漫着苦涩的味道，我拧着眉，“放着晾一晾再喝吧。”

“奴婢一早便温在炉上的，不是很烫。”

我暗自叫苦不迭，深吸了一口气，憋着气就把药汁灌了进去。草药的苦涩迅速在口中蔓延，苦得我眼泪都要出来了。唐儿笑眯眯地递给我一小碟梅子，我急忙抓了几个送入口中，我素来怕苦，唐儿还故意捉弄我。

“本宫的病将好，你这妮子就来捉弄本宫。”

“娘娘的病反反复复，可把奴婢吓坏了……”她低下头，直直盯着空药碗，碗壁上乌黑色的汁水缓缓而下，“奴婢该死，娘娘病中一夜竟未能好好看护，以致娘娘病情加重。”

“你先起身，本宫不怪你。”那夜，分明是我贪凉出殿之故，只是不好同她明说。

“娘娘，奴婢……”眼泪滴落在药碗里晕淡了乌黑的药汁，微微露出灰白。我打断她的话，“你去瞧瞧还有什么清淡的吃食，本宫有些饿了。”

唐儿听到我说饿，赶忙让宫人备膳，吩咐的都是一些极为清淡的小菜，宜病中食，可口的薄粥冒着白烟，用鸡汤吊鲜，再撒上几点碧绿葱花，细闻下带着极淡的姜汁味。我心下了然，在家中我便喜在粥中加入一点捣碎的姜汁，后厨的奴仆素知我有这样的习惯，每每熬粥都不忘送入二小姐房中的粥膳需加一小匙姜汁。

我用勺轻轻搅匀，舀了一些送入口中，舌尖涩涩的，几乎尝不出什么味道，但她的心意是到了。我放下勺子，婢女捧来浓茶，漱毕后问道，“沁萝来过了？”

“回娘娘，沁萝姐姐听说娘娘病了，曾来探望娘娘，叮嘱奴婢待娘娘病好后备些清粥淡食。”

我眼瞅着那碗清粥，“走一趟掖庭，让她明日回宫伺候。”

窗外绿树成荫，夏日的树木葳蕤，树间莺啼鸟啭，掩住了自远而来的跫音。

“臣弟参见皇嫂。”这张魅惑苍生的年轻面庞，朗眉星目，唇畔永远勾勒着一抹清淡的笑意，淡则如水墨写意，观之邈远，似有还无，令人捉摸不透。

我睨了一眼随在南陵缙身后的婢女，她立即瑟缩着垂下头。

“臣弟以为皇嫂病中渴睡，贸然禀报扰了皇嫂休憩。”他让婢女先行退下，又让随侍将带来的礼物一一送上。

“皇嫂的脸色倒是比前几日好多了。”他径自在我对面坐下，凝视着我的脸。

他……竟在我病中来看过我，为何唐儿不曾提起！我不自在地执起茶盏，轻轻掠着茶盖，温热的蒸气扑扇到我双颊，微微发烫。我呷了一口淡茶，说道：“多谢王爷记挂了。”

“臣弟的心意也是皇兄的心意。皇兄分身乏术，臣弟闲散无事，便遣了臣弟来瞧瞧皇嫂可好些。”

饮着苦茶，口中苦涩愈加。

我回道：“陛下对本宫，真是关心。”

南陵缙望向我的眼神，多的是怜悯，如同看着一个被遗弃的孤女。宫中有多少弃妃，天上有多少星子，很多很多，多到连数一数，都让人于心不忍。今朝承恩殿下红颜笑，明朝伫楼望君空空念。也许他眼里，我也没什么不同，同样的令人心生怜悯。

他未发一词，不知何时窗边停了一只蓝羽翠鸟，圆溜溜的眼珠子好奇地打量着屋内人。见屋内人彼此缄默，索然飞去。

他沉静地看着我，声音十分温润，像清晨听闻的第一声鸟鸣，清脆悦耳，也分外寂寥，“偌大的后宫，皇嫂素日里便是一个人打发漫漫辰光吗？”

我的眼睛忽然有点湿润，无奈道：“本宫这样的性子，鲜有妃嫔愿意同本宫做伴。很多时候，就是无聊地看着殿前飞过的鸟雀，走一走雨后的清水池子，或者在晚上睡不着的时候，数一数天上的星辰，这是本宫的生活，何尝不是旁人的生活呢，就看能否自得其乐了。”

南陵缙方要说什么，适才随着他进殿未通传的宫女，垂着首道：“启禀娘娘，鸳鸯殿的赵美人来了。”

尚未说出口的话，凝在唇齿间。

午后日光沉静如水，一如美人的眉眼，盈盈秋波长。

身后是翠色满园，她偏是那一枝红艳露凝香。

南陵缙见她缓步走近，站起来身来，“臣弟不多叨扰皇嫂，先行告退。”

赵美人不承想南陵缙也在未央宫，她默默垂下眼帘，却还是悄悄侧眼去看他，直到我唤她起身，她还一时未能收回神思，她的婢女小声提醒她一句。

她微微低着头，只能瞧见光影下乌黑的长睫，玉步摇垂下长长的玉珠流苏随着她的动作簌簌摇动，赵美人的声音淡淡的，有大家闺秀的温婉雅韵，他与她擦肩，“臣妾，给缙王爷请安了。”

南陵缙只略略瞥了眼，大抵是想瞧瞧看来人是哪位嫔妃，随后道：“赵美人不必多礼。”再回头看一眼金丝嵌宝石白玉炉上淡烟飘袅，吐出缕缕暗香，弥散在殿内。

我无心问一句：“赵美人与缙王爷是旧识？”

她说：“不曾相识。”

第二卷

风去台空江自流

·第七章·

试 探

等我的病好全，已过半月。

南陵缙既说那些东西是南陵刈的心意，我便不得不去宣政殿谢恩。

宣政殿不闻歌舞，重重帷幔早染上陈年佳酿的气味，推门而入的风只轻轻一拂，空气中又是一片酒香冷盈，兀自缱绻。殿内寂静，衣裾摇晃的窸窣声都觉刺耳。南陵刈斜卧在榻上，闭着双目。

奏本散落得满地都是，可叹民生艰难。

他的薄唇微微翕动，眼角犹凝残泪，不知是否是我的错觉，他的脸上又带着一丝欢喜，喃喃叫了一声：青儿……

我不想再待在这里。

就在我转身欲走的时候，殿上遥遥传来南陵刈的声音，他其实并没有睡着。

最悲苦的时候，希望用梦境来麻痹自己，一场迷醉，生死一念。死去的人重新回到现世人的身边，假装一切不曾变。

多好啊。

一根烛焰发出轻微的毕剥声，随即灭了，宫殿依旧明晃晃的亮。有宫人侍立在暗处小心翼翼地换上新的蜡烛。随即，一簇淡蓝色的火苗映亮了宫人死寂的脸，我一阵胆寒。

“瑾仪。”

我应声回头，恍惚以为自己听错了。

南陵刈从榻上坐起来，弯腰拾起散落的奏本，清瘦纤长的手指按在黄绫封皮上。细密的窗格将光影切散，他的下巴长出了青色的胡茬，人也清癯疏淡不少。外头斜照弄晴，木格窗子生生分出两个时空，殿内的光斑驳着落在他的周围，周围的光突然死气沉沉，不再明亮。他清瘦的侧影，看上去分外寂寥凄凉，透着一股愁苦。

我思索了一下，平和地问道："陛下，是在叫臣妾吗？"

他"嗯"了一声，捡起奏本，交给内侍送去长信宫由太后批阅定夺。

内侍离开后，殿内静悄悄的。

过了很久，南陵刈再次唤我一声："瑾仪。"

瑾仪……当我成为他的皇后，从妻妹变成妻子，他再也没有叫过我，瑾仪。

生气的时候，叫我皇后，不生气的时候，也还是皇后，醉时"皇后"，醒来亦是此二字。原以为今生今世，他会一直唤我皇后，直到我死，直到他死。这一段孽债才算完。

我自嘲似的笑着，"陛下，竟还记得我的名字。"

他若有所思地凝视着我，一丝冷笑浮在唇畔，"朕不糊涂。"

"是吗？"我轻笑一声，"臣妾以为陛下记性不好，早已忘了曾经心爱之人的模样，更遑论臣妾微末之名。"

他眼中的微光渐渐黯淡，无比酸楚，"你在怪朕……"他停了一下，复而长叹，"是啊，你是该怨。周家好好的两个姑娘，先后嫁给朕，一朝两后是何等的风光，各中辛酸难以言说。原本你可以在适龄之时，择一诚心待你的夫君，两情相悦，白头终老。"

自己的痛，默默忍下便是。前尘旧梦本就满目疮痍，再说再想，也是徒添烦忧，那还不如彻底断了念想。

我定下心，抑住心头的委屈，压着因激动而微微起伏的声音，"事已至此，陛下如今说再多又能如何呢？再说，臣妾并不觉得委屈。"

南陵刈忽然问："你就甘愿在这深宫，一生一世吗？"

我静默无语，对上他苍凉的眼眸，眼中闪烁着几不可见的希冀，大概是想听我一句真心的回答。

"不愿，也没有选择。"

言罢，我隐约见他嘴角划过一丝笑意，心满意足。

沁萝重回未央宫伺候，脾性改了不少，一切风平浪静。就连南陵刈都开始关心朝政，宣政殿里进出的再也不是浓妆艳抹的歌舞姬妾，有一次，我还看到陈国封地的定远侯趁着夜色进了宣政殿。

我站在远处的树下，看着那处灯火通明，觉得离我很远很远。直到一声乌鸦的哀嘶，我心中大惊，由婢女搀扶着蹒跚回宫。心里日日难安，所有的事实都笼罩在升平虚象的背后，事有反常必为妖。

那日离殿，他语调虽轻，却字字入耳。

他说，不愿，便好。

几日后，我去长信宫给太后请安，太后见我病好亦是面露慈色。她谈及赵苑绮称其已懂得收敛锋芒，好几次南陵刈都到了鸳鸾殿外头，赵苑绮以朔望斋日为由，称要斋戒静心，为南朝增长国运，祈求天下安宁。太后以为我已将她笼络，对我夸赞不已。

我只一事好奇，为何南陵刈突然对政事上了心。

“陛下是一国之君，留心政务是好事。”

太后抿了一口茶，面色冷凝，一侧侍立的婢女双肩哆嗦，正似那寒风摧打下的秋冬残叶，可怜地攀着已经凋枯的枝干，再也经不住几阵风雨了。

太后将茶盏放在一旁案几，婢女轻轻吁了一口气。

“哀家一把年纪，是该安心待在后宫颐养天年。只是皇帝年轻，耳根子又软，那些仗着跟随先皇立下汗马功劳的大臣，哪个不是倚老卖老，自视甚高。洛河赈灾一事，原本拨个十万白银便可安置灾民，重修农耕，偏是赵大夫那群老顽固，非要再从国库里拨银加固曲水堤坝，以防天灾，哀家记性不差，曲水堤坝三年前才重筑，哪能说决堤就决堤。”太后漫不经心地理了理蓝缎折枝牡丹花宫装，蔑笑一声，“南朝江山现今还轮不到他们做主。”

三年前曲水修堤一事，父亲和赵大夫势成水火，但最后南陵刈的决定还是偏颇了周氏。朝政在谁之手，谁便能一手遮天，逆触凤颜之人必不得善终。

她淡淡扫了我一眼，“对了，缙王怎么与你有了交情，病愈后还携礼探视？”

“是陛下托缙王爷来看望臣妾的。”我解释道。

太后点点头，仔细地看着我，“嗯……陛下也是念着你的，哪怕看在故人的情分，也不会亏待你。瑾仪，你不笨，你若有心，可为自己谋得更多。”

“多谢太后教诲，臣妾自当铭记于心。”

她的双手保养得极好，有着贵族妇女的圆润，低垂着眼，几根手指轻轻把弄金镶迦南香嵌金丝寿字镯，慢慢道：“还有，你要谨记，你与缙王不宜走得太近。”

我心中一怔，我与缙王来往不过数次，太后却了如指掌，我自觉处处小心防患，没想到还是躲不过她手下耳目。我俯身叩拜，“臣妾谨记。”

等我离去的背影渐渐消失在长信宫漫长的宫道，她的嘴角绽过一丝阴冷的笑，“亲侄女的心思，有时哀家倒看不懂了。”

郑公公尖着嗓子道：“娘娘费这心作甚，您的心思就是皇后的心思，您说的话，哪一句皇后娘娘不是郑重地放在心上搁着呢？”

“你说的不错，瑾仪这孩子，要比她姐姐聪明多了。可就是因为她聪明，哀家才不放心，缙王和她走得越近，哀家这心，就越是七上八下。缙王是什么人，他是先帝最爱的皇子，自幼比诸皇子聪慧，八岁作《治国论》，先帝几乎就要立他为太子，若不是哀家让哥哥谏言，又在缙王生母的身上做了一番文章，现在金銮殿上坐的就不是刘儿了。这几年，他云游四海，敛其锋芒，淡出南朝朝堂，可哀家偏不信，他没有一点不甘，没有存着妄想！”说着说着，太后一时气闷，抬起右手沉沉砸在黄花梨木案上，将案几上的碧色茶盏用力扫落，清脆的碎瓷声拉长了哀调，阖宫宫人随即向太后跪倒。

郑公公心中暗暗可惜，多好的成色工艺啊。

回宫行至半道，天上落下几点细雨。沁萝打发唐儿去取伞。到沉水亭的时候，忽然来了一阵急雨，噼噼啪啪不停地下着，近处朱甍碧瓦，远处亭台楼榭，皆被这一片茫茫水汽所掩，仿佛披上一层极薄的青白色鲛绡，待雨小一些，白烟氤氲，袅袅而绕，真似人间仙境。

东方有无数耀眼金光刺破层云，我仰视着东边，金光散了浓云，乍然射出万丈光芒，细碎的金箔飘落在高耸的宫檐上，极目所望，无不是金光粲然。

他自蒙蒙烟霭中来，淡薄清俊的眉目，容颜艳绝，衣袂沾湿雨，真像海市幻化出的谪仙。

怎又遇着了他。

南陵缙只身一人，连亲信侍从都没有跟着，而沉水亭里只有沁萝与我。

他微微勾起唇角，笑着将伞递给我。我本示意沁萝接过，她却早就远远地站到沉水亭的另一角去了。

"雨停了。"我看了眼他沾湿的衣裳，墨色的发也淋了雨水，像一条细小的黑蛇攀在他纤长的脖颈上，随着他的呼吸轻轻起伏，我收回目光，"本宫不需要了。"

南陵缙扬起一笑，"皇嫂身边的小婢女匆匆忙忙回宫取伞，行至长秋宫滑了一跤，臣弟恰好瞧见了，便揽下一桩好事，怎么皇嫂反却不要了？"他上前几步，越过我走到沉水亭子的正前方，将伞搁在栏杆旁。自己倒换了一个舒服的姿势，双手撑着脑袋靠在栏杆上，他远远看我，眸色比远处叆叇浓云还要沉。

"王爷真会说笑，一把伞而已，哪来这么多讲究。"

我不想再看，于是背过身去继续赏初霁之景。缭绕的白烟早已散去，日出光芒均匀地洒遍各处，全无方才的惊心动魄，所有的一切都在不知不觉中回到原本的轨迹，云开了，雨止了，我有些怅然。

我转身向他告辞，我抬眼看他，而他正巧也看着我，彼此的目光一触，我立刻移开了视线。

那柄伞不知何时被他撑开，无力地架在栏杆上，南陵缙微微抬起右手，如玉的指尖沿着伞面勾勒的青莲缓缓而移，温柔得仿似一卷水墨画轴。

一阵疾风倏至，伞！那把伞！

我几乎是跑过去伸手去够那柄伞，若我知道是那柄蓝墨点青荷油纸伞，断不会任他随意把玩。

风一吹，那把伞打着漂亮的旋儿落入沉水之中，倏忽之间，洇透了伞面，精心描绘的青莲已然残残。

南陵缙半闭着眼，一副闲时的姿态，我气急地扬起手，他的眼睛陡然睁开，微微仰头，一动不动地凝视着我，沁萝见我动怒，忙唤一声。停滞在空中的右手慢慢攥成拳，不动声色地放了下来。

"你为何要拿我的伞！"

他微笑着摇摇头，站起身凑近到我的面前，慢悠悠道："臣弟是拿了，但是是皇嫂不要的。伞被吹落河中，皇嫂反倒怪起臣弟来，哪有这样的说辞？"

我一时哑然，再开口的时候声音冷如寒冰，"真是劳烦王爷了。"

南陵缙从衣袖中掏出一个小盒，繁复的金线绕匝勾勒出彩蝶百花图样，我瞥了一眼，冷笑道："私相授受的罪名，本宫可担不起！"

他的眼睛眯了眯，"臣弟新得了波斯绝好的香料脂粉，想来给皇嫂是最好的，本是要往未央宫送去，不想半路遇到唐儿姑娘，就把伞也一起带了来。如今弄坏了皇嫂的伞，用这一盒绝好的胭脂赔罪，可好？”

那柄伞千金不换，是姐姐入宫前和我熬了两个通宵才制好的，她所绘丹青，整个南朝仕族女子无出其右者。如今说毁便被他毁了，怎么赔，又怎么能赔得起。

我阴沉着脸说：“多谢王爷，只是本宫平素不喜那花香脂味惯了，辜负王爷的心意了。”

他眼中闪过一丝不明意味的情愫，笑道：“是臣弟唐突了，皇嫂风姿绝世，也应是俗物配不上。”

“本宫在陛下心里是个什么地位，王爷清楚。与其百般讨好一个不受宠的皇后，还不如笼络一位宠妃。这样好的胭脂送给本宫也是暴殄天物，本宫倒有成人之美，莫不赠予陛下的新宠赵美人。赵美人深得陛下之心，总能比本宫多说上几句话，王爷心中有什么打算，赵美人再顺着吹吹枕边风便可，何必一个劲儿地招揽本宫呢？王爷始终不明白，本宫姓周，是和周太后同出一门的周姓。”

“皇嫂言重。”

“是不是言重，王爷心中自有忖度。”

我朝沁萝望了一眼，她小步走至我身边，一起离开了沉水亭。

回头向去萧瑟处，归去，也无风雨也无晴。

南陵缙立身于庭中，衣裳尚未风干，半湿的衣衫穿在身上，风来时冰冷刺骨，个中滋味只能自己体会罢了。他转身回望沉水河中，伞面破碎狼狈，伞骨也七零八落，凄凄惨惨地漂浮在水面上，鳞浪层层，越行越远。

周瑾仪，你又何尝不是如此呢？离开的时候，连头也没回。

他的眉眼渐渐舒展开，漾起一笑，伞赠以晴，赠予情，是不忍多一些，还是舍得更多一些呢？

这柄伞是肃谨皇后遗物他是知道的，七十八根伞骨，伞面蓝墨绘以青荷。

·第八章·

生香

宫人交头接耳，窃窃私语，唐儿姑娘素得皇后欢心，怎地竟在未央宫殿前足足跪了两个时辰。且不说雨后玉阶未扫，疾风卷来许多细小沙砾都在地面上铺着，夏日宫女的衣衫单薄硌得皮肉疼痛，现下出了日头，顶大的太阳一晒，怎能受得住？不由感慨，皇后的心思，真是难以揣测。

沁萝为我打着扇，扇风略略一顿，“娘娘，唐儿已经跪在殿外许久了。”

我并没有回答，沁萝以为我假寐着，见我不答话，惶惶住了口。那柄伞我平日珍视得紧，一直是放在书阁内，除却日常的保养，我几乎没有示于人前，宫内备留的伞那么多，为何独独取了这柄束之高阁的伞。

那么……只有沁萝了。

“她怎么说的？”

沁萝极快地回道：“什么也没说。”

我冷哼了一声，极为不悦，“时辰差不多了，让门口跪着的也别跪了，晕了死了也别脏了本宫的地方。”

沁萝眼里的得意一闪即逝，却尽收我眼底。

是她。心底寒意渐生，我的头脑骤觉昏沉，竟然是她啊……我平素待沁萝不薄，唯一值得她记恨的便是遣至掖庭，因唐儿将她取而代之，便使了这样恶毒的法子吗……不，还有南陵缙！

南陵缙无故出现送伞，我并不信这是巧合。莫非，南陵缙已将沁萝收为己用……

我眸中一沉，沁萝见我神色不好，急忙低了低头，扇子也掉在了地上。

她匆匆低身拾起扇子，“奴婢去让唐儿别跪在宫门口了。”

我冷眼看着她因心虚而哆嗦的手，不动声色道：“你也下去吧。”

宫人见唐儿失势，避之不及，唯恐我的怒火株连到他们身上。唐儿已经站不起身，一双手撑着地面才能勉强站起来，踉跄着走过宫门前。沁萝立于高阶之上掩嘴轻笑，喜形于色。

夜间，促织肆无忌惮地喧闹，庭院外的草丛里有靴履行过的声音，有衣袂拂叶的窸窣声，我的心里一紧，难不成真有人在未央宫来去自如，月色正好，清浅地铺洒在离离草上，树后有人影微动。我提起裙裾，屏着气息，蹑手蹑脚地向树后走去。突然一声猫叫刺破了寂静的夜，格外凄厉，生生把夜幕撕开了一道细碎的裂口。

冷不防被一吓，我立即捂住了嘴才没有惊呼出声，等到我定心再去探看，地上只留下一双浅浅的鞋印，是男子的鞋履。

我的心里愈发惴惴不安。

此时唐儿披衣出门，见我蹲在树下，又惊又疑地唤了一声：“娘娘？”

我向她招手，“唐儿，你过来。”

唐儿一瘸一拐地走到我身边，虽我冤枉了她，但她依旧十分关切地问我：“娘娘，怎么了？为何深夜在此？”

我细细端详鞋印底纹，却也看不出个所以然来。唐儿曾在尚服局待过一段时日，必能知晓一二，于是我指给她看，“你仔细瞧，这鞋纹是什么品阶的男子才能穿得？”

唐儿直愣愣地看着鞋纹，我以为她是看出端倪来了，她却失望地摇了摇头，“奴婢不识得。”

“拿纸来。”

唐儿迅速回房取来纸墨，她在一旁擎着灯，夜有风，灯火似妖魅，在幽冥的夜里扭动着纤细的腰肢，直欲迷人眼。我的眼睛看得生疼，就在我描画到一半的时候，灯芯突然哔剥一声蹿出火星，径直溅在画纸上，我太过专注，一时未能反应过来。唐儿急忙把我拉开，那张画纸在火舌的吞噬中慢慢蜷缩成一团，最后化为一堆灰烬。

我暗自懊恼，就差一半我就可以完全绘出。

“娘娘，娘娘，您没事吧？火苗可灼伤了手？”唐儿目光灼灼地看着我，眼神流露的关切是不会骗人的。我有些愧疚，因和沁萝多年的情谊，我没有当众揭穿她的伎俩，而是选择让唐儿白白蒙受委屈。

我摇摇头，她拍拍胸口，吁了一口气：“幸好娘娘无碍，否则奴婢百死莫辞。”

“真是个傻丫头。”

我想起她的膝盖有伤，于是轻轻搀着她的身子，唐儿大惊失色，“娘娘折煞奴婢了。”

我问她：“你不怪本宫冤枉你，还重责于你？”

唐儿摇摇头，缓缓笑开，“奴婢不怪，主子要打要杀，做奴婢的都要心甘情愿地领受，否则就是不忠，若口服而心不服，背地里怨怪主子，只记罚不记赏，就是不义。何况，那柄伞的确是奴婢亲手交给缙王爷，也是因奴婢的错漏，让娘娘失了爱物，奴婢受罚是应该的。”她的眼睛红红的，渐渐盈满了泪水，就是倔强地不肯掉落。

我微微叹息：“傻唐儿，你为何不说是沁萝让你去取的那柄伞？你是个守规矩的人，若不是有心人特意下了吩咐，你是断不会做的。”

她抬起头，月色皎皎流照在她眼中，带水的眼眸，直直看着我，“娘娘和沁萝姐姐十几年的情分，奴婢不想落人口实，离间了娘娘与沁萝姐姐。”

“摔得疼吗？”

唐儿一愣，方道：“不疼。”

我从袖中掏出金疮药和玉凝膏，嘱咐唐儿：“膝盖的伤须好好将养着，每日涂抹金疮药，等到伤口结痂脱落，再用玉凝膏祛疤。这段日子你便好好歇着，本宫倒要看看沁萝同本宫的情分，是哪里出了错。”

唐儿看着手中的精致瓷瓶，神情淡淡，“沁萝姐姐……许是觉得奴婢占了娘娘的宠爱。”

“最怕她引狼入室，为了旁人来谋算本宫。”我别有深意地看向那团灰烬，夜探未央宫的人，恐怕也是南陵缙手下之人。

唐儿沉默片刻，低声道：“娘娘以为，是缙王爷？”

只要她心向他，必为其肝脑涂地，死而后已。

后几日，我一直在寝宫里回想那夜的鞋纹，绘下一半后便再也记不得了。我搁笔凝视着未完的图案，总觉得依稀是见过，脑海里时隐时现的一根线，偏偏就是牵扯不到尽头。

而沁萝愈发殷勤，不时感叹唐儿竟会出如此纰漏，让我痛失爱物，若我仍不知原委，她的一番话便不啻火上浇油。

我搁笔问她："你和唐儿不是顶好的姐妹吗，怎么不向本宫求情呢？"

她一时语塞，摇头道："奴婢不能偏私。"

"嗯。"

残画该找谁补全，非亲信之人皆有可能走漏风声，打草惊蛇又是徒劳，不觉心下烦闷，沁萝又继续道："还有一事……"

我不悦问："什么事？"

"缙王爷的随侍冯隗带来胭脂香……"

我冷声打断："你自作主张，代本宫收下了？"

沁萝忙不迭俯身叩首，"恰值石夫人路经宫门前，奴婢唯恐生了什么对娘娘不好的闲言碎语，冯隗又是个执拗的人，奴婢不肯转交便一直不愿离开。奴婢……"她重重叩首，双手捧献胭脂盒，"娘娘恕罪！"

胭脂盒上百花齐艳，一枝芙蓉暗藏群芳后，芙蓉莲花……

我脑中闪过一个念头，将沁萝手中的胭脂盒取过，描摹的芙蓉与当日赵美人所求之匣上所绘并蒂莲花，下笔勾勒时用力深浅如出一辙，一枝残叶更是让我笃定。

"既然如此，本宫也不怪罪你，不过下不为例。"

沁萝连连谢恩。

"娘娘，娘娘……不好了，不好了……"小宗子一路奔过来，帽子被吹得歪在一边。

我阴沉着脸，"不好了，不好了，本宫好好地在这里，你说怎么就不好了！"

小宗子"扑通"一声跪在书几前，豆大的汗珠涔涔贴着前额碎发，口中还是气急得喘息声，喊着："娘娘恕罪，是陛下不大好了……"

我闻言惊起，衣袖拂过茶盅，听得清泠泠一声碎响，心中闪过一丝不祥，"陛下怎么不好了？"

小宗子连连磕头，"昨日陛下心情大好，御厨送来的御膳竟吃了许多，哪知到后半夜，陛下腹痛不止。这会子太医们都在，说是寻常的腹痛，却又说不上个病症来。"

"都是废物！太后可知道了？"

"太后知道了，太后……太后已将昨日献膳的御厨赐死，昨日当值宫人全部杖毙……”

我的背后一阵发寒，难以置信地问：“所有人，全部杖毙？”

小宗子把脑袋压得更低，怯怯地说：“是，就……就连汪公公也被重责五十板子……”

待我赶到宣政殿的时候，太后早已在了。底下跪了一地的太医，皆是巴不得把头垂到地里去。太后执着南陵刈的手，劝道他且宽心。旋即怒骂着太医们，既已煎药送服，为何还不好转。

为首太医唯唯诺诺，颤着嗓子道：“回太后，还得需几个时辰。”

太后环视一众太医，目光冷鹜，“你只说需几个时辰，哀家等着，过了时辰陛下若不好转，你这脑袋也就只这几个时辰。”

太医哆嗦着回道，两个时辰。

我望向重重卷卷的黄色帷幕，只见的那一双凝脂柔荑，缠丝金壳护甲，年岁多偏心，只是这一双手，便翻云覆雨，杀伐果断。

“参见母后。”

此时她一脸关切，颜色温和，“你既来了，就好生照顾皇帝吧，这也是你妻子的本分。”转身又吩咐郑公公，“皇后留在宣政殿，除了太医，旁人一概不准入殿。你也留下，若有什么事就回宫禀报。”

“是。”

待太后离去之后，我坐在南陵刈的床畔，他面如缟素，气息微弱。睡梦中眉间亦是散不去的愁云惨雾，想必他是自己不愿好吧。说到底，九五之尊，不过是裹金缀银的可怜人。我悄悄唤了郑公公过来，低声问他：“陛下怎么成了这副光景？”

郑公公叹惜：“莫不是那日缙王爷同陛下聊至兴头，又宣赵美人抚琴助兴，心头难得高兴，晚膳用得比平日多了许多，这会儿就成了这样，真是可怜了那些奴才。”

一想起三十条无辜枉死的性命，整座宣政殿都充斥着一股浓重的血腥味，蔓延成河，我压着喉间的不适，问他：“太后可知？”

“哪里能不知道？缙王爷那头也不好说些什么，只怕赵美人……”他欲言又止，摇摇头。

子时不久，南陵刈终于醒了，他的眼神空洞涣散，呆呆地瞧着帐顶。仿佛是……垂死之人，对世间的一切都没了念想，我只是这样看着，就觉得很难过，心口被什么东西堵得紧紧的，堵得人透不过气来。

我轻声问他："陛下要不要喝点水？"

"不了，"南陵刈的目光移到我的脸上，定定地看着我，"你一直守着朕？"

我点点头。

"饿吗？"他说话轻飘飘的，就像漫天飘飞的柳絮，轻轻呵一口气就会飞走。我为他仔细掖好被角，"臣妾不饿。"

收手时碰到他下颌的胡茬，麻麻的，让我想起幼时祖父常把我抱在肩头，淘气的时候就用扎人的胡须逗弄我，痒得我笑个不停，祖父也会因为我的笑声而开怀大笑，可南陵刈却不怎么爱笑。

他又问我："绮儿呢？"

绮儿是赵美人的小字，他记得那样清楚。

我扯着一抹生涩的笑意，"前夜是赵美人守着陛下，这才换了臣妾来，眼下折腾了小半宿，回宫去了。"

南陵刈这才放了心，又嘱我一些休养的话，便让我回了未央宫。此刻虽已深夜，我却没有半分睡意。只怕赵美人那里又不好了，南陵缙好歹是王爷，太后断然不敢明目张胆寻衅，赵美人便不免成了被撒气的。

我找来小宗子，问他长春宫今夜可有什么动静。

"回皇后娘娘，赵美人被太后传去问话，至今未回鸳鸾殿。"

这一整夜，辗转难眠。先是听着外头风压枝叶，窸窸窣窣像是不住低泣，眼下心烦意乱，微末的声音又是分明，虫声唧鸣，鸦雀惊枝。好不容易入睡，却梦到赵美人和姐姐，梦到姐姐入宫为后，梦到赵美人的脸渐渐同姐姐的重合在一起，哭着喊着我的名字，瑾仪，瑾仪……

我恍惚从梦里挣脱出来，唐儿擎着蜡烛褰帘入内，走到我的身边。夤夜的冰冷阴暗被暖黄的灯火驱散，唐儿轻轻拍着我的背，把我洇了泪水的湿发温柔地往后捋。我没什么好倚靠的，烜赫家世、南朝后位、这满身的荣华，此刻竟不如一簇火苗来的真切，眼泪又开始滴落。

唐儿抱着我，柔声道："娘娘，是梦魇了。奴婢在，奴婢陪着娘娘。"

簌簌的眼泪顺着面颊流下，唐儿伸手为我抹去泪珠，我问她："你怎么会在这里？"

"敏玉病了，奴婢代她当值守夜。"

"伤好了？"

唐儿微微一笑，少女明丽的脸庞在烛火下轻轻一漾，发出奇异的光彩，

“已大好了。”她的心思单纯，宫中却尽是虚伪奉承，别人有难，她竭尽全力去帮助他们，落魄遭难却无人站出来为她说一句话。

“本宫睡不着了。”我往里头挪了挪身子，给她留出了一块地方，月色如霜，满满倾漏在玉簟，“殿外有人值守，本宫就许你今夜偷个懒，就当陪我说说话。”

唐儿犹疑片刻，转身将油灯放在案几。我提醒道：“已经剩不多了，让它自个儿烧尽罢。”

她将烛台再移进去些，方可稍稍安心。唐儿脱了鞋袜，轻轻窝进被子里，又为我仔细盖好。

她躺在床榻里端正仰卧，一双美眸露出淡淡怅惘。

“有心事？”我问道。

“没有。”

我侧着身子，能看到她纤长的睫毛微微颤动，高挺的鼻梁，玉脂一般的肌肤，她是美貌，而美貌之外更有一股清冷气质，高贵疏离。

“唐儿，想家吗？”

她唇角一勾，似乎在自嘲：“家……早就没有家了。”

是了，唐儿没有家。我们的初见，并不是承和四年，还要更早。

·第九章·

缘 起

承和四年，南陵刘特许我归宁三日，父亲感念陛下体恤之心，让我偕同大夫人一起去佛寺祝祷祈愿南朝国运昌隆，陛下龙体康健。因大夫人与寺中师太是故交，也是经年未见，自然少不了叙旧。我将沁萝支开，偷偷在佛前求了一支签，入宫为后，未来遥不可知，我不信鬼神，但却敬重神灵，在世人迷茫无依之时，指点迷津。

签上所书：

山重水复疑无路，柳暗花明又一村。

我的手中紧握这支签，静静站着，一旁的女尼好心提醒我去解签，我将签文示于解签之人。那解签的女子露出一双狡黠的眸子，口中喃喃道："山重水复疑无路，柳暗花明又一村……"外头传来男子粗厚的声音，还有甲胄的摩擦声，我心疑地看着眼前的解签人，微微泛白的灰袍宽大地罩着她的身子，并不合身，领口处露出寻常女子的碧青色衣襟花纹。

我将竹签按压在桌案上，她猛然抬头，我沉声问道："你是谁，外头的人在找你？"

她的脸色一白，紧紧地咬住下唇，原本拿签的双手牢牢攥着灰袍。

外头的嚷声越来越响，待更近一些我才听清楚，是在缉拿重犯。

眼前孱弱的女子竟是重犯？我诧异地看着她，无力与绝望在她脸上笼罩，她缓缓起身，准备踏出屋子。

只是那相似的绝望和无助，让我一把拉住了她，将她藏在身后，她的眼中闪过惊讶之色。

那些将士甫一进庙，便大声地吵嚷，扰了一片佛门清净地，为首的将士见我一介女子，不免放肆，“闲杂人等，都给爷滚开！”

我摩挲着手中的签，冷然一笑，“就凭你，一个低阶将士？”

他俨然是怒了，右手握剑柄，“唰”的一声，寒光从我眼前闪过，他将剑指着我的脸，“你再说一遍！”

女尼们大惊失色，急忙围过来看我有无损伤，连连说着，阿弥陀佛，佛祖保佑……年纪稍长的女尼夺了那人的剑，弃如破铁，厉声道：“无知小子！你可知你眼前何人！”

将士被夺剑，已是耻辱。他出言不逊，破口大骂，却不防被女尼扇了一个巴掌，女尼即刻垂首面向观世音，“弟子罪过。”

将士即要还手，女尼忙道：“贵人乃周相次女！”

手掌顿时在空中停滞，黝黑的手掌如枯枝颤颤，脸上亦是面如土色的难看，周相次女，怎是他得罪得起的！将士立即下跪叩首，一个劲地掌嘴，黏腻的血液从嘴角渗出滴落在地砖上，我绕过他，重新站在观音像前，双手合十，心中低语，“弟子罪过。”

“以下犯上，既然是将士，就以军法论处。”

将士如蒙大赦，谢恩之后狼狈地逃离了大殿。我环视一周，那单薄的身影居然还在，我为她制造如此良机，不趁乱跑了，真是可惜。待她寻着无人的时候，对我说了一声，谢谢贵人。

我很好奇，这样清秀的小女子，怎会是通缉的重犯？

她说，本姓唐，贱名不足挂齿，她是官宦小姐，却不想被奸人陷害，父母枉送性命不说，连她亦不能幸免。那人非除之而不能后快，下令缉拿她。她走投无路，才潜入寺庙。将解签庙祝打晕在后厢，想躲过一劫。不料我眼尖，识破了她的伎俩，却又在危难之际，救了她一命。

她俯身叩首，“贵人聪慧，唐女多谢贵人救命之恩。”

我笑了笑，“是菩萨保佑。”

她愣了愣，不解地看着我。

因为唐女绝望的神情触动了我，因为我也有这样相似的绝望，所以我救了她，但是没有人能救我。

再见到她是在半年后，唐女送来绣鞋花样，我一眼便认出是当日所救之人。没想到唐女竟入了宫，我问她，莫不是要告天子，陈冤情。

唐女却摇头，说，父母临死前的心愿，就是让她好好活着，穷不与富斗，富不与官斗，要她离得远远的。天子后宫，既可一夕荣华，也能一朝败落，染上这趟浑水她实在是错了。唐女极为通透，见我沉默不语，继续道，普天之下莫非王土，左右是逃不开的，倒不如走进最尊贵最牢固的皇宫，不看僧面看佛面，奸人也不敢将事体闹到陛下跟前。

早年旧亲受唐女父亲恩惠，落难时唐女投奔旧亲，他有女适龄，正恼着进宫一事，唐女便自愿替她入宫，保全了她，也保全了自己。

却不想故人再相逢，我竟是一国之后。

也许是缘分，冥冥之中自有轮回安排，我索性将她留在身边。

如今，又是一年了。

想起唐儿昔日一番话，如此聪慧的女子，品貌皆是上佳，沦落到这般境地，也着实令人唏嘘。

“想出宫吗？”

“不想。”

“还是当年的话吗？”

唐儿不语，案几上的烛火陡然熄灭，寝殿陷入一片黑暗，唐儿的身子微微一动，我们再也看不清彼此的面容。

“若你累了，改变了昔年的想法，本宫还是能帮你的，相夫教子，恩爱一生。你的父母，也会因你得到幸福而欢喜。”

我依稀听到一声低噎：“我……在等一个人，一个很重要的人。”

我知道她在落泪，月色临窗，她的泪水如玉珠，月下流光。

“那你等到了吗？”

唐儿不再说话了，良久，她告诉我：“许是快了。”

她有故事，而我是故事之外的人，我噤了声。

更漏声响，渐生的睡意顿时便没了。我无聊地看着窗外的月亮，残月高悬，没有星子点缀。微光下唐儿闭着眼睛，应该是睡着了。她哭过，我伸手为她抹去泪痕，又唯恐她夜间着了凉，便把锦被又拉上些，再将靠外侧的被角也塞得好好的，这才躺下。

唐儿忽然开口：“赵美人，会安然无事吗？”

赵美人的家室虽不敌周氏，在南朝也算名门望族，何况赵大夫底下的儒生们，唇舌上的功夫丝毫不比战场上真刀真剑浴血杀敌的士兵逊色。太后虽怒，但是绝不会赐死赵苑绮，悠悠众口，她堵不住的。她不再年轻，到如今除了大权在握，无非是想青史留名，流芳千古。

“赵美人长得这么好看，若是有个好歹，实在令人扼腕。”

盒上的残叶莲花，她和南陵缙到底是什么关系，那夜的男子究竟是不是同一人，还有沁萝，是不是真的已经心向南陵缙了。这些困扰着我的谜团都还没有解开，她不可以死。

我看着对面的唐儿，感慨了一句：“生死有命。”

唐儿微微诧异，“娘娘信命？”

我反问：“你说呢？”

“山重水复疑无路，柳暗花明又一村。这是娘娘昔年的签文……”她干笑一声，继续道，“当年无人为您解签，时隔一年也不知这签文还算不算数。”

实在挺可笑的，这样的一句签文，说对不是，说错也不尽然，凡人借诸天神佛之口为世人指点启蒙，可说到底不过是人再给予人的微渺希冀罢了。“记不清了，或许这也是神佛给予我的释然，怀忧度过的时光会被时光渐渐冲淡，变成无足轻重的往事，不需要再耿耿于怀了。”

昨夜促膝长谈，后半夜倒是睡得极为安稳，晨时也比往日要起得晚一些，唐儿离开的时候悄无声息，肯定是不想被别人看到。

醒后，我唤了沁萝来伺候梳洗。

我静静地坐着，沁萝为我盘着繁琐的发髻，菱镜中映出她精巧的下颌，唇边含着一丝笑意。

我从妆奁中随手取了一只蓝水飘花翠镯箍在腕上，那盒胭脂安然放在妆奁中，沁萝看到那盒胭脂，问：“娘娘要用吗？”

我略微偏头，仔细端详镜中倒映的发髻，端庄得宜，“昨夜赵美人可有回鸳鸾殿？”

她的语气极为轻快，幸灾乐祸地说道：“听说现在还在长信宫外跪着呢！太后还下令不许人往宣政殿通风报信。”

“陛下病中，自然不能再操心无关紧要的事。”我抬手将最后一支玉步摇斜簪入发，固住发髻。

沁萝转了转眼眸，看着镜中，“娘娘是去宣政殿探望陛下吗？”

“先去长信宫。”

甫一入殿，便看到赵美人跪在太后平日休憩的贵妃榻前，她面色憔悴，许是跪了一夜。沁萝轻咳一声，赵美人向我看了眼，也不请安，只是那眼神颇多咒怨，看得我心下凛然。

我走到她跟前，“你回宫去吧，太后那里有本宫担着。”

赵美人冷哼一声，沁萝正欲呵斥，我抬手拦住了她，问道：“赵美人是什么意思？”

她的声音极为好听，即使言语不善，也能让人耐着性子好好听她说完，她道：“娘娘又是安的什么心？只听过锦上添花、雪中送炭，那些不过世间人情，想来宫门深似海，这些哪里有的？落井下石，臣妾却是见识了。”

我闻言心中不解，我何曾对她落井下石？

“宫里人人说皇后是个善人，臣妾进宫不多久，自问对娘娘言听计从，不敢有半分的忤逆。可陛下害疾，皇后娘娘忙成什么样子，臣妾又是怎样的光景。娘娘是太后的亲侄女，旁人自然是比不得，太后为了娘娘也真是尽心尽力，将臣妾困在长信宫整整一夜，说陛下那里自有娘娘好生照顾。娘娘可知陛下心中有臣妾，臣妾心中也挂念着陛下，可是陛下最难熬的时候，陪在陛下身边的人，却只皇后娘娘一人！”

赵美人突然抬头，彻夜未眠，熬红了她的一双眼睛，她说：“陛下是娘娘的夫君，也是臣妾的夫君。”

话一落，太后从寝殿出来，赵美人忿忿地低下头。

我开口为她求情，太后见她也跪了一夜，便放去了。

太后信佛，起早就有诵经礼佛的习惯。她闭眸念着佛偈，手里转动着佛珠，发出窸窣的声音。佛龛上袅袅升起的青烟，盘旋到上空，变幻无数，佛与妖魔皆是一念之间。

“皇后，在其位，司其职，哀家说过，你若嫌这南朝皇后入不了你的眼，周氏有的是想当皇后的人。”

“臣妾不敢。”

太后把佛珠猛然一掷，珠子立即四散开去。随侍的宫女立马垂首下跪，又有去找珠子的。

“哀家不怕告诉你，那赵美人是什么身份，她为的不就是你头上这顶凤冠，仗着和瑾青有七分像，还真就有恃无恐？她不把你当个正主儿，还得哀家告诉她这后宫是你的不成！”

我麻木地应道：“臣妾无能。”

“你无能？瑾仪，后宫里论起明哲保身的好本事，你可是当之无愧的第一人。哀家跟你说过，让你对皇帝好好用点心思，可你呢，赵苑绮和缙王给皇帝灌迷魂汤，把皇帝弄成这副鬼样子。她真该谢天谢地，生在了赵家，若换了旁人，哀家早就赐她三尺白绫了。”

太后又同我说了些话，我只是静静地听着，翻来覆去不过是周家的母仪天下和南陵缙对帝位的虎视眈眈。她忌惮缙王，缙王狼子野心，终有一日她必要以绝后患，周氏一族的地位绝不能被人撼动分毫。

我的姑母，南朝权势最大的女人，原来她也会害怕，会忌惮。

我从长信宫出来后，便乘凤辇去宣政殿看望南陵刈。我问沁萝：“昨晚本宫吩咐熬给陛下的补汤，可带上了？”

“奴婢该死，竟忘了，奴婢派人回去取。”

“你亲自去取，本宫不放心旁人。”

沁萝听罢，笑得十分开心，携了两个婢女回去取汤。我见她渐渐走远了，从袖中缓缓拿出那盒胭脂，凝目看着那残叶，“走鸳鸾殿那条路。”

·第十章·

故人

鸳鸯殿前，琉璃做瓦，白玉为阶，南陵刈这般手笔，也不算亏待她一个小小的美人了。

殿前的小黄门见是皇后凤辇停在鸳鸯殿，立刻奔去通传。赵苑绮匆忙迎驾，脸上粉黛未施，肤色细腻白皙，竟似幼子一般通透，只是眼睑下的那抹鸭青惹眼得很。

“美人的东西落下了。”

我将胭脂盒递出，她疑惑的目光碰触到胭脂盒上，神情瞬间转为惊愕。

我笑吟吟道：“这盒子，是赵美人之物，美人真是粗心，竟连女子饰己之物都遗落了，胭脂极好，美人面色憔悴，恰能用以润面。”

赵美人摇头，沉声道：“这并不是臣妾的。”

我故作惊奇，“本宫怎记得美人偏爱并蒂莲花，更是对独一枝的残叶钟情呢？”

她的面色骤然阴冷，幽深地看着我说：“皇后是什么意思？”

我把胭脂塞进她的手中，淡淡道：“物归原主。”

胭脂是南陵缙的，赵苑绮又认得胭脂盒上的花纹，她果然是南陵缙送入宫来的人。

“娘娘可有空闲与臣妾一叙？”赵苑绮倒是十分诚恳地问我，我看沁萝快回来了，便说：“今日本宫侍疾，恐怕要让美人失望了。”

赵美人轻轻一笑，“那便不多留娘娘了。”

不知为何，南陵刈在病中，寝殿内却燃着奇异的香，一旁的公公告诉我，是南陵刈执意燃香。我向殿中博山炉走近，可越近，那淡淡的香味愈发沉郁，闻得人十分难受。我才取过一旁的拨子，身后便传来一道虚无的声音，我一惊，鎏金拨子“叮”的一声掉在了地上。南陵刈披了薄衣，衣下骨骼突起，他不是无碍了吗，为何……

他拉过我的手臂，将我拉到了身后，慢慢蹲下身捡起了拨子，取过一旁的香夹又往里头添香。

“陛下，这香太浓郁了，臣妾去换了些兜末香，驱驱病气也好。”

他不作声，沉默着把帷帐一层层拉落。

事毕，他牵着我的衣袖把我引到了窗边，把窗户开得很大，风吹卷起他宽大的衣袍，他将衣服裹紧，袖中的双手竟如枯骨一般。

我大惊失色，南陵刈察觉到我的眼睛一直看着他的双手，急忙缩进衣袖中，我顾不得礼节一把扯出他的右手，他想挣开，可是手腕上竟没有一点力气。

我问他：“陛下的病不是好了吗？”

“是啊，他们都说朕的病大好了。”

他有气无力地抬起左手，轻轻地把我的手拿开，笑着说：“朕，大抵是活不长了，但是我不怕，反而很开心。”

南陵刈说的，一点也不像是在骗人。

他没有自称朕，就像我和唐儿那夜畅谈，我也没有自称本宫，我们这样的人，在最孤独的时候才会对信任之人卸下防备，可是我们却很难找到值得全心交付的一个人，我们站得太高了，高得令人望之生畏，一失足就会跌得粉身碎骨。

“陛下的身子慢慢就会调养好了。”

“不会了，”他笑吟吟地看着我，苍白的脸上飘浮着诡秘的笑意，“我终归是幸运的，瑾青死的时候，我没能陪在她身边，我死的时候，你能送我最后一程。我半世为人，半世为皇权所累，我这一生最后的心愿，就是能在黄泉之下，找到你的姐姐，而她能在奈何桥头，等一等我。”

“你若死了，一定找不到姐姐，即使找到了，她也会因你轻贱自己的性命而恨你。”

他不能死，姐姐是那样的爱着他，他怎么可以去死！

姐姐临死之际的那方锦帕，字字血泪，她对南陵刈的心意，她对他的相思，万语千言都凝在最后的半阕词里，若是前生未有缘,待重结，来生愿。

直到她死，也还是希望来生，能再遇着他。

“瑾仪……”南陵刈的眼睛越过窗闼外葳蕤的树薮，呆呆地望着，游离地笑着，“我初见她那一年，也是这样晴好的日子。她被太后带入宫中，一言一行都小心翼翼，好像一不留神就会惹我动怒，丢了性命。那时，我想逗一逗她，就问她，你怕朕，那怎么和朕做夫妻呢？她的脸一下子就红了，慌张地看着太后，眼睛像鹿一样清澈，面如朝霞点染。那时我就下了决心，这般纯真的姑娘，我定要好好保护她，留她陪我一生。可到最后……我被太后罚在宗祠思过，连她最后一面都没能见到，如果可以，我宁折寿五十载，换与她见一面。曾经和她在一起，是我最快活的日子，红袖添香，共剪西窗烛……可惜这样的日子，再也不会有了。”

我摇摇头，“陛下还有赵美人。”

“绮儿……”南陵刈的目光微微动容，柔和得像是一汪清水，可是他却嘲讽地一笑，神情寡淡地对我说，“她再像，也不会是她。”

我还想说些宽慰的话，可当看到他平静如死水的眼神，却说不出一句话来。

“你不懂，情爱之悦，情爱之苦，你都没有尝过，怎晓得个中滋味呢？瑾仪，如果你能离开，想去哪里呢？”

我想了一想，指着遥远的南方，“溪南。”

那是我一辈子都不会去到的地方，可是我又是那么向往，青砖黛瓦，烟雨小巷，撑一把油纸伞款款而行。蓦然回首，我的良人正在我的身后笑吟吟地看着我。

我走到窗边，忽然发现窗外栽着一棵枇杷树，枝繁叶茂，郁郁葱葱。

承和二年，南陵刈亲手所植枇杷树，他并不爱枇杷，只要一触到枇杷叶，便会浑身泛红，起红疹。可姐姐最爱吃枇杷，他便亲手栽了一株枇杷树在宣政殿外，他批阅奏疏的时候，姐姐无聊得紧，就会伸手去够窗外结的枇杷。南陵刈时常说姐姐，万一跌了出去，皇后可要贻笑大方了。姐姐却说，旁人摘的，哪有自己摘的好吃。

南陵刈索性就搁下政事，帮姐姐摘了一箩筐的枇杷，亲自为她洗净。所谓夫妻，也不过如此了，斯人已逝多年，我以为这株枇杷树早已被迁走，没想到依旧好好地栽在这里。

庭有枇杷树，吾妻死之年所手植也，今已亭亭如盖矣。

可是他再也不愿意去碰那一枝一叶，哪怕是他最宠爱的妃子，也绝不许染指。

我的心头莫名漫上一阵悲伤，匆匆别过眼，不忍再看。

南陵刈病后，太后不许任何嫔妃进入宣政殿，若有阳奉阴违者，打入冷宫。嫔妃们便看准了我，唯一能出入宣政殿的人。我从南陵刈处回宫，前脚踏进宫室，后脚便有嫔妃拜见。

她们是南陵刈的嫔妃，我总不能不体谅她们一片担忧之情。

没想到，赵苑绮竟也来了，静静地坐在末座。旁的嫔妃幸灾乐祸地瞧着她，毕竟惹怒了太后的嫔妃，今后的日子怕也好过不到哪里去。

她远远地坐在那里，双手握着一个精致的小盒，手指若有若无地掠过盒上繁纹。

等到嫔妃陆续散去，赵苑绮依旧静静地坐在那里，丝毫没有离去的意思。

我问道："赵美人还不走吗？本宫身子疲乏，只怕不能陪着美人了。"

她蓦然抬头，那双美艳的凤眸穿过翡翠珠帘望着我，微微含笑。

赵美人随我进了内殿，她从衣袖里取出胭脂，轻轻推至我面前，仪态大方地拈起茶盖，烟雾蜷曲着微微向上延伸。

盒子上繁复的金线绕匝勾勒出百花图样，我放下茶盏，"赵美人这是何意？"

她漫不经心说道："皇后至尊，这样好的东西，皇后都不用，哪有给美人用的道理？"

"胭脂配美人才最好。"

赵美人似笑非笑，玉葱似的纤指悠悠滑过盒子上的花纹，"娘娘，不想为自己争个前程吗？"

皇帝万岁千秋，皇后则与日同辉。

"赵美人果真是一开始就不安好心呢。"

"臣妾不敢，不过是为了娘娘。"她缓缓说道，绕过层层茶雾溜进我耳侧。

"是吗？美人难道不是为了缙王爷吗？"我笑着反问道，斜睇着赵苑绮。

她愣了一愣，飞快地看了我一眼，再将茶盏放下，神色如旧，默然不语。

我摆摆手，“本宫乏了。”

赵美人很识趣地退下，比任何时候都要恭谨自持。

赵氏，缙王爷。我喃喃地重复一遍又一遍。

太后再次召见我的时候，提起赵美人被我独留一事，她问我，皇后何时同赵美人有了话机？

我从容答道，赵美人对臣妾心有芥蒂，把臣妾赐她的脂粉甩回给臣妾罢了。

那时，我不知道这用以薄施粉妆的脂粉，足可为江山更换添上最艳冶的一笔。

三日后，皇帝病情陡然急下，太医回道是积年的心病终于宣泄，只可尽人事听天命。

我正侍奉在太后侧，她依旧面无微澜，只在太医离去时说了句，废物。

在她眼里，医者无能，治者颓废。可笑的是，她缺了这荫蔽是名不正言不顺，任她只手弄权不过是牝鸡司晨，扰乱朝纲。

我去宣政殿瞧南陵刈的时候，他很憔悴。竟比那日还要虚乏，那逐渐混沌的眼睛，是曾经深情凝睇姐姐的眸子。他笑着向我招手，我不敢多想，急忙上前。

“皇后，你可还记得你姐姐？朕的肃谨皇后？”他深切地看着我，而我总觉得他是在看着他的肃谨皇后。或许，他是真的可以看得到的。

“臣妾记得。”

他忽然不住地咳起来，我轻轻地为他抚背顺气。南陵刈自嘲地笑道：“我这么窝囊，的确是配不上她。瑾仪，你同我说说瑾青吧，朕……似乎，快记不得她了……”因他是侧着头同我说，我亦不知他说到动情处泪难自禁，恰是一滴凉凉的液体坠在手背。

“姐姐，是很好的人……”

他笑着点点头。

彼时，帝都无人不晓周瑾青。红颜无双，素有才学，贤良温婉。那是我的姐姐，周府的长女。她比我年长两岁，母亲在产我时落下病根，后来病逝。

长姐如母，待我极好。

她会带我去采后院最美的蔷薇花，亲手为我簪在发间；她会留给我最爱吃的玫瑰酥，尽管她也十分爱吃；她会在我惹祸的时候，向父亲说一切都是她的主意……

姐姐，她一直站在我身前，为我撑起很多。

所以，她会成为南陵刈的皇后，南朝古往今来唯一的宠后，死去的肃谨皇后。

“瑾仪，朕做得最错的一件事，便是把瑾青留在这不见天日的深宫，是朕毁了她。朕一开始便是错的，总以为把天下最好的捧到她跟前，她就会开心快乐，可最后呢！琉璃宫倾，碧玉亦碎，她……也去了，我……”他忽然紧紧抓住我的手，我只觉得一阵吃疼。

“你也恨我，是不是？”我不知道他的力气还能这样大，我怎么也挣不开，“瑾仪，你恨朕，你和瑾青都恨朕，朕也恨啊……”南陵刈像是疯了一样痴笑，“太后……皇后……周氏……哈哈……如今都还给你们……”

我不去管被他紧攥的手，跪在他的床前，“陛下一国之君，龙裔紫气，断不会有什么事的。”

他厌恶地甩开我的手，掐着我的下颌使我不得不直视于他，“你们周家想要后位，想要皇位，朕，哪怕是死，也不会遂了周太后的意！”

他踉踉跄跄下了床，摇晃着走到书桌，极为吃力地支撑着自己的身子。而我只是看着，我并不爱他，也不在乎头上这顶后冠的归处。

南陵刈远远地把诏书甩到我面前，我只是扫了一眼。毕恭毕敬卷起诏书，行礼告退。不想赵美人却在宣政殿外拦住了我。

“娘娘拿的是什么？”我见惯她虚情假意的姿态，也不想理睬。

“本宫是皇后，你敢拦我！”

赵美人招呼身边的侍婢进了宣政殿，才一会儿，侍婢满脸惊慌地跑出来，在她耳边说了些话。

她厉色道：“大胆！竟敢污蔑皇后娘娘！”

那丫头一听，吓得连忙跪下，眼泪不住地流。

我冷冷地看着赵美人，“唱戏还是回自己宫里的好，否则，太拙劣就该惹人嗤笑了。”

赵美人看了一眼宣政殿内，“娘娘为何不去里头瞧瞧？”

她请君入瓮，我尚且不知。

南陵刈突然发病，命悬一线。赵美人泪眼潸潸，说我心狠。娘娘才看陛下一眼，陛下竟成了这副模样，陛下虽不曾踏入未央宫，可待娘娘无一处不是啊。赵美人拉住我的手，形同泼妇。御林军亦是把宣政殿外围得水泄不通。

“你想要做什么？”我压低声音问她。

她嫣然一笑，撞向床沿，血汩汩地流淌，开出荼蘼的花。

“来人呐，皇后要谋反了！”

御林军即刻冲了进来。

“陛下不好了，娘娘竟想灭口……”

为首的向我走来，我怒气沉沉，“本宫是皇后，陛下太后还在，你们谁有胆子敢上前一步！”

他止步向我行礼，沉默片刻，“……请娘娘先留在宣政殿，容臣回禀。”

赵美人离开前，形容狼狈，眼底是深藏的笑意。我转过身，御林军横隔在我身前，因为锦帐绣幕后是我方才谋害不成的南陵刈。

赵苑绮……这就是你即将要立为皇后的女人？

何德何能，敢与我周氏长女相提并论！

·第十一章·

珠胎

长信殿外柳丝长，浅红色的日头羸弱地斜挂在朱甍碧瓦之上，七零八落地攀附着，可终究是颓颓无力。三三两两的流莺还在柳树底下尖着嘴梳理金黄色的羽毛，却不见绣户锦屏之后的霜寒。

太后懒懒地倚靠着紫檀木椅，一手支着额，凤眸微阖。若是寻常人看来，不过是倦了。黄地折枝海棠菊花纹宫装静静地垂在我的面前，太后常年礼佛，鼻尖仿佛萦绕着上好的檀香气味。

她轻轻抬起戴银鎏金嵌宝石甲套的手，举手投足间莫不彰显皇家气度。的确，她是周氏一族最为骄傲的女子了。

“皇后，跪也跪了，你说说吧，这究竟是怎么回事。”明明言辞寡淡清冷，听着却是不怒自威。

“赵美人自己撞破了头，冤枉臣妾。”清瓷似的宫砖映着我的神色，口中微微翕动，寂寂无澜。

初进宫，太后便告诉我，谨言慎行，若一步行差踏错，便是万劫不复。她说，姑母老了，你会是周氏一族的希望，你的地位越是尊贵，越是有人在底下盯着你的错处。哪怕是一颦一笑，也会有无数双眼睛盯着你瞧，你要做的，就是步步为营，将这些藏在暗处的眼睛，全都挖出来。

这些年，我忘了许多事，这些话却像恶鬼符咒，紧紧纠缠着我。

“皇后，皇帝的旨意你可是知晓了？”

我沉沉道：“臣妾知晓。”

“瑾仪，你既知晓，又当如何处置？”

她唤我瑾仪，便是牵扯上了周氏一族的利害。

我缓缓叩首，“上有祖训，后宫不得干政，臣妾是南氏皇后，自当尊崇。”

太后走至我身旁，为我扶正了髻上的金錾花青鸾钗，冰冷的尖锐摩挲着我的肌肤，这一副慈爱的场面是笑里藏刀，是刀尖淬毒。这把阴冷的刀此刻就悬在我的头上，只是迟而未落。

“这两年，皇后的确长进了。只是这青鸾钗人人皆戴得，唯有九尾凤钗天下只一人。”

南陵刈的旨意，废周立赵，新后所出子，无论男女，皆为皇储。

太后冷笑一声，继而将明黄纹龙卷轴置于青玉五枝灯上，一点点，消失殆尽……微微扬起的烟灰无息地覆在毒红的焰色上，灯火讥诮似的跳动了几下。

南国七十万兵权，三十万系于周氏子弟，旁系的枝蔓都是各怀鬼胎，各自为政。南陵刈的旨意就如同焰色之上的灰烬，只是轻轻拂了拂罢了。

这时，李姑姑从内室走了出来，旧时女子缠足，而她一双三寸小脚也能走得快而不乱。她向太后请安，在太后的耳边呢喃了几句。她走得急，赤金的耳坠子还在幽幽晃动，一下一下轻轻地拍着她日渐枯槁的皮肉。

银鎏金嵌宝石甲套应声而断，“皇后，我只问你一句，赵苑绮的胎，是真的？”

我怔怔。

赵苑绮，竟有了龙裔！

太后想了一想，温言道：“既然赵苑绮有孕，哀家就不能随意惩治她。你先去吧，好好待在你的未央宫，这事哀家得想一想，必然会为你做主的。”

新痕悬柳，淡彩穿花，殿内红窗碧玉皆被宫人匆忙覆上白纱。

我没有想到，南陵刈会死在这一夜。

秋风惨淡，月下西楼，幢幢白幡寂寂魅影。而我只是觉得初秋胜寒，入骨锥心。沁萝见我脸色不好，亦不敢多做言语。凭一盏小小的宫灯行在冗长的宫道，究竟何时才是尽头，何处才是归宿……

太后对我说，皇帝驾崩，赵女怀胎。而皇后，思帝哀恸，一病不起。

我心中一凛，她的决定，是对我的保护，还是……幽禁？

“离多最是，东西流水……”

这分明是一个男子的声音，沁萝一步作两步跑到前边的浓荫下打着照儿，夜来风露深重，那盏宫灯远远望去，火焰竟像是凉的。回头，便看见颀长的身影隐匿在梧桐下，仿若是从夜里滋长所出的妖孽。

“缙王爷，是把这深宫禁院当作自家的府院了？先皇还在宣政殿内，生前最爱护的手足便是缙王爷，怎么，您连最后一程都吝于相送？”

他眉眼含笑，丝毫不见伤心意。

果然，天子皇家最为情薄，南陵缙淡淡说道：“皇兄与皇嫂恩爱久矣，却不见皇嫂面有凄然？”他用怜悯的眼光看向我，“皇嫂可知，帝君驾崩，后妃该如何？”

常所幸御，葬毕悉居皇陵。上自婕妤以下二百余人，后宫无所出者，皆令从死。

南陵缙目光凛冽，一字一顿，“那皇后，又是如何？”我心下懊恼，不再多言。他伸手拉住我的衣袂，清冷冷的月色如同玉液琼浆光华浅晔，我猛然一惊。

“皇嫂无所出，与皇兄亦无夫妻之实……”他放了手，似笑非笑，却惹得我好不尴尬，“皇兄这一生一世，只爱周瑾青。皇后，你可知啊？”

我一一皆知，却无言。

暮檐凉薄，挟风素月，在彼此的衣袂之间流转萦萦，枝头扬扬而下的一枚梧桐叶，兜兜转转落在我的肩头。他为我轻轻拂去，我一抬头，他纤长的睫毛微微颤动，玄发发朱颜，睇眄有光华。

南陵缙凝睇着我，“乌鹊南飞，绕树三匝，何枝可依？周瑾仪，南国之凤凰，非梧桐不栖。你周氏一族的祖训，便是非梧不栖。皇兄驾崩，周太后必会扶持新帝，赵苑绮肚子里可是皇兄唯一的孩子。国之大丧，皇后却退而避之，其中缘由耐人寻味。”

他说的对，国丧之上，不见帝后，这一朝重臣，会如何忖度。可转念一想，又有什么好担忧的呢，姑母自会给安排一个好缘由，不会伤了半分皇家颜面。我无奈地摇摇头，冷笑道：“缙王爷多心，本宫只是身子不爽罢了。王爷若是想从本宫身上做文章，还是死心吧。”

他的脸上始终挂着隐约的笑意，“周瑾仪……现如今，你是求生，还是求死？”

宫道边的树叶簌簌而下，凋落地狼狈仓皇，我怒道：“南陵缙，本宫是南朝的皇后，是母仪天下的皇后，除了你皇兄、太后，没人敢直呼本宫的名讳！”

只见他侧过身子，朝暗处使了个眼色，便有一个黑衣男子携着一个五花大绑的内监跪在南陵缙面前。

南陵缙走过去掐住那人的下颌，打蛇七寸，旁人看着不过用了三分气力，而那个太监却疼得连五官都扭曲在了一起，豆大的冷汗湿漉漉地落在宫道上和尘埃相依相怜。

这就是宫廷，锦绣华裳之下的鹑衣百结，鹊笑鸠舞之下的虚与委蛇。

“周瑾仪，我想你应该还记得肃谨皇后。”我忽然明白了，我才是他玩弄于股掌的蛇，自以为骄傲地吐着鲜红的蛇信子，但其实是没有毒的，那些张牙舞爪不过是虚张声势，南陵缙知道我的七寸，掐得精准。

远处的哀乐不成调，夹杂着无数人的眼泪，或喜或悲或忧，我想起姐姐死的时候，我连最后一眼都未来得及看到。而她终于离开世间最肮脏的金丝笼，终于能够得到自由。她死后，我再未提起她的名字，薨殁于承和三年的是肃谨皇后，而不是她，我的瑾青姐姐。

“若你还记得你姐姐的模样，断然不会忘记她身边最信任的奴才。冯长，你抬起头，看看你有没有这个福分，周皇后可还认得你？”

冯长，先皇后宫中领事太监。

他将手指收紧，白皙的手骨节分明，“听闻你忠心护主，本王向来爱惜忠义之人。不如，今日你同皇后娘娘说说，你誓死效忠的人究竟是谁。”冯长看着眼前的缙王爷，哪里还是白日里的浊世佳公子，明明是九重地狱的嗜血罗刹，他吓得不自禁垂下了头。

“说！”

咚的一声猛然叩首，冯长哭哭啼啼地说：“皇后娘娘，先皇后的死，不是病殁……是……是……”他的眼泪鼻涕污了整张脸面，而我闻言不顾姿仪，喝道：“说！若你有虚假的话，本宫便让你走不出这三里宫道！”

“是……是……”他支吾着，迟迟不肯吐露真相。

“是皇后的姑母，南国的太后。”南陵缙徐徐说道，仿佛他只是无悲无喜吟了一曲哀词。

玳瑁嵌珠宝花蝶指甲套狠狠掐入血肉，我寒声道：“冯长，你效忠的人竟是太后！”

冯长颤抖着将头低下几分，我厌恶地转过眼去看南陵缙，冷笑道：“缙王爷好手段，你既然都已知晓，何必故弄玄虚。”

他的神情依旧是静谧无扰，嘴角牵着笑，冯长被他的死士带了下去。

他拂去身上的尘屑，坐在石青凳上，姿态好不悠闲，“皇后，赵美人有孕，太后弃车保帅，得心应手。肃谨皇后在时，皇兄酒后临幸了张婕妤，张婕妤有孕，太后旁敲侧击欲以肃谨皇后之手让张婕妤的孩子胎死腹中，这样有损阴骘的事，你的姐姐是断不会做的。可最后，张婕妤的孩子也没有保住，肃谨皇后也死了。周太后独断专行，肃谨皇后却敢忤逆，你说，她是留着先皇后，还是趁早另选她人来做这个位子？若臣弟未记错，皇嫂今年不过二九年华，两年前入宫，少不更事，自然是听话得多。”

“南陵缙，你放肆！”

寒夜风不止，枯篁影里斑驳的叶沙沙作响，像是又一双看不见的手，在不停地撕扯这些曾经鲜活过的颜色。

“我凭什么相信你？”

“就凭皇兄驾崩，中宫禁足。”

语罢方落，我的心就像被什么东西攫住了，然后慢慢地拧，拧到鲜血淋漓也不愿罢休。太后要我以养病为由，安居未央宫。而他，居然知道得这么快。想必他也料到以我的性子，太后要幽禁我，也是无怨言的。只是，若她当真害了姐姐的性命，我必定要讨回来。

眼前这人，他即便是远远站在那里，亦是似真似假看不真切。我不尽信他所言，而他告诉我这宫闱秘事，必是有求于我。我索性巧笑道：“缙王爷的野心可是不小。”

南陵缙望向檐边月，不置可否。

我敛去笑容，淡淡道：“赵美人是缙王爷的人吧？既然布下这么好的一枚棋子，怎么却不舍得用？何必舍近求远，一再地纠缠本宫。”

他的眼中闪过一丝凛冽，比秋风寒月孤冷。

他低垂眼睑，漫不经心地划弄着青石桌，指甲刻画出涩涩的响声，等到再抬起头的时候，又换上了那副笑颜，“受人所托，忠人之事。”

隐隐听到有宫人的脚步声走近，想必是沁萝回来了。他凑近我的耳畔，沉声道：“今日之事，皇后如有不信，大可查证，这世上没有不透风的墙，也没有永远的秘密，任凭周太后手段再高明，藏在暗处的眼睛也不一定全找得出来。而皇后，一定有这个本事。”

“娘娘，怎么站在这里？夜里凉，容易伤寒。”沁萝急忙上前捂住我的手，不断为我呵气，这份暖意在冬日就一定可以看得见。我抽出手，她的眼神有些慌乱，愣愣道，“娘娘，怎么了？”

她越是待我如家人，我就越会时时刻刻提醒自己，她待我的好，只是为了利用我。每个人对别人的好，最后都会成为那人心里致命的伤。我笑了笑，“没什么，只是站得久了，身子有些酥麻麻的，你去了哪儿，怎的这么久？”

她埋怨道：“还不是赵美人，这才怀上龙胎，就开始作威作福了。奴婢听着那头有男子的声音，便去瞧瞧，刚巧碰上赵美人，她硬是要把那盒胭脂还回未央宫，说什么消受不起。奴婢说，皇后送出去的礼物，哪有奴才自作主张收回来的道理。她偏不依不饶，又说了些不好听的话，奴婢也是听不下去，索性取了回来，省的到时候她那个金贵的龙胎有个闪失还得扯到中宫的头上……”她发觉自己失言，垂下头偷偷觑着我，不敢再说下去。

我也不再过多责怪她，“她是说龙胎若有好歹，定是这东西作祟吧。”

她眼中的光彩渐次变淡，了无生气，“如今多事之秋，多一事不如少一事，拿回来也好。”

“娘娘，陛下驾崩了，您当真是要回宫养病吗？”

“只要不是心里头的病，总可以医好的。”

她怔怔地看着我的眸子，俨然是看一个不相识的人，说了一句不相识的话。

我从未觉得这条宫道如此漫长，听不见虫鸟唧鸣，唯有梧桐落叶，一声声，跌进了心窝里，变成一根根针，扎着五脏六腑。

·第十二章·

生 死

我果真得了伤寒。

鸾镜朱颜憔悴损，未央宫门庭冷落，无人问津。倒是赵美人被太后册为夫人，赐字祯，居长乐宫。

祯，祥也。长乐宫与未央宫离得极近，虽是国丧笙歌乐舞皆休，依稀可以闻得那处的欢喜，总有人会变着法子讨祯夫人的欢心，讨肚子里龙胎的欢心。

沁萝索性闭门，她素来不喜欢祯夫人。总觉得她是凭着那张酷似姐姐的脸才能跃居高位，风头凌于我之上。我咳了几声，她急忙跑过来为我顺气，眼底满是不忍。

“你下去吧，本宫想自己歇一歇。”

沁萝走后，唐儿在约定时分到来。

“唐儿，找到了吗？”我甫一开口，又是止不住的咳嗽，嗓子里也像被塞了一把稻草一样难受。

她连忙为我斟了一盏茶，递至我手中，方道：“娘娘，找到了。三年前为先皇后诊治的太医当年就亡故了，听说是在山中寻奇药，被毒蛇咬死了。”

我冷笑道："那你信是不信？"

唐儿冷漠地摇摇头，一个太医，若是能被毒蛇咬一口便死了，在这样的豺狼之地，早就死得连尸骨都不剩了。

"可是，当年抬回来的时候，他的小徒弟确实说是蛇毒致死。"

"如果我没记错，他的小徒弟，如今已是太医院院使了吧。"

我粲然一笑，斩草除根的道理我的好姑母不会不知道，她也不会做的这样不干净。只怕咬死老太医的毒蛇是他最疼惜的小徒弟。日防夜防，家贼难防，如果不是那小徒弟察觉到了什么，借此向太后明志，哪里能活不到现在，何谈身居院使高位。而他能在太后眼皮子底下多活三年，也是他的本事。

我扶着桌角，勉强起身，正色道："本宫身体有疾，请曹院使来未央宫走一遭吧。"

哪怕我死，也要为姐姐做最后这件事。唐儿疑惑地看了我一眼，这几日，无论我身子多不爽，都不曾延请太医，心里头的病，不是药石可以轻易根治的。我对太后也存了一丝芥蒂，她遣宫人送来的药，也只是熬好之后在夤夜偷偷倒了。

唐儿吩咐两个宫女进来照看我，一路小跑便去了。

曹木师长着一张精明的脸，一双细长的眼，像极懒洋洋地盘桓着的毒蛇。

"曹院使的脸色，近来可是不大好看呢。"

他的脸面上是有淡淡的巴掌印子，听我这么一说，脸色愈加尴尬难堪，不一会儿就匀出了一层汗。

我继续笑道："俗话说，后院起火，家宅不宁。曹院使的家事，本宫本是插不上话的，可偏偏您在外头养着的美眷又是院使夫人孀居的表姐，这李夫人新丧不久，表妹夫就来嘘寒问暖，真是几辈子修来的福分。只是不晓得院使夫人有没有容人雅量，愿意分一杯羹给自己的表姐……"

曹木师惧内，这也是他的软肋。他按捺不住，忙打断我的话语，连着向我磕三叩首，"娘娘，您有什么吩咐，微臣，必当万死不辞。"

"本宫不过生了一场顽疾，今日院使大人不过是来瞧病的。太后宠信曹院使，本宫自也不必多说。"

他若有所悟地点点头。

"本宫的姐姐，也就是这南朝的肃谨皇后，三年前怎么就染上了顽疾，任凭先师妙手亦难回寰？”我的声音并不大，却掷地有声。

“这……”

“今日，你既是来了未央宫，长信宫就断没有不去的道理。你说便也是说，不说，本宫也有的是法子让你的主子信你说了些胡话。何况，不过是几句实话，换院使大人一家的平安康健，大好前程，倒也是笔不亏的买卖。您觉着，本宫这话说得在不在理？”

我把玩着青瓷茶盏，“曹院使赶得巧，本宫今日可还未向太后请安，不如随着本宫一同去了？”

曹木师向我再行一叩，道：“娘娘饶命，微臣不过是听命于人，医者仁心，断不会主动去谋害他人性命，可为人臣子者，主子有命，无论是为了微臣自己还是妻儿老小，只好拱手听命。”

他谨慎地环顾四周，低声道：“天灾易躲，人祸难避。皇后娘娘聪慧，自然明白微臣所言，是药三分毒，娘娘这病，静养为宜，微臣知无不言，有些话为了娘娘也为了微臣自己的性命，实不宜多言，微臣唯愿娘娘凤体康健。”

南陵缙，诚不欺我。我默默起身，走出了殿门，外头艳阳高照，昨夜西风，仿佛只是我做的一场凉薄的梦，而霜露却湿了很久很久……

我瘫软地扶着雕花门檐，眼中酸涩，可是我不能哭，不能落泪，我只能仰着头，看着那人怎样失去她最珍视的东西。

祯夫人……如今只有她了。

我望着镜中人消瘦，轻轻抚上自己的脸，骇然于这样陌生的皮肉。唐儿为我取来流岚色丝绣牡丹宫装，素色银线勾勒牡丹，开在锦缎上好不热闹。唐儿看我妆容太素，又为我点唇描眉，这才有了几分生气，不似先前那副病恹恹的模样。我笑着说：“这样打扮，真是好看。”

“娘娘本就生得美。”

我从妆奁中取了银镀金点翠嵌宝石九尾凤钗，缓缓插入发髻。

祯夫人的庭院里放了几个口径相同的青石缸，水面上清浅浅地浮着苍翠欲滴的荷叶，小心翼翼地托着洁白的睡莲，清风徐徐漾过吹皱水面，裹挟了莲香的风又轻轻地撩动着帘栊。祯夫人的窗牖只隐隐掩着，天青色的软烟罗帷帐影影绰绰，别有韵致。

若只单单看这庭院景色，祯夫人也应当是一个温文良善的女子。我在院内站了许久，这里的气味真是心旷神怡，抛却尘世烦扰。直到沁萝轻轻唤了我一声，我才走入内室。

祯夫人斜斜地躺在贵妃榻上，青丝如瀑随意泻在肩头，这样的慵懒姿态怎样看来都是我见犹怜。她的眼睛生得极媚，眼角微微向上扬，总是一副意气风发的样子。

她调笑看着一旁的宫女，道：“今儿个这风真是邪了，竟能将皇后吹来臣妾的长乐宫。”

我见她没有半分要行礼的模样，也不愿同她计较，便径直坐上首，漫不经心地环视道：“祯夫人的长乐宫怕是连门槛都要被踏破了，本宫怎么也得来凑个热闹。太后果真是心疼祯夫人，长乐宫果然是个好地方。”

祯夫人扯出了帕子，巧笑嫣然，“皇后真是抬举臣妾，六宫之内，长乐宫算个什么，娘娘住着未央宫倒也还看得上臣妾的陋舍。”

她先是见我不行礼，再是觊觎未央宫，真是处处都在针对我。沁萝刚要发作，我轻轻按了按她的手背，“沁萝，把本宫的礼拿出来给祯夫人瞧瞧。”

宫女恭敬地呈上了一个四方镶金嵌红宝石的妆盒，岂料祯夫人只是微微扬了扬头，便再不多看一眼。我也不再跟她打哑谜，开口道：“祯夫人，那盒胭脂，是缙王爷入宫中经了你的手，亦是经了本宫的手，这算不算是本宫沾了你的福泽？”

她神情一顿，支走侍女。我也打发沁萝守在门外。等到屋里只剩下我们两人，她一反方才的语调，正色道：“那日未央宫中的话……”

她的眼神陡转寒意，我不禁想到南陵缙的眼神，亦是这样的凛冽。

“皇后，可有了思量？”

“本宫只是不知祯夫人口中的前程，究竟是什么意思？”

祯夫人言笑晏晏，媚色横生，“皇后娘娘觉得，太后是看重本宫肚子里的龙种，还是皇后您呢？本宫肚子里的孩子已有两月，直到本宫生下龙种，只怕朝政早已掌控在太后手中。届时子为王，母为虏，太后是断然容不下臣妾。”

“那先皇驾崩那日，祯夫人既有心拉拢本宫，又何故冤枉本宫？”

“若臣妾不演一出戏，怎么请得来皇后呢？那日宣政殿内的事，眼下太后册封臣妾为祯夫人的这份大礼，究竟是无心插柳还是刻意为之，要安抚的是龙胎还是臣妾，皇后娘娘心里也早有了论断。臣妾只是在太后眼皮下斗胆使了微末伎俩，看太后娘娘心里，孰轻孰重，现在太后手里的那杆秤，臣妾反倒看得一清二楚，可惜了，长生富贵终究是捏在别人手里。臣妾惶恐，妄想求皇后娘娘的荫蔽。而且……听说着周氏又在张罗送女人宫了呢。常闻只见新人笑，不见旧人哭，这回，恐怕皇后娘娘要欲哭无泪了。”

我不解地看着她，她果然是南陵缙的人，她果然和他一起算计着一切，我直言：“祯夫人大可明说。”

她理了理素白云锦宫装的褶子，“太后在为帝后准备入陵下葬。”

我的手紧紧攒成一团，努力压抑着自己的怒气，“祯夫人，这话可是大不敬。”

她似乎早已料到，缓缓感叹道：“皇后自然是不知，太后可是打算好了一切，怕是连时辰都掐算好了。原本娘娘是不必殉葬的，娘娘智者千虑，怎么没有想到召曹木师一事，会让太后生疑？娘娘不信太后，太后自然也未全心信任娘娘。”

我的脑海中猛然闪过曹木师的话，是药三分毒，娘娘这病，不宜服药。原是一语双关，平素我便不喜服药，因为太过苦涩。可我不曾想到，我的亲姑母，害了姐姐的性命，竟然还要我的性命。

“你和缙王爷，想要拉拢本宫？”

祯夫人会心一笑，“皇后娘娘真是聪慧妙人，不过不是拉拢，是受人之托想还娘娘一条生路。”

祯夫人是南陵缙送进宫的，他谁也不送，偏偏送了一个和先皇后肖似的女子夺宠，南陵缙怕也是醉翁之意不在酒。

“是谁？”

她莲步轻移，走到窗边支起大半个窗子。

祯夫人的身影单薄，定定地站在床边看着外头的天色，湛蓝得不见一丝阴霾，偶尔还会有几只鸿雁南飞而过。一声悄无声息的慨叹，“因为肃谨皇后是周家的女儿，因为娘娘亦是周家的女儿。周家的女儿，难道真的心甘情愿枉死在深宫？”

这句似曾相识的话，渐渐和我记忆中听到的一句话重叠在一起。

“你就甘愿在这深宫，一生一世吗？”

“不愿，也没有选择。”

碧海青天夜夜心，世间女子莫非身不由己，哪一个不愿嫁与一心人，执手到白头。

我走到她身后，半阖了窗子，她的衣袂扬起复而无声迎落，像是飞倦的彩蝶，想停在这里歇一歇。看着她相熟的脸庞，心中百味杂陈。于是抬手扶正了她髻上的钗环，这样美的女子，今后就是这宫里的一缕俗尘。

我靠近她的耳边，轻声说："缙王爷要的是南朝江山，本宫要的是这后宫易主。"

她的睫毛微颤，"臣妾，自当听从皇后娘娘的吩咐。"

古人常云，不谋全局者，不足谋一域。我以为我是观棋不语，祯夫人的一席话才使我顿悟，我早已是局中人。南陵缙这棋，布得可真是妙绝。

祯夫人说，沁萝取回的胭脂，便能够保全我。

长乐宫里，祯夫人好奇地打开了四方镶金嵌红宝石的妆盒，里头静静卧着一幅太平有象绣图……

她立于庭中，广袖流垂，宛若谪仙。祯妃默默看着未央宫的方向，想着，的确是小看这位无宠皇后了，太平有象，天下太平，五谷丰登。这幅绣图，无论是她还是她腹中的皇子皇女，皆是消受不起的。

她小心地把这件礼品安放妥帖，天色又渐渐晕染上暮色。

三日之后，便是先帝入皇陵。

而这森森宫阙，也将迎来黎明曙色了。

·第十三章·

殉葬

入秋之后，暮色低沉，今夜的月色照透半城宫阙。未央宫向月而立，殿阁奇丽，月影流转于碧檐金栏，低回温婉。几点疏星遥遥缀在天际，仿佛是月宫仙子广袖中零落的半斛珍珠，应和着玉帘钩，形影相吊，清露摇曳。夜风晚来疾，素纱宫灯不堪西风残，仓皇间早早失却了昔日雅静从容的姿态，彼此推搡发出粗劣的摩挲声。

衣衫还薄，不一会儿便觉得有丝丝凉意侵入肌肤。

沁萝明着是满心满意为我去煎药，我渐渐觉得人心复杂，如月色下的湖，水波不兴，银鳞熠熠，或许一场猝然的雨乱跳入水，便惊惹了满池波谲。

我将系玉流苏紫绶解了下来，懒懒地倚在栏杆上把绶带放入水中。

六宫从简，玉佩亦是从简而制，节省用料，故而宫人以奇巧玲珑为好，却往往是体态盈盈。无奈秋风不解意，只消轻轻撩拨就在湖面之上反复兜转了。

我心下懊恼，竟连这绶带都要和我作对？于是褪了手上的南红玛瑙手串，也一同系上去。我放在手上掂掂，用力掷向水里。

一时清漪涟涟，碎银浮光。柔软的流苏漂荡在湖面上，像极了幽紫的鸢尾，只是花瓣却是碎的。我旋着绶带，圆晕就这样渐次铺开，甚少有残的。

人生如水，纵然浩浩汤汤也逃不了的随波逐流和难得团圆。

“娘娘，怎么又想起闺阁的玩意儿了？”沁萝轻轻地为我披上了素色水墨披风御寒，细细扣好银三叶的纽。我略扫了她一眼，便发觉她似欲有所言。

“沁萝，待这阵子过了，本宫便遣个由头，放你出去，再为你寻个好人家。”光影摇曳的时候，有几条锦鲤晃着尾巴来啄玛瑙珠子。

富贵荣华怎是人人都担受得起呢？

她不置可否，“娘娘为先帝守灵，已有言官上奏……皇后失德，忝居后位。”

只听得她猛地跪地，向我磕头行大礼，眼底的泪意和湖中的清漪出奇肖似，“娘娘，您真不去送先帝最后一程吗？”

我紧握着绶带，硬冷的护甲掐破缎子。

我的夫君，他不曾待我如结发妻子，我亦未尝视他如生死不离的良人。去与不去，于吾二人，实无意义。若要做一场给天下看的悲戏，想必六宫之中有的是深藏不露的技高者，实在不需要我班门弄斧，布鼓雷门。

手中绶带卷绕指尖，有秋气的寒，“郑公公方才来过了吧？可是带来了太后的懿旨？”

沁萝疑惑地看着我，“一个时辰前，就在娘娘回宫不久，郑公公就来了一回，太后娘娘的意思是，祯妃有孕，娘娘不宜多过走动……以免……”

我笑道：“以免过了病气，扰了祯妃静养，是吗？”

她沉沉敛目，“是。”

“沁萝，你说，太后待本宫如何？”

她低着头，听在耳里，却不说出来。沉默，比多言更能保全自己，她对于我是不敢言，哪怕彼此心照不宣，再听一遍只是那把锥心的刀，又入骨几寸。

那你对我又如何呢？我心中冷笑。

我理好宫装，指尖还绕着绶带。浸入湖水的半段显色较深，本是同根同质的一缎相连，如今在外力困扰之下相互背离。那么，便不要了。抽指离绶，丝滑的缎子从手中盈盈而落，没有半分的流连。

寝宫内明华如昼，白玉炉燃起袅袅香雾。白色的蜡烛落着凄然的烛泪，摇曳的光影摇不散。牡丹菱花镜里的人儿蛾眉颜色已褪，鬓发也被夜风吹得有些散落，反倒添了几分风流妩媚。纤纤柔荑执了胭脂盒，轻轻地抖进玉炉内。

飞卿词曰：玉炉香，红蜡泪，偏照画堂秋思。眉翠薄，鬓云残，夜长衾枕寒。梧桐树，三更雨，不道离情正苦。一叶叶，一声声，空阶滴到明。而独我一人，对镜描花钿，听残烛泣泪，玉炉生暗香绮靡。

玉炉生香，予我一夜好眠。

我拿过唐儿手里的牙质梳篦发，她看着镜中人，“娘娘，您真美。”我端详镜中颜，眉梢眼角处隐约有浅色寿阳妆的影子。

日夜焚香，朝描花钿。

先皇入陵还有三日，太后来了我这似冷宫的未央宫。她的精神矍铄，盛气凌人，我看过御花园内春到时，最浓烈的花艳色逼人，香气浓郁。却因为太过引人注目早早被嫔妃折了去簪钗鬓间，来求圣眷顾。

那么太后呢，她是觉得整个江山即将囊入她袖，任她倒弄风云吗？

白妆素袖碧纱裙，她赞我颇识大体，既不失自身的颜面，也没辱了皇家的颜面。我想，皇后的颜面早蒙尘垢，人人皆可辱，那毁人颜面的第一步便是我的姑母踩上去的。

“臣妾病居未央宫，无能为先帝尽绵薄力，今母后躬亲看望，臣妾亦是心有愧疚。惟劝母后保重自身，切勿伤心过度致凤体累损。否则，臣妾便是负了不孝之名。”

太后面露难色道：“难得皇后一片孝心，哀家却……”

她的意犹未尽，我的心知肚明。

“瑾仪，姑母害了你。”她的眼睛直直看着我，那双历经两朝风雨的眸子看过无数阴谋夺权，也能在转瞬之间掀起诡谲风云。我沉下心，静静问道：“臣妾不知何事，母后但说无妨。”

她说，那日赵苑绮发难于我，赵苑绮怀有龙子皇孙，纵然是她的错，也只能是旁人的不是。太后本是安抚于我才许我脱身国丧，安养未央宫，怎晓得竟惹出祸事。言官上奏皇后失德，先帝新丧，竟自始未见皇后。李适为言官，上谏言皇帝，下督察百官。他为人刚正不阿，一连上了三道折子。料想皇后受惊之事，疗养两三日便可大好。哪知，皇后却缠绵病榻至今，李适见周氏压着此事，而朝内亦有流言蜚语直指皇后，便联着几众老臣联名上奏，皇后失德一事，更有赵大夫上奏废黜皇后。

我听得她娓娓道来，前因后果，事理详尽。

我俯身一拜，“臣妾自愿领罪，绝不有悖皇家仪制，也不愿连累周氏一族，侮辱周氏百年家风。”太后急忙扶起我，眼底蕴着泪光，“如今只怕，姑母也回天乏术。”

我知道，前朝百官誓不罢休，更有甚者传言出那日我欲谋害南陵刘遗腹子，南朝唯一的储君，更是罪不容诛。若是再过几日，只怕叛逆的罪名也要扣到周氏的头上。但我只要愿意殉葬，依旧能留给后人贤德的好名声。

而前几日深居未央宫一事，自然有人为我文过饰非。姑母想的倒是周到，我死了，还有我的家族门楣，还能为将死人留一条向死而生的后路。

“瑾仪生死无憾，只愿姑母在一日，誓死守护周氏不衰。”我再一遍叩首，鬓边的白珠步摇猛地重重掉落地上，偌大的宫室回荡着白珠乱跳的声响。

终于，风起了。

太后回头望了一眼，对身边的陈公公说：“那些药，皇后都喝了？”

“里头的人说是一日没落下。满满端进去的，第二日是空着碗出来的，皇后那么听您的话，想当初您指了她入宫，哪有半句不情愿的话。娘娘就是多虑，如今万事俱备，您也该放宽心了。”

太后凤辇渐渐消失在我的视线里，嘴角忍不住掠过一丝笑意。

姑母，来日方长，你总能再见到瑾仪。

回到内殿，我燃起胭脂香，将脸上妆容尽数卸去。寿阳梅妆形色分明，只是方才用香粉掩去，做出一副病恹恹的样子给她瞧。如今天然去雕饰，素颜白妆，恍若九天玄女落凡尘。唯独眼角胭脂梅花，嫣然一顾，人间颜色皆尘土。

南朝承和六年十月，南陵刘入葬皇陵。

万里晴空，细柳轻摇。

唐儿与沁萝两只眼睛哭得红肿，我用帕子给唐儿拭泪，紧紧抱着她，这几年，她才是我真正的亲人。是她对我不离不弃，在我悲戚孤单的时候，为我点一盏灯，在我寒冷萧索的日子里，为我披一件衣裳。而如今，她也会在我饮下鸩酒之前，难过地感同身受，情愿和我一道去死。

我平静地擦干她的眼泪，轻轻靠近她的耳边，低声道：“唐儿，你是我的好妹妹。我只求你两件事，一是死后不许任何人碰本宫的身子；二是以后无论怎么样，生也好，死也罢，你都要好好生活下去。你要过的快快乐乐的。这一辈子，我没有爱过，只有伤过、痛过，所以，你要带着我的希望，让我看见你幸福，知道吗？”

她泣不成声，不忍放开我的手。

我对她二人说：“出殡时，走慢些，走在缙王爷护送军队的前头，自然会有人送你们出宫。以后离这里远远的就好。如果接你的人问陵阙何处，便说，秋风尽头。你们可记住了，千万不能说错了。”两人含泪点头，我从未见过这他们流过这样多的眼泪，就像断了线的珍珠，只顾一个劲儿地掉。

她们都以为我快死了，连沁萝都予我最后的真情。

陈公公跪在不远处，高举着白釉瓷壶，尖细的嗓音提醒着我饮下这壶酒。

我缓缓向他走去，举杯斟满，回头看了唐儿一眼，我想此时此刻，她肯定宁愿自己死，也不愿看我这样过完短暂的一世。

“唐儿，本宫叮嘱你的，可都记住了？”

她断断续续道：“记住了，奴婢都记住了。”

“那便好，本宫爱美，身后的妆容有你来描画最好不过。”我浅浅一笑，希望她从此能够好好生活下去。我拿过白釉瓷杯，随意问了一句，“陈公公，这酒是苦是甜？”

他举了半晌的双手，轻轻地颤动了一下。他素来恪守宫规，待人毕恭毕敬，待事一丝不苟，如今却直直盯着我，似乎没有听到我说的话。

“老奴该死，方才娘娘可是问，这酒是苦是甜？”

“陈公公服侍太后多年，自然步步谨慎，是本宫多嘴一问罢了。”

他低首道：“若娘娘怕苦，老奴倒是备了一枚蜂蜜甜丸子，只怕东西粗鄙，入不了娘娘的眼。”于是从袖中取出了一颗小小的白色丸子。

我向沁萝使了眼色，她接过了这颗蜂蜜丸子。

“公公见笑，本宫素来怕苦，今日谢过公公赠丸之恩。”我向他福了福身，陈公公捧着瓷壶，只是面色好不尴尬。

时辰已到，我饮尽杯中酒。身子越来越重，只觉得整个人在不断地下沉下沉……

第二卷

隔江人在雨声中

·第十四章·

织弋

承和六年十月，皇后周氏自尽于未央宫，手书一卷，生死相随。

帝后共入皇陵。

天下举哀。文武百官携命妇跪于朝宣门外，帝都缟素，四海哀恸，朝夕哭临。

三日后，太后暂理朝政，周相、德亲王、王烈将军辅政。

南陵缙向我娓娓陈述的时候，寥寥数字，周瑾仪便死了，还全了贤后的名。

那日奉梓宫于朝天门之时，他便偷梁换柱将我偷换出来。我竟没想到，看似玩世不恭的缙王爷真有这么好的本事和胆量，众目睽睽之下动的手脚，无人察觉。

他拿着兵书在廊下翻阅批注，而我提着裙摆跳到栏杆旁，接着沿屋檐滴下的雨水。他斜睨着我，“瑾仪，这几日你在王府待得可是很快活。”

我用雨水洗净手掌，跳了下来。笑道：“缙王爷救了本宫一命，为王爷研墨倒也没有什么，只是这手被磨染脏了，就着雨水洗洗省事得很。”

他把书放在一边，凝眸看我，向我走过来。我动也不是，不动也不是，只觉得自己像是手足无措的木偶，一下子失了方寸。他盯着我的脸，也不说话。我赧然道：“缙王爷这么盯着本宫做什么？是脸上染了墨吗？”

南陵缙笑得温文尔雅，“这胭脂果真有奇效，色泽艳丽，哪怕春日群芳争妍，亦不如佳人眼角之梅。”

他赠我的胭脂，是心腹从番邦千辛万苦得来的，西域之地多巫蛊术，药石如神。南陵缙以万金求一盒胭脂雪，胭脂雪，玉炉香。若是寻常描妆，用以描花钿，花钿细入肌理，永世不褪。而它真正的妙处是焚之内用，可使人陷入假死之状。

“缙王爷是如何收买了太后身边忠心耿耿的陈公公？”这是我一直疑惑的地方，陈公公对于太后，向来是忠心不二，怎么会违背她的懿旨？

他微微笑了笑，“本王以为你会问身边小宫女的下落。”

“本宫既能将自己的身家性命尽数交托王爷，便是对王爷坦诚以待，自也没有信与不信之说。”

南陵缙极耐心地叙道：“如曹院使，人生在世，怎会无顾忌，无牵挂？陈公公是忠心，可他的忠心是为了自己多些还是为了太后多些，只要是前者，就没有什么做不到的。他入宫前有一双儿女，可惜儿子身染恶疾，女儿天生痴傻。这么些年在太后面前兢兢业业只是为了家人能延医问药，恰好本王府上有这么一位神医，为他的儿女诊治数月，病情大好。他感谢本王还是感恩太后呢？”

我曾有耳闻，陈公公的一双儿女早夭。原是入宫为怕树敌报复儿女，寄养在别人家里。想来亲情血脉，没有什么比这更重要。而我的父亲，却在姐姐死后送我入宫，官宦世家的亲情便是这般轻薄。

“缙王爷可有打算？”

南陵缙身形颀长，一袭青衫媚少年，公子如玉，风光霁月。只是眉眼间总有化不开的轻愁，浅浅覆在他的眼里。

打从我第一眼看到他，就看到了。

他道：“若本王再无打算，你后悔吗？”

我走到书桌前，又执起墨块，“胸中自有经纬天下，泼墨写江山，如今，为王爷研墨又何妨？”

他爽朗大笑，驱散了所有的秋风秋雨愁思绪。

“周瑾仪。”

他唤我的名字，我循声望着他。

“周瑾仪是已死的孝谨皇后，你不是。”

我心底浮起了一丝失落，他说的没错，周瑾仪是死了，眼角落梅亦在时时提醒着我与周瑾仪的诀别。

他想了想，说出两个字，成为我一生的名。

织弋。

我迷惑地望着他，他看向檐外的雨，“濛柳添丝密，含吹织空罗。”

带着秋天的寒意从我身边走过，但我并不觉得冷。自从我出宫，再没有那样的幽冷萦绕。

南陵缙在府中时日居多，朝政依旧把持在太后手中。形形色色的人出入他的书房，有时候他会在书房闭门一日，我不会去打扰他。他为我新建了一个静雅的小院，内庭布局竟于我未入宫之前的居所出奇相像。

碧水锦树，曲水潺潺。亭台楼阁，雕梁画栋。

而唐儿和沁萝离开后，我身边再没有一个能说得上话的人。他索性大方赠了我四个侍女，我只留下了一个和唐儿差不多年岁的姑娘，名唤揽月。

我调笑他，王爷倒是风雅，连近身侍女的名字都这般好听。

他却反问我，你的名字不也是本王取的吗？将我堵得无言以对。

我每日都在掐着手指，祯妃的胎已经有五月了。朝政在太后的手里也近半年，南陵缙也有半年称病不朝。我不是不着急，若他尚未成竹在胸，我怎能轻举妄动。

除了等，除了静静地在雅院里看四季盛衰，庭前朝夕，我实在想不出其他的法子打发时光。

偶尔南陵缙会让我诵读史书兵法给他听，我亦推辞过。他说，若是本王害了眼疾，谁为你的周家姐妹出恶气。我哭笑不得，只能认认真真地为他念书。南陵缙的确有治国之才，我为他念书，常常要一两个时辰，眼睛也是疼的，虽然能够忍了下来，有时候会念错。

那日，他闭着眼仿然入睡，我也有些累便读错了句子。他突然幽幽吟道，英雄欺人，盗亦有道；智日以深，奸日以老。象物为备，禹鼎在兹；庶几不若，莫或逢之。集“狡黠”。我忽然冒出了一个念头，老奸巨猾，便是如他。本就精神疲惫，还被他责怪。我把书卷扔到他身上，“王爷不是有书童吗？”

他假寐着，把书又扔回了我身边，“我乐意。”

南陵缙每隔三日便会来雅院听我念书。他难得夸我，句读得当，错处几无。

初春庭中听雨，微雨燕双飞，想起曾在南陵缙的书房中看到一架杨木箜篌，心想宝物蒙尘，倒也可惜。便让揽月去库房取箜篌。她起初并不情愿，我从妆奁中拿出钥匙，“你们家王爷既然能把库房钥匙给我，还会有防人之意吗？”

婢女们把箜篌放在庭前檐下，我既能赏到春雨润物，又能抚琴自乐。我试了音，南陵缙府里果然不乏绝世珍品，音色精雕细琢，空灵纯美。

揽月说，真是仙音遗凡尘，人间哪得闻。青白鲛绡薄衫，霜纨披帛若瑶池仙。

我但笑不语，低头抚琴。

一曲乐阕，南陵缙便又来听我念书了。

他见我抱着箜篌，联想到方才的乐声，眼中闪过一抹温柔。我整顿衣裳，将箜篌给了揽月放回库房。

南陵缙止住揽月，拨了一弦，“难得织弋通音律，善箜篌，箜篌留在雅院里，本王也是沾了耳福。”

我向他福了福身子，鲛绡剪破春风，风流天成。

他迈着大步进了内室，我低头跟在他的身后。他忽然停驻不前，我只顾看脚下的路差点儿撞上他。我猛然抬头惊呼出声，他漆黑的眸子仿佛看进我心里，仿佛在他眼中我是一个没有任何秘密的人，无端端让我心生畏惧。我默默后退三步，“我为王爷念书。”

我向他伸出手，他却没有把书交给我。我的手放在春意氤氲的空气中，收不也是，不收也不是。

南陵缙忽然开口问我：“那盒胭脂，用完了吗？”

我不明所以，但还是点点头。如今落梅若胎生，红得艳冶。

他转身，将书放到我手里。竹片简牍，很凉。

我只为他念了一炷香的书，他说倦了，不想听了。我以为他睡着了，想离开去斟一盏茶。南陵缙听到我的动静，让我别走，跟他说说话。

他问我，三月后是你的生辰吧？

我回道：“织弋本无生，便无生辰一说。”

他说：“你也要十九岁了。”

是啊，我十九岁了。而今后漫漫辰光，是凶是吉，前途未卜。

“你知道吗？你比你的姐姐还要美。红颜媚骨，倾国倾城。”他从未说过我美，我一直觉得姐姐比我美，赵苑绮也比我美。只是过了半年，我眼前这个男人告诉我，我的容颜胜过南朝两位绝世女子。

我静默了一会儿，仰起头问他：“世间男子都爱美人吗？”

他斜倚榻上，忽然伸出手敲了一下我的脑袋，我一下子有些不知所措。

“爱美之心，人皆有之。”

我怏怏。

“为何缙王爷没有王妃？连侧妃都没有。”

“愿得一心人，白首不相离。我只要一心人，便足够。”

你要一心人，也要江山。一旦坐拥天下，就不可能一生只爱一人。古往今来，我不曾见过有哪位君王空设六宫，独宠一人。连诸侯将相都三妻四妾，遑论天潢贵胄。而这些话，我没有说出来。

我轻轻叹了口气，不想跟他继续谈论男女情事，“祯夫人如今怎么样了？”

他捏捏眉心，“太医诊断，再过三月便要临盆了。”

“王爷是诸事烦忧，我略懂些岐黄之术，如果王爷不嫌弃，我倒是可以试试。”

南陵缙点了点头。

其实，我并不谙岐黄之术，只是想为他舒展眉宇间的愁怨。昔日沁萝为我按揉，总归是会一些的。

我触到他的肌肤，有些暖。我犹豫了一下，他抬头看我，“怎的不按？”他的睫毛如羽毛般浓密，又黑又长。我轻轻地为他按着，他蹙起的眉慢慢舒缓，我有些欢喜。后来，他睡着了。我起身去倒了茶，看着他的睡颜安然，忽然觉得这样的时光静谧美好。

后来，我趴在桌上也睡着了，醒来时身上披了南陵缙来时的青色素纹常服，我恍然忆起当日未央宫内为我披衣之人，身上便有着这股淡淡的怀梦草香。南陵刈曾说我不懂情爱，可如今，我遇上了，我只知道，我想和他在一起，我想他万事顺遂，平安喜乐。

青瓷茶盏下压了一张纸笺：

朝云暮雨，梦回南朝，山河涟漪，潋滟如画，梧桐栖凰，惊鸿照影。

仕女婀娜，面若桃花，其华灼灼，婀娜多姿，红绡香断，颦眉玉脂。

玉姿妖娆，倾国倾城，芙蓉泣露，玉簪绾丝，乌发素衣，粉笺羞黛。

字体行云流水，潇洒恣肆。

若他非心中无宏图霸业，自在山水间，也不一定会不快乐吧。

·第十五章·

离归

三月桃夭，如云绽放。千里一陌，颜神妩媚。

我在桃树下置了木榻，青衣缀桃夭安然眠卧，醒时落霞余晖绵延整个天际，斑斓的色调鲜活了人间芜秽。时辰也早，便辗转身侧想这几年发生的事，仿佛已是百年身，而我只有十九岁。

我未发觉，南陵缙白衫写意立于桃花树下驻足，良久。

我看到的时候，竟失了神。

满身落拓，桃花红拂。细长的眉眼满是缱绻，我怅然。他就这样远远地望着我，微微扬起笑意。

而我的心，再难自抑。

我从来只是唤他缙王爷。

可我还没来得及开口，他就拿起放在桃花树下的素服，桃夭似血，素衣艳色，诡异至极。

祯夫人产子，他等的就是这一日。

太后失势，我等的，不也是这一日吗？

织弋，北国滋扰南朝，太后遣周相携军十万平定北疆之乱，另二十万驻军帝都，德亲王叔素见不惯后宫干政，早有反意。无奈名不正言不顺，三军出师无名。如今借兵十万于我，胜，则是新朝的开国功臣，若失败了，便只会是本王一个人的谋逆。

他说，若他殒命，我愿意的话就为他缟素三日，余生也再无憾事。

南陵缙就站在那里，没有向我再走近一步。

我不顾一切地向他跑过去，他没有推开，揽我入怀，眼泪染湿了他的肩头衣衫。他的手紧紧环扣在我的腰间。

我强抑制心头的酸楚，问："你不想我成为你手中伤人的剑，为什么要救我？你救了我，我们既有相同目的，为什么我不能去？"

他爱怜地抚着我的发，满是心伤，"皇兄已经对不起肃谨皇后，怎么还忍心看她最疼爱的妹妹老死深宫。"

我苦笑一声，那你可忍心看我茕茕遗世，尝尽相思苦。

脑海中思绪如麻，哀哀望着白衣缟素。我不要，我再也不要忍受别离苦。

那些杂乱无章的思绪忽然有了眉目，渐次成章。

我捡起树下的素服，抚尽落花，盈盈拜倒，垂首掩去眸中泪意，"泼墨写江山，织弋仍愿为君研墨一方。待君归来日，天下重安宁，再奏盛世音。"

南陵缙从不向我透露一星半点的计划，我做不到像他那样云淡风轻。我向府中侍女揽月要了些绸缎，想为南陵缙做一个香囊。

揽月说，缙王府内没有现成的绸缎，只有翡翠珠玉。

她复问："姑娘，是要做几身新衣裳吗？"

我解释说："倒也不是，平日里无聊得紧，打发辰光罢了。"

她将新摘的葡萄放在桌几上，掩嘴一笑，"奴婢看王爷可是把姑娘牢挂在心上，姑娘夜中难寐，白天也鲜少走动，看着总是几分憔悴的模样。王爷又说姑娘不喜欢吃药，葡萄又能安神解乏，便亲自去了城郊买来新摘的葡萄，奴婢从未见王爷对任何女子如此上心，姑娘一定是对王爷很重要的人。"

我愣了愣，揽月狡黠一笑，伸出手指点了点我身后，"王爷来了。"说罢，揽月微微欠身，便识趣地走开了。

初秋的风，卷着暮夏最后的余温，艳阳下最后的浓情，暖风骀荡，心神摇曳。

他的眼睛里藏着笑，"怎么，不请我进去坐一会儿？"问虽是这么问，但已大步走进我的屋子。

紫黑色的葡萄缀着水珠，果香诱人。我将果盘推到他面前，“王爷也尝上一尝。”

南陵缙伸出手指撷了一颗葡萄，在指尖把玩。我问道：“王爷不喜欢吃吗？”

“有三件事，你想先听哪一件？”

闻言，我心里咯噔一下。

“你的侍女唐儿回来了，可以继续留在你身边。”他顿了一顿，眼睛直直看进我的眼中，“沁萝不见了，我派出的手下也没有找到她。”

唐儿和沁萝是一起离开的，却只唐儿一人回来。

“沁萝是不见了，还是……遭逢不测？”

南陵缙侧过头，将那颗葡萄扔出了屋外，淡淡道：“活不见人，死不见尸，也许还活着，但也可能已经死了。”

狡兔死，走狗烹。我心有戚戚，毕竟她也陪了我那么多年。我走到南陵缙面前，抬头直视他，冷声问道：“沁萝是什么时候听命于你的？”

他神色平静，没有丝毫惊讶，“掖庭。”

“是你杀了她？”

南陵缙微愠，说：“你觉得本王是这样的人？”

我转过头，桌上的葡萄如紫玛瑙一样的鲜艳夺目，沁萝看他时的眼神，喊着缙王爷时的温存，她喜欢他，所以甘愿为了南陵缙而背叛我，可她知不知道，从头到尾他只是在利用她而已。

我看着他，没有回答。我寄人篱下，依附于他，和当日的沁萝几无分别。若他到最后当真要了我的命去，我也无怨无悔。

“第三件事呢？”

“只差这最后一件事……”他的眸子亮得惊人，“我会送你离开，离开南朝，送你去溪南。”

我急言问道：“为何要送我离开，姐姐的仇我都还没报！”

南陵缙面色凝重，沉默须臾，屋子里的空气也仿佛凝固，无人开口打破这诡异的宁静，可是我的心也越来越冷，他千方百计让我和他站在一起，最后却要送我离开，那他之前所做的一切，又是为了什么？我想为他做的事情，还有没有意义？

“我答应了皇兄，要安然送你离宫，还你自由。现在是我兑现诺言的时候了，皇兄说，你想去溪南，我安顿好了一切，到了溪南，你就可以过自己想要的生活。”

我惶然地望着他，玉珠帘后的香炉袅袅生烟，无声无息地穿过帘幕，附着在屋子里每一处，凉风里响起玉珠清脆悦耳的声音，是熏香，我心中不由得打了一个寒噤，心突突地跳着，“先帝所用的熏香，是你给的，先帝的死，也是你……”

他就那么近地站在我面前，容颜俊美，绝世无双，眼底却闪过无数复杂的情愫。

我难以置信地看着他，这样一副好皮囊下放的究竟是怎样的一颗心，南陵刈生前待他亲厚无比，他是他的兄长，是他唯一的亲人，他怎么能够……杀了自己的亲哥哥？

“竟然是你……呵……”我冷然笑道。

“不是我，是你。”他的眼睛直直地盯着我，一字一句缓缓说，“是你。”

他的眼神像极了淬毒的剑，一下子就狠狠扎进我的心口，“胭脂香只有两盒，一盒是死而复生的熏香，一盒是能置人于死地的毒。我将假死药给皇兄，陛下会假死驾崩，我会安然送他出宫。皇兄却不肯答应，他自觉亏欠肃谨皇后良多，既然你不想在深宫老死，他就重新还你自由，还你心中所愿。他孑然一人，生无可恋，死便死了，身后皇权更迭，当作是我们对彼此的成全。”

我的身子一晃，几乎要站不住了。南陵缙上前扶住我，有温热的眼泪从我眼中缓缓流下，滴落在他的手背上，我惊愕地抬起头，颤声问：“陛下……是真的？”

“皇兄把生机留给了你，他还告诉我，你最想去溪南，所以，你要好好活下去。你的命是皇兄给的，你断不能再用身家性命做赌注了。”

我问他：“你一定要我离开？”

“是。”

南陵缙轻轻松开了扶我的手，转身走出屋外，走到门口的时候，他回头望了我一眼，阳光洒落在他精致的侧颜上，我闭了闭眼，心中满是苦涩。

“唐儿回来后，你们趁夜速速离开。”南陵缙颀长的身影消失在九曲回廊，飞花缱绻，余了一地的萧瑟。

案上的蜡烛快烧没了，落下斑驳的烛泪，等到最后一抹亮光尽灭，我独自坐在一片黑暗中。来人轻轻推开门，月色映出唐儿的面容，她又哭又笑，

“娘娘……”

唐儿说，缙王爷原是要将她们送去南方，可是行至半途，沁萝却逃跑了。

我不解，“她为何要逃跑？”

“一路上沁萝姐姐都默不作声，我问她的时候，总对我冷冰冰的。在驿站休息，沁萝姐姐却偷偷逃走了，我告诉了护送的人去寻她，我们找了两日两夜都没有找到她的踪迹。那些暗卫修书给缙王爷，缙王爷命他们将我送回来了。”

我幽幽叹了一声，唐儿执了我的手，面有不忍，“娘娘不要难过，沁萝姐姐吉人自有天相，必然也能像娘娘一样绝处逢生，没有消息，也算是一个好消息了。”

我微微颔首。

“娘娘，缙王爷说，明夜我们便要离开，是吗？”她目光灼灼地看着我，似乎十分期待离开帝都。

“不，我不能走。”

她眼中闪烁的光芒渐渐淡了下去，她微微启口，欲言却止。

我对唐儿说：“我要去溪南找一个人，等我做完这最后一件事，我自会离开。”

她紧紧凝视着我，缓慢道：“我会等你完成你的心愿，我们一起离开。”

第二日，就要离开帝都了，南陵缙为我准备了一车的金银财宝，可供我一世无忧。但是那夜他却没有来送我，管家说王爷偶感风寒，诸事吩咐完以后，早早便歇下了，让姑娘尽管走便是，若来日有难处，修书一封，必当倾力为姑娘解忧脱困。

我踏上马车前回头望了一眼缙王府，月色凄凉，屋外高悬的两盏白纸灯笼孤零零地在夜风中摆动，冷幽的光，显得无比清寂。夜色中有一人匆匆跑来，等到她跑近了，我才看清原来是揽月。

揽月将手中衣物递给我，“王爷说夜里凉，姑娘再多披一件衣裳，此去路途遥远，姑娘要好好保重。”

我微笑着接过，“劳烦揽月姑娘替我谢过你家王爷了。”

揽月走到我跟前，附耳低语：“奴婢虽不知姑娘和王爷生了什么间隙，但王爷心中确确是想着姑娘的。”

我心中猛然一惊，等我回神，兀自笑了笑。

他将我带回王府，受人之托好生照顾我，不过是看在故人的情面，却被揽月误会是钟情于我。

管家催促我快些上车，唐儿为我褰开车帷，我深深望向府内，黑魆魆的一片，望也望不到边，昏黄的月色，好似繁花尽数凋零。

我轻轻叹了一声，转身自向内去。

·第十六章·

凌君

辘辘车声，碾过落叶，我靠在车壁上，紧拢着揽月送来的衣裳，我的心里很不舒服，像是哪里被掏空了。

“娘娘……”唐儿忽然叫了我一声，我睁开眼睛，她轻轻道，“缙王爷对娘娘？”

我撩开一角窗帷，秋夜寂静，虫声稀疏，夜风灌入衣衫，吹散浅薄的睡意。放眼望去，远处群山延绵，深色是山脉，浅色是天际，泾渭分明，相隔万里。

我伏在窗子边，想起在缙王府时常常也会无聊地伏在桌上想着各种心思，连他进屋都没有发觉，他就静静地站在门外看我怔怔的模样。

我喃喃道：“南陵缙对我，很好啊。”

唐儿迟疑了一下，“娘娘对王爷呢，娘娘……可有对缙王爷动了那份心思？”

我收回褰帘的手，转眸回看唐儿，她急忙低下头，右手尴尬地绞着衣裙。

“没有。”

唐儿问：“娘娘可有喜欢的人，可还记得……”

“唐儿！”我冷声打断唐儿的话，唐儿察觉到我的目光，深深垂首，昏暗的车厢一晃一晃的，震得人的身子也摇摇摆摆，车内寂静异常，耳边回响车轮吱呀涉过浅水的声音，走过羊肠小道空荡的回音。

“以后别再唤我娘娘了，周瑾仪已经不在了。”

唐儿闻言，点了点头，犹豫了一下，问道：“那该如何称呼……”

濛柳添丝密，含吹织空罗……

当日南陵缙还我一命，赠我织弋之名，他静静地念着我的名字，织弋。

这样好听的名字，南陵缙娓娓念来便多了几分恍惚的情丝。

我想，世间没有一个女子会不动容。

我叹息了一声，轻轻说道：“织弋。”

“是。”

南陵缙府中所养的马匹皆是一等一的好马，若无意外次夜便能到达溪南。连日的舟车劳顿，唐儿斜靠着车壁睡着了。我坐靠在她对面，她的脸飘飘忽忽，竟也不能看得真切。一路上我时不时挑开车帷，询问车夫还有多远的路途。直到问得自己也觉得疲累了，才安心地坐在车内，细细听着车轮又转了几圈，又碾过了哪里。

我怕唐儿着凉，便把披衣盖在她身上，我走近她身侧才发现她的额上竟沁出了点点汗珠，迷蒙中呓语喃喃，烛火恍恍映照在她的脸上，长睫不住地颤动，脸色苍白得可怕。

我扶住唐儿的身子想把她唤醒，她却一把抓住我的手，面上浮起诡秘的笑意，“我会把她带回来……”

我听着，想起唐儿连日的古怪，定是有事瞒着我。我的目光始终胶着在她身上，她与我相伴三年，也算是福祸相依，生死与共，一个能将性命都交付于我的女子，若说存了害我的心思，也实在匪夷所思。

也许只是梦魇了。

次夜，抵达溪南宅邸。

素月泠然，白莹莹地覆在阶上，就像盈了满斛的霜雪。

护送的男子说：“这里便是缙王爷为姑娘安排的居处，姑娘多多保重。”说罢，男子翻身上马，一扬鞭，踏尘而去。

唐儿上前轻轻叩响铜环，一个老妇持灯开门来，擎着幽幽烛火，老妇枯槁的皮肉，耷拉的眼皮，身后是黑沉沉的庭院，只点了零星的几盏檐灯。唐儿悄悄扯了扯我的衣袖，用余光偷瞥我。

老妇将烛火往前移了移，照在我的脸上，明晃晃的光突然刺进我的眼里，我急忙举起衣袖。老妇见自己失礼，开口道：“姑娘莫怪，老妇的眼睛不大好了。”

我敛下衣袖，从容笑道：“无妨，我们是从帝都来的。”

老妇目光一亮，“老妇明白，姑娘请。”她侧身让我们先行，在一旁为我们掌灯。

“婆婆，这宅子就你一个人吗？”

“是啊，宅子是王爷早几年就置办的，可怜老妇孤苦无依，就让我做了个守门人。”

“早几年？”我好奇道。

老妇静静地说：“是啊，五年了，原是为了一位姑娘。”

曲廊回风习习，垂纱鼓荡，我锁眉不语，心下却百转千回，原来五年前，他就已有喜欢的女子了。

老妇略有深意地看了我一眼，笑着说：“我守这宅子五年了，唯一等到的女子，是姑娘你。”

翌日，婆婆让唐儿去镇上瞧瞧有没有需要置办的物什，也可买几个家仆回来。婆婆年事已高，佝偻着背，腿脚也不大灵活了，颤颤巍巍地举着掸子掸灰。我挽起衣袖，把婆婆扶过在一旁坐下后，就开始打扫屋子。

我不曾做过粗活，好一会儿才打扫干净一个小角落，还把自己弄得灰头土脸。

“姑娘，还是老妇来吧。”婆婆撑着自己的腰，直欲起身。

我将额发捋至耳后，用手背擦了擦面颊上的汗珠，“不碍事不碍事，我先粗粗打扫一下，免得让家仆笑话。”

婆婆笑盈盈地看着我打扫屋子，说：“姑娘的出身想必不凡，现下却要替我这老婆子做这些粗活儿。”

屋外的阳光落在空中浮游的尘埃上，尘埃如往事，往事似尘埃，自顾旧时，倒像是南柯一梦，醒时年华空自飘零。

“都是曾经旧事了。”

“老妇活了半世，居溪南一隅，倒也偶有听闻，帝都有女，周氏瑾青，才貌绝世，红颜无双。姑娘……”婆婆半眯着眼，凝神看着我的脸，“姑娘的容颜，倾国倾城。”

我转头，从镜中看到眼角的落梅印记，不禁慢慢轻抚，这便是，我如今的样子了。

“都说缙王爷天人之姿，这世上该是如何出尘的女子才堪堪配得起缙王爷，老妇细看，姑娘的气度样貌倒是相配得很。”

我淡笑道：“我一介孤女，也是缙王爷宅心仁厚，收留了我，给我一席安身之地。”

婆婆眼中带着慈和的笑意，让人看了心头一暖，“这世间的事，哪里能说得准呢？富贵贫贱不过一场虚幻，世事早有定数，无缘无分的，终究是擦肩不相识，能相识相遇是上天的恩赐，也是两人的因缘。世间多少女子祈求得见缙王爷一面，盼君一顾，孤女又如何，他愿意为你思虑便是有心了。”

我半晌沉默，无言以对，他对我的好，明明是受人之托，怎就变成了有心为之。

屋外传来说话声和脚步声，是唐儿回来了。

还有一个人。

竟是凌君。

“小姐，这是我从镇上找回来的护院。”

凌君颇为自得地望着我，嘴角噙着一抹笑意。

我走到他身侧，警觉地问他：“你到底是什么人，为何会来了溪南？”

凌君笑了，“我是凌君，是小姐的护院。”

唐儿也走到我身边，悄声道：“小姐，凌君的身手好得很。”

我凝眸看着凌君，他来历不明，从未央宫到溪南，他一直阴魂不散。若他是南陵缙的人，便是来监视我的，若不是，我贸然留他在府中，就是引火烧身。

“不必了，留下那两个丫头就好。”我转身欲走，凌君却喊住了我，意味深长地笑着，“你就不想知道，你要找的人现在何处吗？”

唐儿与我皆是一惊，我只和唐儿说过，我来溪南是要寻一个人。凌君为何会知道，我默默地转眸看向唐儿。凌君径自站到我面前，剑眉一挑，“飞檐走壁之人，能听得隔墙所言也不足为奇吧？”

我眸光一沉，冷声道：“你听到了什么？”

“你不想让人听到的，我都听得一清二楚了。”凌君的脸上掠过玩味的笑意，“自然，我也可以向你保证，除了我，没有第四个人知道你们当夜究竟说了些什么。”

“你想怎样？”

“你有两个选择，把我杀了，或是留我在府中。”

“为什么？”

“不为什么，现在，轮到你选了。”

“可惜，我杀不了你。”我说着，转身走了出去。

我把凌君留下了，在我还没找到那个人之前，绝对不能走漏半点风声。我让唐儿仔细提防凌君，唐儿却时常跟我说凌君的种种好，凌君今日把池塘的浮萍都捞出来了，凌君将西苑的破屋顶也修缮好了，凌君帮婆婆重新做了根拄杖……

凌君和府中众人相处融洽，我立在檐下，遥遥看到他在小亭里，我看了会儿，唐儿走了出来，朝小亭望去，“府里没有雨伞，眼瞅着快到雨季了，凌君就打算做几把雨伞备着。”

我秀眉一挑，睨了她一眼，“倒学会帮凌君说话了。”

唐儿面色通红，移开看向凌君的目光，低着头盯着自己的鞋尖。

凌君周围放着许多成色不一的竹子，还有许多劈开的竹条，伞的用料极为讲究，以上好桃花纸为伞面，在柿子漆里浸透，一张一张黏贴在伞骨上。光是柿子漆的提炼就十分麻烦，把油柿捣糊榨出的柿子汁，既有黏性又不会把桃花纸黏住，还要熬制桐油……

凌君模样清隽，风流俊俏，一双狭长的眉眼更是出挑。他倚靠着亭柱专心地贴伞面，掌心里有厚厚的茧，想来是多年习武的缘故。

我拂过粘贴好的纸伞面，凌君见我来，尴尬一笑。

“制伞的技法倒是有几分模样。”

凌君头也没抬，专心地粘贴伞骨，“难得你也会夸赞我。”

我索性也坐了下来，看着他拿着竹条翻转，掌心有茧，手背却白皙细腻似女子，若不是大户人家娇养的公子，哪能如此白净，我打量着他的眉眼兀自出神，凌君侧过脸去，抬眼看着阴沉的天际，露出一抹淡笑。

“就快要下雨了……”凌君一贯恣肆的眼神中，此刻竟带了几许莫测的意味，“该去卖伞了。”

我瞟了他一眼，“你找到了？”

“自然，这世上便没有我办不到的事。”

·第十七章·

红 颜

昔年我与姐姐在家中制伞，总是不得其法，唯一制成后又被南陵缙毁掉的纸伞，是在姑母的指点下完成的。

我和姐姐颇为惊讶，一向养尊处优高高在上的太后，怎么会这等末流的技艺。姑母执着我的手，耐心地告诉我如何挑选伞骨，如何提炼柿子漆，每一道工序都烂熟于心。我侧首看到姑母妆容精致的脸，长长的睫毛下凝着一滴小小的泪光，眼底是化不开的忧愁。

我问道：“姑母，你怎么哭了？”

姑母拿着竹条的手微微抖了一下，我弯身将竹条拾起，偷偷看到姑母抬手抹去眼角的泪珠。

我心里奇怪得很，便向父亲说起制伞之事。父亲叹息一声，眼底也是满满的怅惘，我忽然觉得，讳莫如深的伤心才最伤人彻底，因为连提及都已经不忍。

姐姐入宫后，有一日父亲携我入宫看望姐姐，父亲把我带入未央宫，自己却去了姑母的长信宫。父亲一向疼爱姐姐却过门不入，我干脆就跟着父亲走到了长信宫。

我身子娇小，并不容易被宫人发现，我正打算翻墙进去，却被路过的一个少年当作是小贼，一把将我半挂的身子拽了下来。等我苦口婆心地跟他解释完，我是周相家的二小姐，我是来看望我的姑母周太后的，那叫子慕的少年为了表示歉意，把我往长信宫的院子里一扔，我疼得龇牙咧嘴，父亲却刚从正门出来。

我蹑手蹑脚地进了大殿，明明是清晨，长信宫殿却暗得不见天日，满殿的连枝灯尽数灭去，灯芯颓靡地冒着白烟。姑母静静地倚靠在美人榻上，隔着纱帐，听到姑母喃喃自语叫着一个人的名字，“楚轩……楚轩……”

我轻轻挑开了一角纱帐，我惊讶地看着姑母一霎双鬓染白，早添沧桑，一向精致的妆容被斑驳的泪水打糊，“原是我害了你……是我啊……是我把你害死了，溪南……哈哈哈，溪南……我亲手把你杀死在了溪南，生前不得所爱，死后难归故里，楚轩……”

我忘不了那日幽沉的大殿里姑母掩面啜泣，将自己削完的伞骨，绘好的伞面焚烧殆尽，她搬来了一个火盆，扯下绛纱在盆中引燃，把所有的东西都扔了进去，烧得一干二净。熊熊火焰照亮了她的眼眸，面颊上犹有残泪，遥望着竟像是点点血泪。

此后数年，太后待人愈发疏离冷淡，骨肉亲情也在当日付之一炬。

“你夜里不睡觉，踩得乌瓦吱嘎作响，找到有用的消息了吗？”

凌君闻言看了我一眼，“楚轩早几年就死了，但是他收养了一个义子，楚嘉珉。”凌君自顾自地说着，又顺手拣了一根竹条，“楚嘉珉虽尽得楚轩衣钵，但楚轩亡故后，楚嘉珉开了一段时间的制伞坊，门庭清寥，后来楚家一门就不再制伞了。”

我盯视着凌君，“不，楚家还有一把伞。”

唐儿打听过，楚家不仅以制伞精巧为世人所知，楚轩的一手丹青更是妙绝。楚轩终身未娶，郁郁而终，死前以鲜血研作红颜墨，人人都说楚轩用红颜墨描画了一绝世女子，红衣黑发，遗世独立。

红颜墨在世一日，世人眼里便只有红颜墨。

那是楚轩心中最遥不可及的皎皎明月，她是他的神女，他却不是她的楚王，今生今世都难入她的浮华梦。

“楚家早就不制伞了，三位请回吧。”

我道：“楚家以制伞一艺名著溪南，五年前楚家不再制伞，令尊在世时，传世遗作红颜墨……”

提及红颜墨，楚嘉珉忽然变了脸色，冷冷打断我的话，“你们是何人？”

凌君嘴角一扬，对我附耳说道："看他这么激动，果真有红颜墨。"

我继续道，"我想借红颜墨一用，还望楚公子成全。"

楚嘉珉一甩衣袖，冷哼了一声："你们走吧。"

我却只笑了笑，"如果我能绘完红颜墨呢？"

凌君和楚嘉珉都吃惊地看着我，我勾了勾唇角一笑，"楚公子自幼便由楚先生亲授其技，楚公子非楚先生亲生子却待若己出，人人都说楚公子孝顺，楚先生亡故前，是公子衣不解带地照顾他。楚先生死后，公子既重新打理制伞坊，可惜门庭冷落，无人问津，最后不得不关闭制伞坊，怕是因为红颜墨之故吧。时常想念故去之人，因为故人难再归，红颜墨亦是如此，遗世绝响怎能不令人慕名寻访？既然公子有心重振家业，尽可将红颜墨公诸于世，为楚先生身后博一美名，为制伞坊打个名声，但偏偏楚公子没有这样做，可若是想凭自己的本事挣一个脸面，这几年，也不会让别家制伞坊占尽春色。"

楚嘉珉绷紧的脸上闪过一抹歉疚的神色，看来我是猜对了。

南陵缙的宅子里有很多县志古籍，我在打扫的时候无意发现，就拿来翻阅，上面就有红颜墨的记载。

红颜墨，相思血泪凝制为墨，调以酴醾香露，相思骨血尽，绘以美人面。相思凝眸心，丹青美人笑。

那一双艳含情秋眸，唯有心头挚爱之血方能点出眼眸韵致。

佳人难再得。

楚嘉珉垂下眼帘，黯然说道："你说得没错，红颜墨的确未完，未完的红颜墨怎能面世，我断然不能辱了先父和楚家制伞坊的百年名声。人人皆慕先父遗作红颜墨，世间再无出其右者，我做的伞即便再好，也入不了他们的眼。"

"把红颜墨交给我，我帮你完成心愿，再绘红颜墨，完璧归赵，如何？"

"你猜中所有又如何，红颜墨是我楚家传世之宝，怎可借人！"

凌君凑近我的耳畔，谑笑道："既然主人家不借，先礼后兵嘛，大不了我来夜探楚府。"

我瞪了他一眼，凌君笑眯眯地又问了一次："当真不借？"

"不借！"楚嘉珉的态度十分坚决，要将传家之宝拱手借人，何况是素昧平生的人，被拒绝也在情理之中。

我还想和唐儿从头再计，屋梁上抖了几点灰尘落在灯花上，我急忙推门而出，月明星稀，秋月分外明亮，清冷的月光环在凌君周围，青衫隐隐，衣袂翻飞，右手提剑，清瘦的身影孤立月下。

我仰头望着凌君，朝他大喊："凌君，你不能去！没有我的命令，你敢去！"

凌君居高临下地看着我，"你要红颜墨，我就去取。"他脚下生风，颀长的影子飞快地向楚宅而去。

"凌君！"秋夜嘶鸣的长风卷走了我最后一声呼喊，凌君到底还是去了。

我急忙飞奔出府，唐儿慌张地在屋外喊我。顾不得了，顾不得了，若是凌君一心要取红颜墨，楚嘉珉凶多吉少。

等我跑到楚宅，已经气喘吁吁，连口气都缓不过来了。我看了眼紧闭的大门，心生一计，绕去了旁边的高墙，墙边有一棵大树。我闭上眼睛，再深吸一口气，只能爬树跳进院子了。

我刚跳进院子，就看到东苑房中灯火通明，窗纸上映出两个身影，凌君正拔剑指着楚嘉珉的咽喉。

凌君，你有没有脑子！

我打开门的刹那，凌君洋洋得意地看着我，楚嘉珉的眼中聚着阴沉的目光，不屑地对我冷哼了一声。

"凌君，放下剑，跟我走。"

"走？"凌君笑了，左手轻轻抖开画轴，画中女子红妆蕤滟，娉婷顾影，纤手轻摇小罗扇，红衣飘飖若回风流雪。

周蕊。

当今南朝太后。

我静静地凝睇红颜墨所绘画卷，我走到凌君身旁，默默接过画卷，"放了他。"

凌君目光锐利，他手中的利剑一斜，突然晃过银白色的寒光，电光火石的一瞬间，我来不及多想，握住了他锋利的长剑。鲜血嘀嗒嘀嗒地落在地面，凌君放开了剑，惊异地看着我，"你……"

我把长剑往旁边一扔，上面血迹斑斑触目惊心，空气中弥散着一股血腥味，"我告诉过你，不能杀他！"

凌君静了一下，"好。"

楚嘉珉冷眼看着这一切，我站到他面前，向他行了揖礼，衣袖已经被血染红，低头的时候看到满目的鲜血才觉得疼。我对楚嘉珉说："今日我救你一命，只求借红颜墨一用，少则半年，多则一年，届时我必双手奉上一副无缺的红颜墨，完成先考遗志。"

"你到底是什么人？"

"这不重要。"

烛影明灭，楚嘉珉直直盯着我的脸庞，疑虑地看了一眼我手中的红颜墨画卷，只片刻，他了然一笑，"一年为期，若不奉还红颜墨，我就亲上天子宫阙讨要了。"

"多谢。"

"虽不知姑娘是何来历，想必与先父故人关系匪浅，在下斗胆请姑娘带一句话，给……"他犹豫着不知如何开口，我接道："楚公子直言便可，我定会将话带到。"

我默默地看着他的神色，他仰头望天，轻叹一声："梦入江南烟水路，行尽江南，不与离人遇。先父只想问一句故人……究竟是遇，还是不遇的好……"

我愣了一下，心底泛起丝丝酸楚，遇或不遇，从来都是天定，哪里由得了自己做主呢？

我微微闭了闭眼，楚嘉珉殷切的目光紧紧凝视着我，"好。"

·第十八章·

相随

月色溶溶，庭院寂寂，我与凌君并肩而行，寂静的秋夜，街上回荡着打更人疲倦的锣声，拖着长长的调子，复而渐渐离我们远去，从河畔萦萦而来的秋风携来河水的寒凉，我觉得身子有些冷，将怀中的红颜墨抱得更紧些，拢着自己的身子。

没想到我这细微的动作被凌君看在眼里，他轻轻一笑，将自己的外袍脱下来披在我的肩上。

“你做什么？”我一怔，作势要将外袍取下，凌君将手按在我肩上，“我可不想见你得了伤风，耽误回帝都的行程。”

“你……也要回帝都？”

自他来了溪南，我便觉得他的到来，并不是偶然，更像是有所图。如今，我要回帝都，他也要随我一起回去，更是让我觉得他是南陵缙的人，可若真的是，南陵缙为何从未提及凌君此人。

“自然。”

我盯着他清俊的侧颜，缓缓问道：“你为何要这样不遗余力地帮我？”

凌君忽而一笑，不同于平日的玩世不恭，那双明亮的眸子似堕了无数璀璨的星星一般的莹亮，不染一丝俗尘，“总有一日，你会明白的。”

府门前，我将外袍交还给凌君，精巧的银线绲边染上了血迹，我默默地将手伸回，“我明日洗净再还你。”

“真是个傻姑娘。”说罢便将衣服从我手中取过，大步走进了府内。

等我回房的时候，桌上已然放着一小瓶金疮药，唐儿看到我的手伤，又是心疼又是懊恼，“小姐，疼吗？”

“已经不疼了，这药是哪来的？”

唐儿回道：“是凌君。”

我同唐儿说，红颜墨已取，明早我们便要赶回帝都。她为我仔细涂抹好药膏之后，也去歇息了。

那晚的烛火，整整燃了一夜。

前路虽未知，可我心不悔。

一清早，我便向婆婆告了别，凌君雇好的马车已在门前等候。婆婆正在扫阶，她说：“姑娘，等一等。”

于是放下了扫帚，蹒跚着向屋内走去，她拿出一对绣福字香囊，缀着精巧的璎珞流苏，婆婆摊开我的掌心，静静地将一对香囊放在我的手中，看得出来，这上头的一针一线都用足了心思。

“这一对香囊是老妇亲手绣的，在佛寺里祈过福，能保平安……一个不情之请……”婆婆的神色有些犹豫，最终还是开了口，“劳烦姑娘，带给缙王爷……”

我不禁看了一眼婆婆，她低垂着脑袋，鬓边白发丛生，双颊因为尴尬而微微涨红。

“举手之劳，我一定代为转交。”

婆婆喜出望外，连连道谢。

我和唐儿坐在马车内，凌君驾着马车。唐儿从包裹里取出金疮药，要为我重新换药，可是一打开缠手的纱布，伤口竟已好了七成，我在宫中数年也从未见过这样神奇的良药。

唐儿看到愈合的伤口，也十分欣然，用手指蘸取金疮药给我仔细涂抹，“瞧这样子，再有两天便能好全了。”

我拿起一旁的素面瓷瓶，既无华美雕饰，又无艳彩涂绘，我凑近鼻尖，也闻不出一点儿的药味，“这药好生奇怪，竟没有半点药材的味道。”

“赵国盛产雪中春信，瓷瓶是匠人特意制以存放药物，它中心有一镂空玉片，玉片盛香，能吸附药材原有的苦味。”唐儿一边为我包扎，一边向我解释道。

我把玩着小巧的瓷瓶，漫不经心地问：“你怎么知道？”

唐儿注视着我，沉默了一会儿，“是凌君告诉我的。”她续道，“小姐……是不信我吗？”

我摇摇头，我信她，因为她是唐儿，是她陪我走过凄风苦雨，一直毫无怨尤地跟随在我身边，我最信她，也只剩下她。

我静静倚靠在车壁，重返帝都，风云莫测，也许会是一场翻天覆地的涌动。连日的忧思劳累，不知不觉我渐渐睡着了。清晨嘈杂的雨声，哗啦啦一阵响动，豆大的雨珠砸在马车上把我从睡梦中惊醒。

“快到了吧？”

“是。已经到城门外了。”

“小姐，我们该去何处落脚？”

我掀开车帘，细密的雨丝飘落在我脸上，人也清醒了不少。我轻轻摊开掌心，绣工精美的香囊安然静卧在掌心，“去缙王府。”

我既成竹在胸，南陵缙便没有把我拒之门外的道理。

入夜，月色清明。我怀抱红颜墨，宽大的斗篷遮去我的面容。但眼尖的老管家还是一眼便认出了我，他引我入府，九曲回廊，亭台楼榭，还是我走前的模样。老管家提着灯笼在前头引路，我突然一怔，“管家，是不是走错了？我要见的是缙王爷。”

管家笑呵呵道：“老奴便是引姑娘去见我家王爷。”

我诧异道：“王爷……待在小院？”

他点点头。

我遥遥望向小院，窗户疏疏落出浅黄色的光芒，沉影水上，柳丝儿轻轻摇荡，点点黄晕朦胧地浮于碧水，縠皱波纹微漾，一直飘散到很远的地方。

“姑娘，到了。”老管家转身退下，我呆呆地站在屋前，幽深的灯光从里头悄悄探出影子来，他清瘦的身形投映在窗纸上，微微伏着身子，提笔正书。月色如霜，将我孑然的身影也拉得长长的，明明才半月不见，明明是早就相识，可此时此刻，我竟连抬手叩门的勇气都没有了。

我愣愣地站了许久，直到屋内人开了口：“外头是谁？”

那一声，顿时百般滋味涌上心头，我深吸一口气，用力推开了门。

南陵缙……

他抬眸看我，那一瞬间，仿佛所有的黑暗都被他明澈的眸光照亮，他对我点点头，脸上浮现出温暖的笑，“回来了？”

我凝眸望向他，郑重地说：“你知道的，我不可能就这样离开。”

南陵缙将手中的笔放下，转首说：“但你留在这里，就少了一线生机。”

我俯身跪倒，南陵缙顿时默然，我手捧红颜墨，慢慢道：“我愿以性命为注。”

他微动了一下，过了一会儿，他走到我面前，双手将我扶起，我抬眼直直对上他那漆黑幽深的眼睛。莫名的，觉得很安心。

“你想清楚了？”

“是。”

“好。”他剑眉微蹙，凝视着桌上忽明忽暗的烛光，夜风吹起纸页一角，簌簌作响，“万事俱备，只欠东风了……”

秋雨缠绵，纵使是白日，也是阴沉沉的一片浓云密布，看不到一丝光亮。我将红颜墨之事娓娓诉与南陵缙，她今生今世都无法忘怀的往事，和故人。

南陵缙听完这段旧事，陷入了无尽的沉思，我为他斟了一盏茶，亲手递给他，摧其志，乱其心，心乱不可平。

五日后，我从唐儿的口中得知，溪南之地有官员进献绝世墨宝呈太后御览，此后三日不朝。南陵缙的密探得到的消息是太后病于长信宫，不许宫人对外声张，否则一律处死。

我的目的达到了，其后三日，密探又送来太后呕血的消息，恐怕扶持新帝亦是朝夕之事了。我从箱中取出昔日南陵缙送我的素服，存亡绝续，时机过了，就再也等不来了。

“再等七日，七日，我就有九成的胜算。”

我咬了咬唇，摇头，“不行，今夜你便要送我入宫。”

“不行。”

我叩首一拜，“我必须要去！无论是为了姐姐，为了先皇，还是为了我自己……”我凝神看着南陵缙，露出淡淡的笑意，“也为了缙王爷的大业，所以，织弋求王爷，务必在入夜送我进宫。”

我看他闭口不言，脸色却阴沉到了极致。

“我的命是你给的，我自会好好珍重，请你放心，哪怕是死，我也会撑到你来的那一日。”

“那你记住，我不许你死。”南陵缙忽然说，烛光映亮了他阴冷的脸，也温暖了我的心。

我把婆婆的绣福字的香囊转交给南陵缙，“溪南婆婆说，这是能够保人平安的。”

他默默接过，将两个福字香囊都系在我的丝绦上，“我希望你能平安回来。”

·第十九章·

乱心

宫灯初上，素白色的纱灯早已撤换。内殿的阴冷却无法驱散，是含恨而亡的冤魂盘桓不去，仿若对生者的诅咒。珠帘微动，素色纱幔森森然晃动。白玉屏风之后仿佛裙裾窸窣，人影惶惶。

太后唤了婢女却迟迟不见有人入内，便自行钩起锦帷绣幕。只见面前人影一闪而过，白衣乌发，神色狰狞。

太后大惊失色，跑向缠枝宫灯擎了一支蜡烛，大声道："你是谁！竟敢用阴诡之术秽乱宫闱！"她不停地在宫室内寻找，鬓发散乱，凶狠跋扈。

我低着嗓子，张扬地笑着，"姑母……姑母……"

"是谁？究竟是谁？敢在本宫的宫里为非作歹，却不敢出来吗？"

我缓缓从素色纱幔后走出，一身缟素，双目泣血，"姑母……我是瑾青啊，为什么瑾仪来陪我了，姑母却不来看看青儿呢？姑母不是最疼青儿的吗？"

"你早就死了，你是谁！来人呐……"太后尖叫着，踉跄跌倒在冰凉的宫砖上，我步步紧逼，她挣扎着向门口爬去，狼狈不堪。

我在侍卫来之前离开寝殿，躲入未央宫。陆陆续续的侍卫宫人擎着火柱匆忙向长信宫奔去，我的嘴角挑起冰冷的笑意，平生不做亏心事，才不会怕鬼敲门。若太后病重，南陵缙就能多一份胜算。

第二日，太后被梦魇惊扰，宫里急忙召护国寺的高僧驱邪作法。符咒贴满六宫，一时人心惶惶。

第三日，太后宫中有鬼魅作祟。

第四日，太后缠绵病榻。

姑母这辈子，唯一说的实话，是她老了。昔年为后，如此奇技淫巧恐怕还入不了她的眼，时移世易，她却也对鬼神一说畏惧不已。

第五日，有一道长称，帝都有妖邪，故下山收之，还一方太平。

道长说，六宫阴怨之气深重，如今来势汹汹，非一朝一夕可除。为今之计，设道场，祭天师，再引久经沙场的杀气之人镇守宫闱月余，方可驱邪。

帝都尚有二十万驻兵，五万镇守宫闱。剩下的十五万驻军京郊，南陵缙便多了大半的胜算。

道长来后，我再未出现在长信宫。我们都在等，这五万将士的怨言。他们本该同一般将士那样驰骋沙场，保卫家国。而不是在深宫之内和一群道士和尚驱除妖邪，简直是滑天下之大稽。如今宫内已是乱作一团，我趁着夜色扮作宫女去见祯夫人。

我将南陵缙的手书交付于她，灯火如豆，一宫凄迷。她将手书置于萤焰上，簇簇的火苗贪婪地卷噬了纸笺，燃尽的灰轻飘飘地落在锦毯上。

“织弋？”

我莞尔笑应。

祯妃转眸看我，字句凝千钧重，“如今在太后宫中的迷神香已尽其用，王爷三日之后便可成事，你一定要将周氏的兵符从长信宫内偷出来。”

她继续淡淡说道：“王爷会赢的。”

我静静地看着她，烛火映照着她的侧颜，平静安宁，却含着未明的悲愁，是前路未卜的哀伤吗？

祯夫人喃喃自语：“他师出无名，名不正，则言不顺。若能不血洗宫闱，自然是最好。”

长信宫重兵看守，夜不卸甲。而我入殿自然是比之前难了许多，幸好道长亦是南陵缙的门客。他将我扮成小道士随入殿内，今日已是设道场的最后日。待我取得兵符，他便能将此物送出宫去。

我在内室换下道袍，步出室外的时候，道长给了我一枚虎形的兵符。

“缙王说，姑娘一定要等到他来。”

我的眼泪徐徐滚落，模糊了眼前的一切。我紧紧攥着兵符，“我会等着他，等着他站在承天殿上睥睨天下。”

我径直走入寝殿，烛影深深，素纱低垂。

我就站在凤寝之前，看着姑母。她终于有了苍老之态，形容憔悴。双眼没了往日光彩，深深地凹陷下去，鬓角也覆上白霜。口中还喃喃道，瑾青不是我害死的，不要来找我……

我伏下身子，靠近她的耳侧，吐气如兰，说的却恶毒至极。

姑母，瑾仪来看您了，皇陵好冷。

她乍的睁开了眼睛，额头沁着薄汗。我坐在她的榻上，为她拢好鬓发，巧笑吟吟。太后只当我是入夜值守的小宫女，正色看到我的容貌，用尽了全身的力气想要推开我。我扯起一抹冷笑，扣住了她的手腕，“姑母，夜里好冷，瑾仪好冷呐……”

太后动弹不得，拼命侧着头不看我，另一只手胡乱扯着锦被，我以为她会砸到我身上，她却只是害怕地紧紧抓着。她不停地说，瑾仪，不是姑母，不是姑母……她忽然想到了什么，定定看着我，“是赵苑绮，是她的父亲要你死的，是她要你死！”

我缓缓道：“不是姑母，是赵苑绮害的瑾仪。”

太后不顾仪容，不住地点头应是，形如疯妇。

“瑾仪一个人孤孤单单，祯妃还有孩儿，真的好生寂寥。”她抓住我的手，长长的指甲嵌入我的皮肉，撕裂出斑驳的血丝。

“姑母帮你，你不要来找姑母，我把祯妃的孩子给你，他会陪你，祯妃也去陪你……”

我渐渐敛去笑容，“姑母，没人陪我，瑾仪会一直来……”我放开她的手，太后仓皇地跑出宫门。我旋即打开殿内的窗，她久病沉疴，再也经不起一点点惊吓，而今日的迷神香，是最后的剂量。

帷幕缭绕，夜风吹来，我颤了一颤。想到南陵缙即将兵临城下，不敢丝毫懈怠，依旧在内殿翻寻兵符。可是遍寻无果。我颓然无力地伏在凤寝旁，忽然灵光乍现，我把方才的锦被抽剥开来。果真藏着一枚兵符，同我身上的那枚一模一样。我把假兵符放在手心，想了许久，终究还是留在了身上。

我旋即出殿，将兵符交予道长。

我正色道：“皇业今成，大人便是开国功臣。”

他的眼中闪过兴奋的光芒。

这便够了。

“如今兵防薄弱，姑娘不走？”他轻声问道。

我抬眸看他，他说：“太后去了祯妃宫中，怎么也拦不住，长春宫的守卫近有一半随太后入了长乐宫。”

“王爷在等大人。”

我本以为太后只是会癫疯跑出殿外，没想到她竟带了一众侍卫入了长乐宫。一路上，辗转思量，我欠南陵刈的命，如今便还给他的孩子。

等我赶到的时候，祯妃已诞下一个小公主。她已然昏睡过去，太医嬷嬷宫人，战战兢兢跪了满地，只有神志不清的太后抱着惊恐大哭的小公主。

我低下头，沉音道：“太后娘娘，您该服药了。”

她仿若未闻，神志涣散。我见状从袖中掏出一颗丸药，恭恭敬敬地呈上，“这是道长为你调配的凝神丹，服下就没有梦魇缠身了。”

太后瑟缩着伸出手来，我趁机抢了小公主。她眼中一抹凌厉，便开始同我争抢襁褓。门外的守卫闻声入殿，一时剑拔弩张。我看到陈公公向领头守卫使着眼色，他却避而不见。我高声道：“太后要杀了小公主！”那些侍卫一时也没了主意，只能先行将我和太后拉扯开。

太后俨若困兽，竟在我的手背上狠狠咬了一口。惨白的唇染上了殷红的血，没有人拦着她，但是我清楚，人心开始不稳了。

我手执虎符上前，禁军侍卫见兵符一一跪倒。

“太后谋逆，残害皇嗣。缙王入宫护驾已在宫门之下，尔等若能誓死护卫皇室血脉，缙王必封官晋爵，百岁无忧！”殿外传来整齐的步伐声，大队兵马长驱直入长乐宫。

是他!

宫道之上，南陵缙银盔玄甲，长缨枪迎风猎猎，他就在咫尺间看着我。目光穿透了杀伐宫乱，宛如那日桃花树下青衫风流，唯有他浅含笑意，斜睨眉眼，看的只是我一个人。

我亦莞尔相视。

太后怒骂着，猛然一挣，夺了一旁侍卫的刀刃。无人敢上前制止，她胡乱地挥着刀，再无国母凤仪。

我抱着公主缓步走到她身前，就像小时候一样天真无邪地喊着：“姑母。”

她双手握剑，向我刺来。黑翎箭矢直直穿透她的手腕。她再无力举剑，也再无能摄政。

南陵缙入殿，幽禁太后长春宫内。一众侍卫，均得恩赦。

太后从我身侧走过的时候，我抬头笑道：“姑母，你当真不认得瑾仪了吗？”

“是你……”

南陵缙走近我的身侧，怜惜地执起我沁着血的手。温柔地问我，疼不疼。

我摇摇头。

南陵缙拉过我的手，全然不顾满殿旁人，径直揽我入怀，他细语温存，他眉眼尽是不舍，“织弋，你怎么敢……”

因为是你，我敢。

我敢只身入虎穴，我敢凭假兵符施以号令，我亦敢不顾生死只求你师出有名。

第四卷

晚风菰叶生秋怨

·第二十章·

南堇

承和七年，南陵缙平定内闱周太后之变。

先帝膝下无子，只育有一女。内外文武群臣及耆老军民，合词劝进，祇告天地，即皇帝位，改国号南堇。

南陵缙即位那日，着玄衣纁裳十二章纹冕服，戴十二旒冕冠入承天殿。

我和掌事嬷嬷步入无人问津的长信宫，宫门开，鸦雀惊。

姑母的神志已然清明，只是大不如前。她呆坐在妆镜前，我站在她的身后，她没有转过身来，呵呵地笑着说：“你是瑾仪啊，还是南堇新朝的织弋夫人？”

我拣起妆台上的梳子，为她理顺发丝。不过几日，她已是满头银丝。我自顾自地说：“那时多想能够嫁给一个一心待我的男子，为我描眉梳发。可怜周家女，竟无一人能够做到。姑母，我只想问一句，你可曾有过真情，可曾有过真心？”

她怔忪望着镜中的我突然笑出声来，未扯出半分情绪，用一贯清冷的声音说：“做到如何，做不到又如何？你以为南陵缙会只爱你一人？天子后立六宫，三夫人、九嫔、二十七世妇、八十一御妻，而你如今亦不过是夫人而已。”她的手轻轻抚着镜中我眼角的落梅，嘲讽道，“果然是倾国倾城的貌，怕是红颜未老，恩义先断。”我命嬷嬷扯下那面妆镜，拿着红颜墨缓步走到她面前。

再见楚轩遗作，姑母眼中的神气一点点地黯淡消散，落寞和悲恸让这座宫殿愈发孤冷。她低低地笑出声，眼泪却不住地流下，“楚轩……”

“梦入江南烟水路，行尽江南，不与离人遇。楚先生只想问一句故人……究竟是遇，还是不遇的好……”

她痴痴地凝视着红颜墨，沉默良久，而后苦笑一声：“下辈子，不如不遇。”

姑母咬破了手指，将鲜血点上画中女子的眼眸，我恍惚见着画中女子明眸一漾，笑靥醉人。她恋恋不舍地抱着红颜墨，脸颊轻轻靠着画卷，脸上露出我从未见过的笑，她沉浸在幸福之中，她和楚轩的幸福。

她对楚轩，一定很爱很爱。

只可惜，她是周氏女。

掌事嬷嬷在我耳边轻声说：“夫人，时辰到了。”

太后呆呆地望着我，到最后忽然发出阴冷的笑声，“周瑾仪，你果然比你没用的姐姐要厉害。你要本宫的命，若要报仇，就杀了本宫吧。”

“终归是你害了她。”一命抵一命，没有什么不公正。

鸩酒从银錾执壶里缓缓流出，我双手执杯，居高临下地睥睨着她，“念在你我血亲一场，便以当日之酒还赠予你。本宫，也算给了你一个体面。”

那盏酒，她一饮而尽。

长信宫宫门终于落锁，所有的一切仿佛随着那杯鸩酒下了无间地狱。

远处揽月步履沉稳地跑过来，向我行礼，“夫人，陛下在朝天城门等您。”我将她拉到一旁，低声问她，我的妆容如何？

揽月哧哧笑出声，细细端详我一番，“夫人倾国倾城，不施粉黛亦是风姿绝世。”

我将信将疑，还是先回了未央宫整顿妆容。司衣宫女侍立两旁，呈着一套绛色牡丹云锦衫，广袖流云，环佩璎珞。司衣宫女说，陛下说夫人从此不必服素色。

黛眉开娇横远岫，绿鬓淳浓染春烟。

精致的妆容遮不住浓浓的欢喜意。

青丝如墨，我只松松挽了发髻，斜簪水沫玉纯银嵌宝步摇。我慢慢抚上了眼角的艳红落梅，这个男人，予我以生，赠我以情。而今我笑颜若惑，其魅似妖，再无半分昔日周瑾仪的模样了。

澄明的天空一碧万顷，偶尔还会有南归的燕子叽叽喳喳地滑翔而过。春日煦风卷起南陵缙的衣袂，我的笑颜便熏熏然四散在煦日春风。

南陵缙听到我的脚步声，一点笑意舒舒展开。

我走上前，与他并肩而立。阳光落在他的冠冕上，明珠熠熠，我离他那般近，“织弋，我许得了你半壁江山，却许不了你后位。”

南陵缙即位之日，欲立我为后，而当日织弋定后宫之风波，与缙王里应外合，也是帝都皆知的事。何况凭我来历不明，还长了一张肖似先皇后的脸，就注定我不能成为他的正妻。

这般杀伐果决的女子，谁能断言不是第二个周太后。他的第一道旨意，便无人敢和。我从未属意后位，也不必让他进退维谷，权衡利弊。而他能做的，就是把我留在身边，做他的织弋夫人。

无织弋，何来南国新朝。他改国号南堇，许我夫人之位，已是他做的最大让步。

南宫侍郎第一个驳了旨意，求他收回圣意，三思而后行。他拂袖冷道：“南宫侍郎忤逆新帝，罚思过六月。”

织弋夫人妖媚惑主之名便由此而来。

往后他再提及此事，怕心里想的是，不该为我一介女子，惹朝臣非议。

如今我手上的伤痕已经好了大半，只留下浅浅的痕迹。忽然想起赵苑绮和她的孩子。南陵缙虽不能册立我为后，但举案齐眉，相濡以沫。我到底是比她幸运。

天色尚早，南陵缙此时必定在宣政殿处理政务。我便去了赵苑绮的长乐宫，如今她已是皇太妃，南陵缙很是喜爱她和先帝的小公主，亲赐名“悦”，封号“宸月”。

那日我救下的孩子，却未来得及看一眼。不过祯太妃月神花貌，她的女儿自当如是。长乐宫中睡莲还未绽放，花颜依旧，人面已改。她安静地坐在庭院里，身边放着一个小笸箩，里面是五颜六色的织线，她的脸上有着好看的微笑，一针一线都是给宸月公主的爱。

许是太过凝神，她并未发觉我。我向她行宫礼，“臣妾冒昧，今日才来拜访祯太妃，但愿没有扰了祯太妃的清静。”

她穿着素白云锦宫装，不饰一丝繁纹。太阳穿透帘子衬在她的脸上，祯太妃肌肤胜雪，容颜清绝。我怔了一怔，仿若看到了姐姐。她也是这般温婉的女子。

她没有停下手中的活计，纤长的手指犹如素蝶翻飞，“织弋夫人言重，本宫孀居于此，长乐不乐，夫人肯来，是本宫的福分。”

我不由得想到那个鲜衣跋扈的女子，褪尽繁华之后仿若两人。南陵缙将周氏迁出帝都驻守北疆，赵大夫擢升为相，光耀门楣。而本欲册赵苑绮为皇太妃，她婉言拒绝了南陵缙的好意。

怕是梦里佳期，只许庭花与月知。

宸月公主方入眠，我也只是隔着珠帘淡淡看了一眼，眉眼倒是与南陵刈像得很，也承了她母妃的清丽神韵。赵苑绮无心他事，我也不好叨扰太久，只是寒暄几句云云。

我想到今后我也会有南陵缙的孩子。有他的眉眼，有我的影子，想着想着，竟兀自笑了。

我方一进殿，南陵缙便快步向我走来，也不同我说什么话，只是牵着我的手向殿外疾步而去。一路上，和着百花香的风从我的脸上拂来拂去，珍珠步摇沉沉欲坠，他却牢牢抓着我的手，我连抽手扶正的空暇都没有。

我也不知跑了多久，跑得气喘吁吁，连整理散发的心都没了。

他曾是云游四海的逍遥王爷，体力我自然是比不上的。他笑嘻嘻地站在我的眼前，我半蹲着歇息。

“朕的织弋夫人就这么没用吗？”南陵缙的脸上浮起蔑然的笑容，然后从广袖中抽出一条黑色的锦缎，“织弋，你信不信朕？”

南陵刈俯下身子，轻轻吻了我的额头。我不知不觉阖上了眼，他的唇离开我的肌肤，便将锦缎覆上了我的眼眸。他将我打横抱起，一路上有花瓣悄然落在我的脸颊、衣襟，他的气息浅浅，就像这些柔软甜腻的花。

他摘下我眼前的锦缎，用手背遮住太阳，一点一点让阳光渗入我的视线，这里遍地栽满了白色的栀子树，所有的栀子花小巧轻盈，翠绿的叶子紧紧拥抱着娇弱的花瓣，已经绽放的花朵吐着娇艳的蕊儿。每走十步便有一株雪白的栀子树，上头系着无数的红锦缎，写着好听的吉祥话。

栀子花期尽，他必然是费了不少心思。

从来没有一个人，为我做过这样的事。

我问他：“你怎么知道我喜爱白栀？”

他随意拂过一枝白栀，染了满袖的清香，“未央宫前细心照料的栀子树，你静静靠在栀子树下沉思，比仕女图还要娴静美丽，我看到的时候总是不禁想着，是不是天上的花神误入凡尘，才这般清丽绝俗。”

我的脸一红，低下头去。

以往他看我的时候，我从未有所知觉，然而到最后，命运的扣锁还是将我们紧紧缠在了一起。

“织弋，朕能给你的是一场只有你我的喜宴，那日桃花树下，我给了你一身素服。如今天下安宁，这是朕欠你的。”他拿出凤印，放在我手心，“桃之夭夭，灼灼其华。之子于归，宜其室家。朕给不了你皇后的名分，能给你的只有这枚凤印。”

那日落英缤纷，白栀如雨，成为我这一生最幸福的记忆。以后想到的时候，也是那样的欢喜。

桃林深处扎了一架秋千，我好久不曾这样开心过。一直到夜幕初上，南陵缙说，若再不回去，只怕宫人要来寻了。我有些沮丧，但还是跟他乖乖回了未央宫。

来的路，那么长，只盼着再快些，再快一些，回去的路上，哪怕我百无聊赖数完了沿途的一盏盏茜色宫灯，也觉得时间太快，路程太短。

回到宫中，用了些晚膳。心头依旧萦绕着栀树美景，忽然兴起，又将箜篌取了出来。

天下安宁，盛世之音。

我的许诺，也得以兑现。

朦胧西月照池亭，初夜椒房掩画屏。宫女相呼有何事，上楼同看老人星。红泥椒殿缀珠珰，帐蹙金龙窣地长。红兽慢然天色暖，凤炉时复爇沈香。

·第二十一章·

虚情

我偶尔还会去探望祯太妃，她总是淡淡的，我开始怀疑那些时日一心执意于荣华的女子到底是不是她。还是她同曾经的我一样，皆为家族所累。如今家族鼎盛，她也成了寂寂深宫的伤心人。

可是，她还有宸月。各人有各人福罢了。

半年之后，朝臣联名上奏帝君，选秀充入后宫。他向我抱怨的时候，就像是受尽委屈。委屈的不该是我吗？他说，朕可不要的。是那些老顽固硬塞过来的。

我揶揄道："可是陛下的真心话？"

南陵缙敲了一下我的脑袋，"夫人比妲己褒姒还要美上三分，还要旁人碍眼做什么。"虽是闺房之内的玩笑话，我也当作是真。我靠在他的肩头，喃喃道："如今臣妾无所求，只希望能为夫君生一对儿女。"

我眸光涟涟，"便是死也没有遗憾了。"

他的手停在我眼角的梅妆处，留恋缱绻。我把手覆在他的手上，十指紧扣，"夫君这般喜爱这落梅吗？"

他不作声，用力环紧我，仿佛要把我嵌入他的血肉方肯罢休。

一载桃花尽，一载风雪凄。

这偌大的后宫，只有我，只有祯太妃，只有宸月三个至为尊贵的女人。如今宸月已经两岁，会卷着小舌头唤，母妃，皇叔，婶婶。而我至今无所出，延医问药也无果。

宫中传言，是当年长信宫变我杀孽太重，伤了阴骘。士大夫又开始不厌其烦地上奏送女入宫。我将那些多嘴之人一一严惩，既然说我蛇蝎之心，妖妃祸国，那我便做一回毒蛇美人。

南陵缙若无其事，总是宽慰我，是孩子不忍心让母妃及早操劳，织弋与朕的孩子，定是世间最乖巧的孩子。我年岁见长，常常会在夜阑人静的时候落下泪来，眼泪氤氲湿了一大片锦衾。

他待我太好，而我无以报。

一月之后，我选了数位家世清白，性情温婉的女子入宫，封美人，册嫔位。

我自作主张，南陵缙积着一身的怒气冲进来，扯坏了宫内重重珠帘，那曾是他为博我一笑派人在东海寻了一年的五百颗圆润的夜明珠。珠子四下溅落，他走后，我急忙命宫人寻找，却再也凑不齐那最初的情谊了。

南陵缙说："朕的后宫，竟要夫人来为朕操心。"

我努力忍着心里的酸楚，得体地回道，臣妾代掌凤印，为陛下选淑德佳妇，是臣妾的本责。

他的嘴角扯出一弯浅浅的笑，凉薄的唇旋即覆在我的唇上。我以为他是明白我的。我以为他懂得我的苦楚，可惜，只是我以为。他说，朕必定不辜负夫人的美意。

那一个月，南陵缙雨露均沾，只是再没宣织弋夫人。

流言四起，我们的王，如今终于看清了妖妃的本质，这是要废了她了。唐儿心疼我，她问我，夫人为何要这般忍气吞声，如今都有新晋的嫔妃口出狂言视夫人为废妃了。

自我为南陵缙纳新妃，朝臣看我终于对他松了口，便见风使舵，连地方县令都敢千里献美于殿前。也许是他为了故意气我吧，原本幽静的后宫一下子莺声燕语，我听着心烦便也甚少出宫门，偶尔会去祯太妃那里小坐一会儿，哪怕她对我一直都是淡淡的。

除了南陵缙，她就是我唯一说得上几句话的故人。

我收拾好给宸月的新衣，柔声道："祯太妃深居长乐宫，不也自得其乐吗？走吧，我们去看看宸月，不知道是不是又长个了。"

祯太妃如今常年素服，即便是过了先帝的孝期，也再没穿过艳丽的服饰，新妃拜见太妃，多自惭形秽。而同她一比，我又何尝不是世俗人。长乐宫中唯一鲜活的颜色，就是宸月的笑声欢颜。

她笑着看宸月在花间捉弄蝴蝶，孩童戏蝶竟是这样美好的场景。

“我总以为我的一辈子就这么无悲无喜的过去了。”

我在她身边坐下，把新裁的衣服放在青石桌上，我转开脸，想着宸月穿在身上一定可爱极了。

“祯太妃如今的日子，不比本宫过得不好。”

我以为她会笑着应是，或者不置可否。可她说：“情深不寿，慧极必伤，夫人难道不明白？”

我深爱一个人，却不得不将别的女子送到他身旁，是我自己的孽，躲不了的劫。

“太妃可真心爱过一个人？”

我看到她慈善的笑意硬生生凝结在唇边的时候，我就知道，她有。

我离宫之际，祯太妃好心，若是夫人常日无聊，便令宫人通报一声，让宸月去陪夫人说说话。我婉言相拒，若是我想念公主，自然会来太妃的长乐宫。臣妾的未央宫怨气太重，怕伤了宸月的福泽。

我转道宣政殿，想来总是要见他一面才好。夫妻相处，本就不该生太久的闲隙。

我还未踏入门内，就有一副卷轴重重撞向门框。

“郭纬，这是谁呈上的美人图，查明后斩立决。朕再也不想看到这样的东西！”郭纬垂首敛袖匆匆忙忙收了地上的画轴，便去传达旨意。

唐儿见势问：“娘娘，咱还进去吗？”

我摇摇头，“待会命御膳房制一道芙蓉清露给陛下败败火吧。”

唐儿回来的时候，说陛下饮了许多酒，也不知往哪去了。

我原以为我能像两年前一样等到他，直到夤夜漏断，月下柳梢，我也没有等来他。我不甘心，遂一个人去了桃林，却怎么也找不到他。只有被凄风苦雨打得吱呀作响的秋千，失魂落魄地摇着。

后来，我害了伤风，做了一个冗长的梦，只是梦里没有南陵缙。等我醒来的时候，揽月告诉我，陛下来过，在夫人清醒前，衣不解带地陪伴夫人。只是不知为何夫人苏醒之际便转身离去了。我把手贴近脸颊，没有一丝残留的温度。

连唐儿都开始骗我了。

又是半月多，内监报喜，祁美人已有孕一月未到。

我不得不相信，那日他是在别的寝宫里旖旎好梦，而非日夜守着我的病榻。

翌日，南陵缙终于屈驾来了我的未央宫。

我正学了剪纸，拿着剪刀小心翼翼地给宸月剪出她最喜爱的蝴蝶。

南陵缙一句话都不说，突然夺过我手里的剪子，尖头划破了我的掌心。银寒的剪子沾着殷红的血，到如今，我只为他流过一次血，他发誓，爱我护我，不会让别人伤害我分毫。

他做到了，这两年，前朝后宫没有一个人可以伤害到我，除了他自己。

就像今日，腥血嘀嗒嘀嗒落在剪纸上，我顾不上疼，急忙把剪纸收好。南陵缙把我拉到他跟前，深深望着我，“织弋，你如今就这么不在意朕吗？”

我的眼泪像是溃堤的水，再也止不住，“南陵缙，你对不起我。”

他捧着我的脸，怜惜地亲吻我的眼角眉梢，“是，朕对不起你，以后再也不会了。”

我胡乱抹了一把眼泪，把他推开，指着地上狼藉的剪纸，责怪道：“这是我学了半月的，你得赔我。”

他笑着答应了，常说君无戏言，没想到他的“赔”，是流连未央宫再也不曾离开半步，六宫除了未央宫，都成了冷宫。

连祁美人的宫室亦不例外。

若是有紧急政事，便准我入宣政殿伴君，当年随口一句“为君研磨写江山”，也一语成谶。上天待我厚薄，连我自己都说不好，若是厚待于我，却迟迟不给我一个和他的孩子。

经此一事，我也不再多事为他选妃。他也待我比之前更好，我问南陵缙，“祁美人有孕你都不曾看她，若是皇子生下来不认得父皇可怎么好？”

他答道：“朕陪你十月，十月后祁美人生产的时候，朕便去瞧她。”

我劝了他多次，他只是敷衍我。我剪完第五十张蝴蝶的时候，央他陪我去看看祯太妃，将蝴蝶剪纸送给宸月。

南陵缙怎么也不让我离身，我只能让郭纬把剪纸带去，想起之前赌气的时候落下不少的后宫琐事，便让他回来的时候多跑一趟。

他累得睡着了，我帮他盖上了薄衾。自己坐在下座翻阅彤史，瞧瞧他到底宠幸过多少美人。

“四月初五，淑秀宫龄嫔，四月初八，正德宫李夫人……”

许是祁美人有孕，我分外留意，只是翻了大半也没有瞧见她的名字。我看得累了，眼睛有些昏花，便用手指一行一行数下去。

“苎欢宫，祁美人。”我看着这字体，心下一虑，怎么笔迹有些不同。我凝神闭了闭眼，又仔仔细细盘查了一遍。祁美人有孕，为何唯独祁美人的记载笔迹不相同呢？我起身欲唤来郭纬问上一问，还没来得及出口便眼前一花，身子沉沉倒了下去。

睁开眼，是明黄色绣龙纱帐，各种浓烈的药味，还有龙榻之下跪着的十多位太医。气氛凝滞，南陵缙的面色晦暗不明，悲喜不辨。我的心里像是倒灌入千斤水银，头一次有些害怕。

我缓了口气，看了南陵缙一眼，问为首的太医，“本宫得了什么顽疾，太医但说无妨。”又看了一眼南陵缙，随后道，“有本宫在，保你平安。”

老太医的脸上遍布皱纹，他低着头偷偷望向南陵缙。我亦看向他，良久，他才点了头。老太医叩首再拜，回禀道：“娘娘大喜，娘娘已有一月身孕。”

闻言，我喜极而泣。我和南陵缙的孩子，我终于有了他的孩子。

他为我掖好被角，怪道：“傻瓜。就不该让你知道才好。”

我嗔道：“这是陛下的第二子，却是臣妾的第一个孩子，自然珍重。”以后再苦的药，我也能甘之如饴了。

这是我的头一胎，我唯恐有个万一，饮食起居自是万分小心，连安胎药亦是开了很多，未央宫里络绎不绝的都是捧了药匣进退出入的宫人。凡是有嫔妃请安道贺，我一律闭门谢之。为了这个孩子，担一个恃宠生娇的罪名也无妨。

只是，祯太妃一次也不曾来瞧我，情谊不说，反倒失礼了。

·第二十二章·

真 相

等到我的肚子渐渐成形，南陵缙每日都是眉开眼笑的，他似乎比我更加珍爱这个孩子。他许诺，一旦我生下龙裔，便名正言顺封我为后，堵悠悠众口。而我的孩子，生男则立为储君太子，生女就封为长公主。

四个月过去了，我的身形逐渐臃肿，胃口也大不如之前。我想着祯太妃是生育过的人了，应当是有些法子的。

我让唐儿去请祯太妃，她回禀我，祯太妃病重，不能来了。我问她，可有看到祯太妃如何？

唐儿摇摇头，长乐宫外有禁军看守。我一下子着急便动了胎气，揽月又急忙去遣了太医来。幸好并无大碍。我问太医可知祯太妃什么病，竟这样重？

老太医说，为祯太妃看诊的太医三缄其口，许是害了什么瘟疫顽疾也不一定。但愿莫要连累了宸月公主才好。

他一说，我才想起宸月来。我赶紧让唐儿去请旨接宸月公主暂居未央宫，唐儿说："陛下正在与丞相亲王商议新政改革，不许旁人打扰。"

我取来了玉匣内的凤印，交代她一定要先将公主带回来。

宸月带了回来，可到底没看到祯太妃病况如何。唐儿只听看诊的太医说，已无大碍，只要再静养几月就好。我也渐渐放心，这些日子有宸月和我做伴倒也很开心。只是每次南陵缙一来，她没有再跟在他的身后一口口喊着皇叔，眼中流露出畏惧的神色。不过推行新政诸事繁多，他整日愁眉苦脸的，吓着了宸月也说不好。

他不在的时候，宸月会跟我说很多话，我索性每次都让唐儿想着各种法子推辞他。

御膳房送到未央宫的吃食向来精致，宸月很喜欢。我一边给她剥着松子一边和她说着玩，气氛好不快乐。

“宸月是喜欢弟弟还是妹妹啊？”

她歪着脑袋想了一会儿，“宸月喜欢弟弟。”

“为什么呀？”我把剥好的松子放到她的小手里，她咧着嘴边吃边笑，“唔……妹妹也喜欢吃松子，宸月就没有了，宸月喜欢弟弟，不吃松子。”我被她的童言逗得发笑。

我忍不住刮了一下她的小鼻子，“婶婶喜欢妹妹呢，以后就能像宸月一样乖巧美丽。”

她放下手里的松子仁，跳下了榻，正色道：“婶婶才是最好看的，母妃说，她要生一个像婶婶一样好看的妹妹，皇叔就会常来。”闻言，我立时愣住了，没发觉松子的硬壳深深陷进了指甲，宸月看到急忙握住我的手指，不停地吹。

我定下心神，笑道：“宸月学坏了，还会扯谎了。若是以后再说谎话，婶婶就不给宸月好吃的了。”

她一脸无辜，嘬嘴道：“母妃不许宸月跟别人说的，说要是别人知道了，我就再也见不到母妃了。婶婶待宸月好，一定不会说出去的对不对？”宸月伸出小手指，指着我的肚子，“母妃的肚子比婶婶还大一些呢！”

我的心口像是有什么东西狠狠刺进去，后又血淋淋地被撕扯了出来，原本撑着身子的手臂也软若无骨般，任凭我沉钝的身子倒在了榻上……

窗外下起淅淅沥沥的小雨，我感觉到他就在殿里。

大约过了半个时辰，檐下的雨声渐渐转大，暴雨如注，连这硬冷的宫装都像是要被生生剜出几个硕大的窟窿。他就站在窗前，和殿外的夜色溶在一起，斜雨雾气沾湿了他的衣裾。潜入的风雨不倦地扯弄珠帘，和着雨声风声，听得我心烦意乱，脑子里的事情却在急雨的反复冲洗下，依稀有了眉目。

祯太妃的孩子……祁美人的孩子，还有我……

我猛然掀掉锦被，径直朝窗口跑去，他就站在那里，不闻不问，他隐在暗处的身影，似乎要将未央宫外的一切都斩断得一干二净。我转而又在妆台疯了似的找剪子，可是怎么也找不到锐器，便向他走去，“给我。”

他累了，我也累了，我看到他眼底浓浓的憔悴，他的声音干涩喑哑，似是隐忍着极大的痛楚，“你可好了些？”

我哂笑一声，生生将身旁的夜明珠帘用手扯断，却也惹了一手的疼。等我发泄完，终于无力跌坐在地上，鬓发散乱。

想来比姑母当初不会好到哪里去。

我凄然一笑，仰头看着他，“世人皆爱齐人之福，陛下看惯了妖艳的曼陀罗，也忍不住想要尝尝清水莲的滋味吗？”

闻言，他本欲搀扶我的手慢慢收了回去，他的眸子比夜色更深，更暗，更冷。

“夫人好生安养，朕改日再来看你。”他语气中流露出的怒意我又怎么会听不出来，他终于转身离去。

楼上寝,残月下帘旌。梦见秣陵惆怅事,桃花柳絮满江城,双髻坐吹笙。

他没有将我禁足未央，似是莫大的恩典。

我的身子稍有好转，便手执凤印，乘着凤辇来到长乐宫。

果不其然，长乐宫竟被守卫得水泄不通，若非有什么不想让人瞧见的秘密，又怎会如此？门口的守卫见我的銮驾停在殿门处，向我行礼，恭恭敬敬地回我：“祯太妃有疾，陛下有令，太医诊治期间任何人都不得入内探望。娘娘请回去吧。”

我看了一眼唐儿，她呈出凤印。这是两年前他给我的权力，“你看清楚了，后六宫之内，以本宫为主。”

他面露难色，我拔出他身侧的佩剑，直指他的咽喉。侍卫抖着手为我开了门。

剑回鞘，我冷声道：“如果陛下责问起今日之事，你们都得死。”

守宫侍卫骇于我的威逼，齐齐下跪。

长乐宫门开，便有莲香沁心。我的目光之落在皎白的睡莲上只一会儿，眸中寒意更甚。我看到她的侍婢跪在正殿外，而我一步步走向她，走得极稳。

祯太妃的婢女拦在我跟前，“奴婢恳请娘娘回宫。”

唐儿扬手便打了她一个巴掌，嘴角流下了血。我只是要她知道，不是人人都能欺凌到织弋夫人的头上。

“既然该来的人来了，便不必拦了。”婢女诺诺退避一侧。

我在她的面前笑得恣肆，祯太妃只是垂首临摹字帖，怡情养性，娴静澹然，素净的脸庞下层层伪装的依旧是那颗追逐荣华的心。

我走近她的身旁，是曹植的诗，我讥诮着念诵出声，“红颜宜笑，睇眄流光。太妃怎么不笑呢？”我拿起桌角她临摹的字体，如水缱绻，“这样难的行草，太妃果然德才俱佳，临摹得惟妙惟肖。”

“你又何必来为难我？”她放下手里的笔，拿开镇纸，小心翼翼地把字帖放在一侧。

“臣妾只是不知道，太妃怀的孩子究竟会不会给皇室蒙羞，给陛下蒙羞？”她没有接话，我继续道，“太妃娘娘敢做不敢认吗？稚子何辜。”

她为我倒了一杯茶，新茶沉浮在青瓷盏中，茶香缭绕，推杯面前，“娘娘不会的。”

我顿了一下，只问她，这场冤孽，是你还是他。

祯太妃反倒笑了，唇色朱樱一点，明眸善睐。她的笑，她的美，冰藏长乐，只让我觉得寒彻心骨。

“娘娘曾问本宫，可有真心爱过一人。”她目光灼灼，情谊殷殷，“本宫爱的时候，娘娘是恨。如今本宫不爱了，娘娘是怨。”

我自诩为南陵缙所做甚多，连他的江山亦有我的心血。而他之前所做的一切，我从未细究，赵苑绮为什么入宫为妃，为什么会甘心为他所用，为什么放弃公主储君的身份，扶持他称帝，为什么在他一将功成的时候，退居长乐宫。

我从来都不知道，他不说，我便不问。

事到如今，却是由赵苑绮告诉我。

他们的一生情。

柳眉凤眼俏佳人，翩翩浊世佳公子。赵苑绮八岁那年看到南陵缙的第一眼就已经认定了他。而后亦是一番顺心遂意，待及笄之年，她就是他的正妃，可惜，南陵缙志在天下，不忍心看皇室凋敝，妖后弄权。

她终究还是爱他的。

我自认情深，却做不到远离心爱之人，在深宫中虚与委蛇，漫漫清寒，只为他披荆斩棘，为他今后的路可以少一丝凶险。赵苑绮一直以为，她能等到良人归来。

可是那时，他的身边已有了织弋夫人。她是先帝的孝谨皇后，她是她赵苑绮亲手送给南陵缙的一把寒刃，到最后却割伤了自己。

“周瑾仪，纵使你宠冠后宫，可他的爱不在未央，是在长乐。”她淡淡地笑着，我的手心后背却传来湿腻的冷意，像是有无数的虫蚁一点点地在啃噬我的血肉。她隐居于此，而我贵倾后宫却输给了她。

这是她和我各自的命数，躲不开的。

我问她，究竟是什么时候开始的。

原来，是那日的画轴。

赵苑绮的婢女心有不甘，便打点了赵丞相手下的一位小吏，呈上那幅七分相像的美人图。南陵缙断然不会接受，那婢子要的是他想起，长乐宫里还有这么一个女子等着他。但也没有料算到他会龙庭震怒，处置了那小吏。

其实他怒的不是那一幅画，是曾经背弃的誓言罢了。他饮了许多酒，迷迷糊糊走到长乐宫。赵苑绮那么爱他，又怎么会拒绝他呢。

思绪百转千回，只觉得是自己一开始便错了。一对璧人，却被我棒打鸳鸯，如今我却成了十足的罪人。我抚摸着自己的小腹，即便他会离开我，我到底还有一个孩子。我把字帖放回原位，赵苑绮的手颤了颤，一点墨汁滴在宣纸上，氤氲一片。

·第二十三章·

离心

那日以后，我安心在未央宫养胎。偶尔侍弄花草，抚琴自乐，南陵缙来的时候，只是在我身边静静地坐一会儿。问我睡得好不好，吃得好不好，我耐心地回答他。不生疏，但也不似往日的亲昵。

有些事情，我们都洞若明镜，彼此照应在各自的眼里，只是不去说破，镜子碎了，难免会伤及身体发肤，更何况是心里的渣滓，要如何除得干净。

一日，我酣酣入睡竟睡到了入夜方醒。未央宫的婢女极少，揽月也不知去了哪里，宫室内的宫灯也只点了几盏，忽明忽暗地在帷幕上映出狰狞可怖的模样。忽然想到姑母临死前的样子，我紧紧地抓着被角，把头埋在锦被里，像只受惊的小鹿般羸弱。

我听到由远及近的脚步声，更加惶惶。

他是我的夫君，我却没有想到来看我的人是他。

他像从前一样抱着我，轻声唤我，织弋。我任由他抱着，逐渐温暖我的身子。他有些踌躇，谨慎地吻着我的额。

梦里不知身是客，一晌贪欢。

他静静地说：“织弋，你是朕唯一的妻。你的孩子，是朕唯一的孩子。”

我背过身不去看他，“那赵苑绮的孩子呢？”

南陵缙幽幽地叹了口气，他将手轻轻放在我的肩上，让我觉得久违的安心，“朕管着天下，管着你便足够了。”

既然我躲不开，便只好情深不悔。

我生产之期渐近，越发慌张不知所措。南陵缙安慰我：“夫人定能为朕生一个白白嫩嫩的婴孩。”

我转过脸不去看他，但愿天赐麟儿。

我的产期和赵苑绮同在一日，似是冥冥之中的天意。我同南陵缙用了一半午膳，一点一点的痛楚从我小腹处蔓延到我的全身。

唐儿急忙宣接生嬷嬷入未央宫。

直到黄昏，我的孩子还未诞下来，南陵缙在外殿一定也是心急如焚吧。唐儿不停为我擦拭额上的汗，锦帕湿了一方又一方。我咬着牙，残存最后一丝清醒的神志对接生嬷嬷说：“若母子只能保全其一，嬷嬷务必要保全我的孩子。”

我混混沌沌地听她说：“宣旨太监就等在承天殿，只要母子平安，您就是母仪天下的皇后，小皇子就是太子。娘娘，您一定要坚持住啊。”

我抓着唐儿的手，一字一句说得艰难：“若本宫有个万一，让陛下不要伤心……”既已误前缘，我只盼着南陵缙能明白我今日今时的心意。

不知道过了多久，我只觉得身下一暖，便沉沉睡去。

夤夜之时，我才清醒。神志逐渐恢复，身子的疲累铺天盖地袭来，南陵缙抱着我们的孩子，言笑晏晏。

“陛下……”

听到我的声音，南陵缙急忙跑过来，扶起我看我们的孩子。

他说：“织弋，这是你和朕的孩子，你为朕生下了太子。”他太过欢喜，吓得襁褓中的孩子发出哭声，最后越哭越响。我亦是珠泪潸潸，和他一起抱着这个可爱的孩子。他的小脸白白嫩嫩，睫毛像极了南陵缙，浓浓地覆盖下来，以后长成定是个俊俏的孩子。

天地絪緼，元精代序。清阳曜灵，和风容与。故赐名緼华。

而她却生下了一个死胎，据说，是个男婴。宫人们奔走传言，是祁美人福祚浅薄，腹中子不该与太子同时出生，但凡医术精湛的太医都留在了我的未央宫，而苎欢宫除了两位接生嬷嬷，只有一位不擅婴妇之科的新太医随侍。

死婴诞下不久，南陵缙便下旨赐死了祁美人。

对外的旨意是祁美人遭丧子之痛，得了疯病，知罪自尽。

祁美人和赵苑绮都是可怜人罢了。

南陵缙向我提起赵苑绮。那时我正手忙脚乱地哄着缊华，哄他入睡。

他沉思片刻，开口道："祯太妃请旨长守先帝皇陵，永不入帝都。"

我的动作停了下来，问道："那宸月呢？她没了一个孩子，总归还有宸月在。"

他见我有些累，便把缊华接了过去，学着我的样子轻手轻脚地摇着缊华。

"她把宸月留在这里，只求她平安长大，将来她若有中意的男子，无论贵贱，都放她离去吧。若是朕瞧不上寒族子弟，便废了她的公主封号，降为庶人，成全她的良缘。"

我拨弄着缊华的小脸，笑着说："祯太妃是个聪慧的人，怎么就这么想不开了，陛下竟也舍得放她离去吗？"

"你吃醋了？"

我收敛了笑意。几家欢喜几家愁，如今我和他琴瑟和谐，又有孩儿承欢膝下。只是同为女子，赵苑绮的处境太过悲戚。稚子无辜，她受了那么多苦，需要多么强大的心才能支撑着自己，看到心爱的男子和另一个女子执手白头。

而我的幸福有多来之不易，各种辛酸也只有自己默默忍受着，所以我更加珍惜。

"赵苑绮是可怜人，她心有不舍，我们便顺遂她的心意吧。"

他赞许地点点头，"得妻如此，夫复何求。"

十日之后，便是册后仪典。

五日后，祯太妃离宫。因着太妃离宫为先帝守陵，虽说是为国祈福。钦天监上奏，册后与太妃离宫两事一喜一丧，实在不宜同日。钦天监另择时日，太妃离宫于十一月初五，册后仪典于十一月初十。

旨意下达之前，我就已经为赵苑绮备了行李。如果她愿意，我也可以像当年一样，送她出宫，还她自由。

近月末的时候，我换上了唐儿的宫服，梳了宫髻，再用香粉浓浓压住了眼角梅。

我将唐儿支去熬药膳，同她说，小太子的饮食还是得你留心。

宫道长廊已经满堆皑皑白雪，雪霰子呼呼地拍在我的脸上，连睫毛上也覆了一层霜雪。羽睫被压得沉沉垂着，稍微眨了眨眼睛凝水就脉脉流下，竟像极了眼泪。

我的鞋子踩在积雪之上，发出吱吱呀呀的声音，留下了一行深浅的脚步，而后大雪纷纷掩去了所有的踪迹，还归纯白。

自她生育之后，宫门侍卫也撤走了许多，只是还有几人在门前温酒猜拳，打发这寒冷的冬季。我低下头停伫在长乐宫门，他们面面相觑，半晌未语。我掏出一串珍珠手钏，“奴婢曾受恩于太妃娘娘，如今只是来见太妃最后一面，为太妃送行。”我提了提食盒，掀开一层，将一盘烧鸡肉递给其中一个侍卫。他笑嘻嘻地接过去，不忘提醒我快些出来。

衰荷残雪，触景情伤。

我走进内殿，白素纱层层低垂在地，床帏上卧着一个身形单薄的素裳女子。我的心底猛然一抽，不自禁屏住呼吸，揭开了垂掩的素纱。

只一眼，我手中的食盒便落在了锦毯上，“赵苑绮……你……”

青丝染霜，红颜未老头先白。

她看我拾起地上的食盒，冷哼道：“你来做什么，是来耀武扬威，还是来赐死本宫？”

我轻轻地走到她床侧，她的头发已然雪白。

“赵苑绮，你给过我一条生路，如今，我也给你一条生路。”她缓缓抬起脸，绝望的眸子像是附之鬼魅，目光落在我身上的时候，像是有无数看不清的冰凌化针入骨。

她的声线喑哑，像是被人塞了一把枯草，再没有以前的清冷温婉，“周瑾仪，我还有什么生路，如今我将离京守陵，回首无期，你还能给我什么生路！”她仿佛想到了什么，嗤嗤地笑着，“我的孩子死了，我和他的孩子死了，你终于赢了。可是那又怎么样，你也死了孩子，以后再也不会有了，这就是你的报应。”

难道赵苑绮失了心智？缊华明明好好地在我的未央宫里，我断然不许任何人诅咒他。

我怒道：“太妃，本宫的太子平平安安地出生，如今在未央宫中养着，太妃所言恶毒，不怕损了阴骘吗？”

闻言，她睁大眼睛，突然靠近我的脸。死死盯着我右眼角下，“梅妆呢？你脸上的梅妆去了哪里！”

我闻言拂上眼角，她一下子抓住我的手，一个病中弱女的力气却比我还要大，我一时挣脱不开。她长长的指甲沿我的眼角而下，再逶迤而上，她的指尖很凉，就像外头刚刚消融的雪。她用力地摩挲着我的眼角，过了一会儿，她松开了我的手。

她赤足而下，走在锦毯上无声无息。她把菱花镜抱在怀里，站在我的面前，笑呵呵地看着我说："你看，你的落梅，描得多美。你的好夫君难道没有同你说，这胭脂色泽艳冶，千金难求，帝都之中为何却从未传入吗？"

她斜睨着我，媚眼如丝，"因为啊，这胭脂用多了便不能生育。"

我猛地推开她，她跌倒在地上，菱花镜应声而碎。她在骗我，她肯定是在骗我。他待我那么好，又怎么会害我？一定是她，是她死了儿子，也不想我过得快活。

她捡起一块碎片，对我说："你的孩子死了，以后你再也不会生下他的骨肉。他喜欢你的美貌，我也有。"她举起碎片，划伤了自己的眼角。她像那日临摹字帖一般，一画一画刻着梅花。皮肉翻卷，白骨森森，素白衣裳染上点点血渍。

"濛柳添丝密，含吹织空萝……"

红颜未老，恩义先断……我微微阖上双目，转身离开。

原来缊华，不是我的孩子。

南陵缙，你又骗了我……

·第二十四章·

偕和

赵苑绮容颜受损，不得不留在宫中养病。

其实南陵缙也知道，当日曾有一宫女入长乐宫，可却不曾问我，或许，他觉得以后位弥补我，是最好最完满的结果。

就如我，生生按捺着所有的疑虑，不去相问。

可每每看到缊华，只觉得唇眼像极了宸月。我曾无意提及那位接生嬷嬷，说太子平安临世，那位嬷嬷功不可没。南陵缙说，那朕赐她良田千亩，黄金百两。可事后再问唐儿，唐儿摇摇头，缊华出生以后，的确再没有在宫中见过那位老嬷嬷。

初十，帝都一片祥和，明彩竞华。

百姓遥聚朝天门外，我身着九色翟衣，织翟纹十二等，共一百八十四对，间以牡丹，缘以红色，织金云龙纹。环五彩大绶悬挂玉环二。戴九龙四凤冠，冠上金龙九条，口衔珠滴，下有八只翠凤一只金凤，亦衔珠滴。龙凤之下铺以翠云，缀珠花，点翠玉。簪上最后一根步摇，忽而心口绞痛。随侍的宫女急忙去延请太医，我算好了时辰，若没有出错，今日当值的是曹院使。

我寻出三年前的胭脂盒子，里面静静卧着一枚假虎符。

我一直没有舍得扔。一丝一缕，都是我们两人的流芳史书。是不是从一开始，胭脂是假胭脂，兵符是假兵符，他对我的种种，亦不过是如梦如幻一场梦。

我遣出了殿内所有宫人，待命殿外。曹木师向来是墙头草一棵，见到我的第一眼就是谄媚奉承，没有半点医者仁心。

我摆摆手，“曹院使，你也不必废话了，本宫身子无碍，只是有样东西要请您验一验才放心。”

我将胭脂盒递给他，理了理衣袂道：“昔日本宫承宠，不乏宵小之徒觊觎本宫的位子，这是方美人送来的胭脂，看着成色是不错，只是本宫与方美人交情浅薄，也不知能用不能用？”

他跪着双手接过，用银针挑了一些放在手心，眉头渐渐皱起，骇然道：“回皇后娘娘，这胭脂用不得，里头有香料百种，不孕之物不下三十种。只消用上两日，恐怕就能渗入体肤，日后便难以有孕了。”闻言，我一个踉跄便要摔倒，曹木师连忙扶住我。

踯躅许久，我终于开口：“你没有看错？”

“微臣行医十数载，不会看错。”

我重新收好胭脂盒，取了一袋金子给他，冷冷说道：“方美人年纪尚小，许是受了旁人的蛊惑。今日之事，曹院使务必三缄其口，本宫也想瞧瞧这宫里还有多少人想害本宫！”

曹木师领了赏钱，喜笑颜开地回去了。

我心头思绪绕匝，只想逃避这一切。哪怕他对我心存顾忌，也不该如此待我啊。我仰起头，很努力地控制眼泪，不让它掉下。今生今世，他再也不配我为他流下一滴眼泪。

唐儿见我流如雨下，忧心地问我：“娘娘身子可好？若是无恙，便要进行封后大典了。”

这么些年，他终于能给我一个最好的名分，我终于等到他当日的应言，愿得一心人。到如今相看只有山如旧，叹浮云，本是无心，也成苍狗，昔日听琴厮磨的好时光，只余红烛昏罗帐。

“无碍。”

“娘娘，时辰到了。”

鼓乐喧天，皇后乘銮驾登临朝天门。南陵缙站在玉阶之上，向我伸出手。我一步一步走上最高处，把手放在他的掌心。

他的手还是很暖，我陡然一颤。他握紧我的手，“别怕，朕在。”

两年前，也是他，当时只道是寻常，两年后，是近在咫尺的奢望。我与他并肩而立，接受朝臣的跪拜。

朝阳从东方徐徐升起，太红近妖色。

我正襟危坐在凤榻之上，如今，我只求他一句实话。

南陵缙今日并未饮酒，自从赵苑绮一事，他再不会喝得酩酊大醉。明殿喜堂，桌上的龙凤烛缓缓淌下烛泪，宫灯上印着大红喜字，外头笙歌迤逦不绝于耳，我粉黛红妆，凤冠霞帔，倾国倾城，美艳不可方物。本是良辰美景，却注定今夜不能安眠。

他推开宫门，我的眸子直直盯着他的眼睛。

他笑着看我，“朕与你朝夕相对两载，还是今日最美。”

“臣妾于陛下夫妻两三载，臣妾自问从未负过陛下。可到如今，陛下还有事欺瞒臣妾吗？”

“织弋……”

我冷声打断他，“臣妾姓周，周瑾仪。”

一颗心，沉着沉着，终于与漆黑混为一体。

“我只问你一句，南陵缙有没有伤过周瑾仪，南陵缙有没有欺瞒过周瑾仪？”

他神色坚定，“没有。”

我在枕下取出胭脂盒，用力甩到他面前，兵符也打着滚到了他脚边，我一一细数，“香料百种，不孕之物不下三十种。等到用尽的时候，便此生难孕。”

我想着眼角落梅，心下凄然，“陛下，你没有想到，我也没有想到，我竟然还是有了你的孩子。只可惜，生死天命，那孩子一生下来就夭折了，恐怕你早知生下来的会是死胎吧，所以那日数位太医竟无一人敢言。死去的，才是真正的缊华吧……如今的太子，是你和赵苑绮的骨肉。”

南陵缙面色凝重，仿若带着丝缕哀伤。只是他该怎么说出来，昔日改颜换貌，不仅为保她性命，更是早有打算要利用周瑾仪以鬼神之说惊扰后宫。

可那日看到她酣然眠于桃树下，那么安静，那么美好。要说的话，终究还是止住了。一身素缟，本是扮鬼服，等到说出来的时候，却变了味道，虽有把握，到底还是担心此去无归。

他无妻无子，周瑾仪若还记着他的恩，便为他穿了丧服吧。可他也没有想到，周瑾仪居然真的就去了，心甘情愿。他连一点手段计谋都没有用，她便去了。她说，待君归来日，天下重安宁，再奏盛世音。一介深宫女，竟然有这么大的勇气，他依稀记得，也曾有人一心一意待他，一生无悔。

南陵缙终究还是利用了周瑾仪。

“你果然去见了她。”

我把凤冠从发髻上生生扯去，吃痛的感觉彻骨却还是麻木。凤冠上缠绕的发丝，是这场喜事最后的休止。

凤簪砸地，他的眼中满是彷徨和无助。

“南陵缙，你害得我好苦啊……”

“织弋……”

我的心已经燃尽，而他还要挫骨扬灰才罢休，我怒道：“织弋！织的是你和赵苑绮的鸳鸯梦！你既然爱她，为何要来招惹我，你就这么不肯放过我吗？”

他摇头，十二旒冕冠交错伶仃。

“瑾仪，若你愿意……”

我敛袖下拜，“此生无望，这顶凤冠，我亦承受不起。若陛下愿意，便此生不再相见。”

他走到我的身边，狠狠揽我入怀，“瑾仪，再也没有回寰的余地了？”

我阖上眼睛，“没有了，一生只一次，错过了便再也遇不到了。失去的，也找不回了。”

“那缊华呢，还有宸月，你是最疼宸月的。”他紧紧扣着我的肩膀，我看着他的神色，心底浮起悲哀，“我的孩子死了，是你和赵苑绮害死的，你还敢把你们孩子交托给我吗？”

闻言，他的手，慢慢地松开了。

南陵缙，你到底是不信我。

此时此刻，才是再无回寰。

我低首敛衽，广袖曳地，掩住了眸中水意，到底还是忍不住。

一夜寒雨。

朝夕之间，皇后染疾静养未央宫，还没来得及焐热的凤印又交还帝君，只怕在他人眼里，我已成了一个莫大的笑话。恰值此时，赵国携惜和公主恭贺南朝新帝登基，其次，也欲与南朝结秦晋之好。

南陵缙没办法拒绝，当日夺位他成竹在胸，是因为他修书向赵国借兵，也欠下赵国的人情。

惜和公主并非赵国皇族，听说在她年幼的时候，父兄为国战死沙场，赵国太后怜她孤苦无依，便认作义女，躬亲抚养，封号惜和。

赵国的面子，赵国的人情，南陵缙于国宴上，当着赵国使者的面，封惜和公主为和夫人，愿南赵两国永无征伐，共享盛世，择日便正式册封。

唐儿告诉我的时候，我的心就像是被他狠狠捅了一刀，鲜血淋漓，但是只能默默忍受。

“夫人，惜和公主……”唐儿欲言又止，而我淡淡地看了她一眼，也没有再问下去。

“是沁萝姐姐。”

我端着茶盏的手抖了一下，“沁萝？她不是……”

“的确是她。”

怎么会……沁萝怎么会变成赵国公主？

我深深望了一眼殿外，既来之，则安之。可我的心里还是有一种不安的感觉，越积越重，压得人透不过气来。

我依旧是夫人的位份，出于礼节，和夫人还是来了未央宫向我问安。

我没想到当她再次来到我的身边，竟是以南陵缙宫妃的身份。

她屏退所有的宫人，拖曳着广袖长裾缓缓朝我走近，一举一动，都像极了一位公主。终于，她停住脚步，一双明眸笑盈盈地望着我，“娘娘，不对，是姐姐，我回来了。”

我不解地看着她，唐儿轻轻地唤了一声“沁萝姐姐”，而她的眉间带着一种冷冷的讥诮，“放肆！本宫是赵国公主，是陛下亲封的和夫人，就凭你一个卑贱的婢女，也妄想同本宫姐妹相称。”和夫人秀眉一挑，转过眼来继续道，“你是不把本宫放在眼里，还是不将你的主子放在眼里呢？”

沁萝变了。

如今的她，满身戾气，连言辞都充满了恶毒。我缓步走下高阶，细细端详着她，而她神情寡淡，直视着我的目光，嘴角勾勒一抹恣肆的笑意。

“你为何会从赵国回来？”

和夫人睨了我一眼，“不置之死地，如何后生？这些道理，本宫还未谢娘娘赐教。”

我想起沁萝自幼与我为伴，如今彼此生疏，难免有些苦涩，“你……为何会……”

沁萝大抵已经猜到我要问她什么，将我的话冷声打断，“我回宫，不为任何，只是为了陛下。我会将原本属于我的东西，一件一件拿回来，如今我回来了，这宫里再也不需要曾经宠冠后宫的织弋夫人，我会代替你，成为后宫唯一一个享尽帝君宠爱的女人。”

她退后两步，“若你不出未央宫，自此远离陛下，我与你便可相安无事。”

南陵缙的宠爱……已经不是我想要的了，既然她想要，尽管拿去便是。

钦天监择定的吉日就在十日后，赵国使者也会等册封大典结束后回国。

宫里人人喜气洋洋，檐下的宫灯也尽数换成绘有各色吉祥图案的灯笼，只有我的未央宫一如往昔，死气沉沉，鲜有人踏足，原以为是唐儿怕我触景伤情，没想到是南陵缙的意思。

·第二十五章·

空忆

我终日闭门不出，宸月也不来了。提笔写字的时候，对着那一张如雪的宣纸，任由墨汁渐渐晕染，久久方回神。

所书即心中所想，可我到底在想什么？我明明恨他欺我瞒我，却想起他说过，愿得一心人，白首不相离；我怨他和赵苑绮，却还牢牢记得，他对我说，濛柳添丝密，含吹织空罗。

我的心里只有他一人，可为何，他的心里还能容下一个赵苑绮……我倒在地上泪雨涟涟，一颗心也被伤得千疮百孔，拼不回最初的模样。

我默默低着头，任由双颊的泪水滑落，却在不经意间看到窗外一角明黄色的衣袍，我微微一怔，仰首把眼泪擦干，转身将窗户猛地一关。

恰好唐儿走了进来，她的语调平淡而哀伤，“娘娘，这又是何必呢？”

我痴痴地低笑着，“这辈子，我最恨欺瞒。”

“您这样对陛下，又真的开心吗？”

我的笑意慢慢凝固在唇畔，一行清泪流下脸颊，“不会。”

我再也不敢奢望，此生还能得到快乐了。

长乐宫内，和夫人已等了祯太妃约莫半个时辰，祯太妃却迟迟未出现。和夫人渐渐耐不住性子，摇着团扇，刚想命人再去通报一次，便见祯太妃从内殿缓步而出。她的目光再见到祯太妃时不由一震，才一年未见，好端端的美人竟白了发。

婢女轻轻唤了她一声，她这才回过神来，向祯太妃问了安。

祯太妃却连眼都没抬一下，欢喜地哄着宸月，随口道，“这不是未央宫那位的贴身婢女吗，如今也飞上枝头了？”

和夫人压着心头的怒气，心平气和地答道：“赵国的姝夫人甚是想念太妃。”

赵洛姝，赵家长女，赵苑绮的亲姐姐。细算来，当年和亲赵国，已经是五年前的事了。祯太妃让婢女将宸月带了下去，凝视着和夫人，“姐姐过得可好？”

“赵国后宫，以姝夫人为尊。”

异国他乡，姐姐过得好，那她就安心了。

“可惜太妃似乎过得并不好。”和夫人瞥了眼她的白发，慢声说道。

偌大的宫殿，金碧辉煌，供应无缺，条件甚至要比多数的宫妃胜过数倍。可是这盛大的冷寂，实难掩去。

祯太妃脸色阴沉地盯着她，“你想说什么？”

“太妃难道不想儿女能承欢膝下吗？”和夫人径直站起身，踱步至门前，看着在庭院里玩乐的宸月，温言道，“瞧小公主，实在是可爱得紧，太妃果真是福慧双全，臣妾也见过了小太子，和太妃长得极像呢！”

“哀家不喜欢拐弯抹角。”祯太妃淡淡道。

“既然决定要入宫，谁是敌谁是友，自然要分个一清二楚。”和夫人将一封书信呈上，“不瞒太妃，本宫能有今日，全凭姝夫人所赐，姝夫人于臣妾有再造之恩，太妃若有何难处，臣妾必竭力为太妃解忧。”

“那你的旧主呢？”

“前尘往事，与惜和无关。”

祯太妃点了点头，轻轻一笑，“很好。”

也许是惜和提起缊华，她这才想起南陵缙已经很久都没有来看她了。桌上的晚膳也没有胃口再用，她倚在宫门口默默地望着宣政殿的飞檐，若能化作一缕明月光，为他引一丝微渺的光也无憾了。

“来人，摆驾宣政殿。”

高耸的殿影铺天盖地地遮掩住路径，掌灯的宫人只能隐约照亮近处的小道。可她的眼里只有南陵缙，她翘首而盼的，也只有他一人。

小黄门按例通报，祯太妃噤声拦下。

她轻轻推开殿门，徐缓而入的夜风轻轻摇着玉珠帘，发出簌簌的响动，明灭的光影穿透罅隙投落在地上，她掀帷推屏，期待着能看到南陵缙。

南陵缙坐在地上，衣袖高高挽起，案上的烛台明亮得有些晃眼。看到是她，他只淡淡地瞥了一眼便又继续埋头做伞。祯太妃走到他身边，看到他的手掌渗出了血，还扎进了竹刺，不禁怒道："陛下是九五之尊，为何要做这东西？"说罢，她怒冲冲地夺过一根竹条，将它狠狠折断。

"你做什么！"南陵缙沉声吼道。

他……竟为了一根竹枝生她的气，她难以置信地看着他的眼睛，那双曾经只容得下她一人的眼，时至今日，什么都没有留下。

"南陵缙，是我问你才对，你到底想怎样？你煞费苦心地想要讨好周瑾仪，难道你就看不到我赵苑绮吗？"

"你该回宫了，你的身份不宜在此多留。"南陵缙道。

"回宫？你把我锁在宫里不闻不问，是不是要等我死的那一日你才会来看我一眼？"眼泪渐渐盈满了她的眼眶，她无力地坐倒在了地上，散落的竹条扎进皮肉，那疼痛却比不得此刻钻心蚀骨的绝望。

南陵缙放下手中的东西，歉疚地看着她，"苑绮，你要知道，这世间的伦常断然容不得我们，现在这样不是很好吗？"

"那是因为你的心里有了周瑾仪，对不对？"

南陵缙一时不作声，良久，才轻轻说："是。"

"不！"祯太妃竟笑了，"她恨你，胭脂香令她终生不孕，她不可能原谅你！"

他也笑了起来，却阴鸷得很，让赵苑绮没由来地觉得可怕，"胭脂香……你心里应该清楚，当年的假死药根本不是胭脂香，我跟你说过，皇兄用胭脂香，给周瑾仪假死药，他们都能够活下来，可你呢，为何擅作主张偷偷调换？"他一把扣住她的手腕，几乎是想要捏碎了才肯罢休，"除了你我，没有人知道胭脂香的秘密。"

祯太妃抬眸直视南陵缙，冷笑道："对，是我。你有没有为我想过，你的皇兄若是活了下来，我该如何处之？凭什么周瑾仪就可以安然离开宫闱，过自己想要的生活，而我就要守着你的皇兄，守着他的孩子！既然她清高孤傲，终生不孕又能如何？现在想来，我当初做的真是一点都没错，我真庆幸将胭脂香下在了她身上。"

南陵缙扬起手来，祯太妃也扬起了头，他的手微微发抖，最终还是默默放下，低声说了句："你走吧。"

“她恨你入骨，你大可以说胭脂香之事都是我一人所为。”她明眸一漾，“还是你怕，她不信？”

“天色已晚，你该离开了。”

祯太妃退出宣政殿，她对他有多少爱，就对周瑾仪有多少恨。细长的指甲嵌进掌心，她喃喃自语，“南陵缙，是不是她死了，你才肯多看我一眼？”

值夜的小黄门悄悄换上一支新燃的烛火，用剪子将灯芯拨亮。陛下依旧在制伞，他很好奇，宫中什么名贵的伞没有，可陛下偏要费着心思亲自做一把。

汪秉看着一支新烛又烧尽了，小声提醒，“陛下，夜深了，仔细熬疼了眼睛。”

南陵缙“嗯”了一声，“我让你查的事情，可有眉目了？”

“不日便会有消息了。”

“越快越好。”

“老奴遵旨。”

南陵缙又低下头继续摆弄，当年他毁了周瑾仪最爱的一把伞，他从来都不知道那把伞对她而言是那样重要，到了后来，她虽然不说，可是每当她看到相似的伞，眼中就会流露出一丝遗憾与哀恸。

他的心愿，就是为她亲手做一把伞，等她气消了，他们还能执手偕老。

就在这个夜晚，织弋夫人即前朝孝谨皇后的消息不胫而走，传到南陵缙耳中的时候，已经太迟，朝臣开始质疑织弋夫人的真实身份，若经查实，她必定难逃一死。

是她！

南陵缙甚至连龙辇都没有坐，直奔长乐宫而去。那边，和夫人正与祯太妃言笑晏晏，好不快活。南陵缙的眼中燃着熊熊怒火，他是真动了怒。

“陛下来得正好，本宫正与和夫人品茗，来人呐……”

话还未说完，南陵缙已经将茶盏拂落在地上，祯太妃冷冷瞧了一眼地上的碎瓷，吩咐婢女，“将这里收拾干净。”

南陵缙一把将她从贵妃椅上扯下，眼里带着几乎是要置她于死地的恨，“是不是你？”

她沉吟，“是我，可这都是事实，周瑾仪的身份迟早会大白于天下，你又能护她到何时？”

和夫人竟走到南陵缙的身边，握住了他拉扯着祯太妃的手，温声劝道：“陛下，事已至此，还望陛下以大局为重，舍织弋夫人一人，保陛下千秋圣名。”

他狠狠箍了和夫人一个巴掌，什么赵国公主，不过是一个背信弃义的贱婢！鲜红的掌印打在她的脸上，就像是烙铁活生生地烫了上去，不仅是疼，更是对她的羞辱。

和夫人轻轻拭去嘴角的血迹，婢女想要来搀扶她，她猛地一甩手将婢女推开，对南陵缙道：“陛下，臣妾是赵国公主，陛下此举，难道不怕伤了两国情谊？”

一丝狞笑在南陵缙的脸上蔓延，“赵国公主？你有什么资格自称是赵国公主！朕不揭穿你，你倒愈发有恃无恐了，今日之事，也有你的一份功劳吧。朕真是为你的主子心寒，狼心狗肺的奴才！”

和夫人直直迎上他的目光，冷笑了一声，“狼心狗肺？呵呵……陛下，这世间任何一人都可以这么说我，可是您怎么能？当日我助您与周瑾仪达成同盟，为你们制造契机，您明明答应我，会留我在您身边。可为何到最后却要派人送我离开……我那么爱您，您却出尔反尔！”她咯咯地笑着，笑声令人发颤，“天不亡我，让我坠崖之后辗转到了赵国，以赵国公主的身份回到南朝，这都是天意，是命！”

南陵缙寒声道：“狗奴才，死了反倒干净！”

和夫人猛然抬头，近乎绝望地看着南陵缙，“荣华富贵还等着我，我怎么能死？该死的是周瑾仪，是周瑾仪！”

南陵缙一气之下抬脚往她的心窝一踹，她捂着胸口倒在地上，珠翠钗环落了满地，青丝凌乱，可她依旧在笑，“如今，你救不了她了……”

第五卷

纵使晴明无雨色

·第二十六章·

赠晴

“夫人……”

我真是糊涂了，唐儿站在我身后那么久我都没有发觉。我知道，天下没有不透风的墙，也没有永远的秘密，宫里宫外已经传得沸沸扬扬，我的身份迟早会公诸天下，等待着我的，就只有一条路。

“我都知道了。”

唐儿的声音里带着哭腔，“现下能保住夫人的只有陛下了，陛下念及旧情，无论如何都会保全您的。”

庭中的栀子花树只开了一次花就渐渐凋零，它的花期终于到了尽头。我慢慢伸出手，托住一朵洁白似雪的花，花瓣松散，残韵袅袅。我看到不远处树下站着的那个人，一瞬间花如泪雨纷纷下，模糊了我的视线，竟无语凝噎。

“其实，陛下经常会守在殿外，远远地看着这里。”

我不言。

“夫人喜欢开窗，却常常不记得多披一件衣裳，也是陛下偷偷脱了鞋跃进殿内，给夫人盖上御寒的衣裳。”

无论是三年前还是两年前，都是他在默默为我披衣。

我转身走出殿外，空气中弥漫着馥郁的栀子清香，大朵的花瓣悠悠飘落在肩头，恍若隔世的清欢。南陵缙见到我的刹那，脸上露出了淡淡的微笑，眼角眉梢流露的也是浅浅的欢喜。

他的声调不轻不重，道不尽的温柔缱绻，“你来了。”

我点点头，却不知该说什么，傻傻地站在栀子花树下与他四目相对。

相顾无言，便是如此了吧。

南陵缙从身后拿出一把雨伞，小心翼翼地撑开，竟是蓝墨点青荷的油纸伞。他撑着伞向我走来，我的心随着他越走越近而愈发忐忑，手也紧紧握着裙角。

他将伞遮在我的头顶，“这是我为你做的，也是我欠你的。”

我默默地低下头，平静地对他说：“你实在不必为我劳神苦思，一柄伞而已。”

南陵缙的目光始终凝聚在我身上，他反问我：“你是嫌这柄伞做得不好吗？”

“不是。”

“那是为何？”

我抬眸对上他的眼睛，苦涩地笑着，“如今做这些事，陛下觉得还有意义吗？我是经历过生死之人，死对我来说并不可怕，我时常觉得活人不如死人，因为活着的人不会挖空心思去欺瞒一个死人。陛下觉得我说的对吗？”

他叹了口气，“你到底还是在意。”

“是，我在意，因为我们一起经历了那么多，命悬一线，九死一生。我以为我们之间永远都不会有任何背叛，可是，我错了。”我俯身拾起地上一朵枯黄的花朵，“万物荣枯，生死有命，周瑾仪早就该死了，这迟来的结局我也甘之如饴，我不怕死。就当……我还能为你做最后一件事。”

“你……真的不能原谅我？”

“南陵缙，你觉得这还重要吗？”现下的我处在风口浪尖，为人诟病的仅是我一人而已，只要你将我推下去，你依旧可以安享盛世繁华，至少，我觉得是值得的。

“织弋……”

我自嘲一笑，努力忍住蕴在眼眶中的泪水，“陛下又忘了，你眼前站着的是周瑾仪啊。”

“……朕是忘了，忘了，从来就没有什么织弋……”他握住伞柄的手渐渐收紧，指骨泛白，他微微俯身吻了我的额头，油纸伞缓缓坠地，穿花缭绕，一时美得令人心碎。他紧紧地抱着我，我清楚，一旦放手，可能便是永诀。

可南陵缙在我耳边轻轻说："我……不会让你死。"

我将他推开，摇头道："不……即使我活下来了，那这一次又是以什么样的身份？富贵权势从来不是我想要的，我随时可以抛下这一切。可是你不一样，你拥有全天下最大的权力，你有你的子民，你的责任，我累了，真的，南陵缙，我累了。如果下一世再见，希望我们都能留有初心，不掺一丝一毫的虚假。"

他的眼里写满了哀恸，声音微微发颤，却无比郑重地答应我："好。"

那他，是终于放手了吧。

南陵缙松开了我的身子，修长的指尖抚上我的额发，拂过我的眉眼，我怕我忍不住会落下泪来。

我默默垂下头，抬手将他宽厚的手掌拿开，就像三年前那样，我行以大礼，低眉敛目缓缓而道："朱弦断，明镜缺，朝露晞，芳时歇，白头吟，伤离别，努力加餐勿念妾，锦水汤汤，与君长诀。"

我愿他能好好的，做一代明君，名垂青史。

我静静地待在未央宫，安心地等待着属于我的结局。

沁萝时常会来，在未央宫外大吵大闹，听说，南陵缙从未踏足过她的寝殿，她这个和夫人，担的不过是个名号。直到有一次，她竟好声好气地借着请安的由头，希望见唐儿一面。

"后主降魏，不知羞耻。"凌君斜倚着窗口，冷哼了一声，满是不屑。

自打南陵缙不来未央宫后，凌君倒时不时会出现在这里。我原先曾对他动过几次怒气，可以凌君放浪不羁的性子，哪里听得进去？久而久之，我也就对他睁一只眼闭一只眼，除了唐儿，多一个人说说话也好。

我默默瞧了他一眼，慢声道："哪里不知羞耻了？"

他从窗台上一跃而下，悠闲地掸了掸衣衫上沾染的尘，没想到他成日飞檐走壁，上蹿下跳的，却十分爱干净。他似乎从来都是一袭落拓青衫，与他出尘的气质相配得很。

"恬不知耻地顶着她人的身份，还成日里耀武扬威，不是不知羞耻又是什么？"

"你倒清楚得很？"

凌君的眼中闪过一抹异样的神色，斜睨了我一眼，又从窗户翻了出去。唐儿端着甜汤进来，看到凌君已经离开，不禁埋怨道，"怎么说走就走了，方才嚷着要喝甜汤，熬好了又走了，下回再也不给他熬了。"说罢，她生气地将碗盏重重放在了桌几上。

“他的性子你又不是不知道。”

“他那样的性子就该在深山老林里待着，闷死他才好！”唐儿转身从内室取出原本做给凌君的新鞋，狠狠地甩在了屋外，冷哼了一声，“真是惹人厌！”

我看了一眼那双新鞋，唐儿的手艺自不必说，鞋子已经快做完，这样扔了实在可惜。我转身走过去把鞋子捡起，掸落上头的灰尘。唐儿还特意加厚了鞋底，若不能给凌君，真是辜负了她一番苦心。

可是，当我看到鞋底图纹的时候，不禁我微微一滞，这样熟悉的图纹，我曾在唐儿的屋外亲手描绘过，我怎么会忘？

唐儿见我怔怔地看着图纹，神色复杂，眉头突然紧蹙，立即走过来将我手中的鞋子拿了去。我抬头看了她一眼，“这花样新鲜得很，我倒是不曾见过。”

她侧了脸低头将鞋底遮掩好，轻声道：“凌君这人不讲究，我索性就胡乱绣了几针，哪有什么样子。”

我反问：“是吗？这图纹我瞧着竟有几分眼熟。”

唐儿愣了愣，答道：“许是东拼西凑各取了些花样子，您瞧着才会觉得有几分眼熟。”

“好好做完它，再送给凌君吧。”说完我便转身进了内殿。

当日的图纹我只记得一半，如今在唐儿那里我却看得分明。内殿还有不少藏书，我将图纹临摹下来，再一一查阅比对。我没想到凌君竟不是南朝人，而是赵国人。在赵国只有地位显赫之人才配用此纹饰。

赵国……凌君……不对，还有唐儿，唐儿与凌君……难道唐儿也同赵国有不为人知的联系吗？可是，她也从来没有做过任何对不住我或是南朝的事，我越想越乱，那些疑惑既解不开，更是无从理起。

是夜，有刺客入未央宫，一时间未央宫内人声鼎沸，刀枪利器彼此碰撞的声音刺透了寂静的夜晚，也令宫人们心惊胆战，瑟瑟地躲在硕大的宫柱后，不敢发出一点动静。

但我却没有看到唐儿。

还有凌君。

“唐儿呢？”

“奴婢……奴婢……没看到。”

我不顾一切地向唐儿的屋子跑去，刚出殿门就被南陵缙拦住了，他紧紧抓着我的肩膀，长眉紧蹙，反复问我有没有事，有没有受伤。我担忧地看着唐儿那处，因为越来越多的侍卫往那边赶去，我真的很怕她有什么危险。

但南陵缙紧抓着我不肯放手，我使劲地摇头，“我没事，没事，你让我去看看唐儿。”

“那里太危险了，你不能过去！”

“不行！”

“朕不允许你拿自己的性命开玩笑，朕不许你去！”

我刚要同他争论，就听到有侍卫高喊：“抓住刺客了！抓到了！”

我对南陵缙说：“现在你可以让我去了吧？”

南陵缙犹豫片刻，松开了我的肩膀，紧握住我的手，“朕陪你去。”

“好。”

他脱下自己的披衣，揽过我的身子顺势披在了我的肩上，“小心着凉。”

我直直地看着他，失了神。直到和夫人上前劝言，“陛下龙体为重，臣妾命人去……”

“不必。”南陵缙冷冷地打断了她的话，弄得和夫人好生尴尬，她低垂着头，一副恭顺的模样，可眼底愤恨的目光却恨不得将我千刀万剐。

我转身匆匆走向唐儿的居处，南陵缙和一众侍卫也紧随在我身后。

·第二十七章·

远嫁

甫一进唐儿的屋内，就有刺鼻的血腥味扑面而来，我心里闪过不祥的预感。

“唐儿！”我拨开人群，看到唐儿痛苦地捂着手臂，汩汩的鲜血从她的指缝中不断涌出。

我对着一个侍卫大声喊道：“快传御医！”

“是！”

我跑到唐儿的身边，扶着她的身子，“唐儿，你且忍一忍，御医马上就来了……”

唐儿努力挤出一个笑容，“夫人，奴婢不疼……小伤而已……”

我的眼泪不知不觉就流下来了，“傻丫头，流了这么多血，怎么会不疼？”她艰难地张了张口，我忙道：“别说话了，别说话了……”

此时南陵缙也进来了，他寒声问：“刺客在哪里？”

两个侍卫押着一个黑衣人进门，看样子他也受了伤。我将唐儿扶到了床上，疾步走到那人面前，抽出侍卫的佩刀直指着他的心口，厉声道：“说！谁派你来的？”

他将脸一扬，南陵缙迅速掐住他的下颌，黑衣人挣扎了几下怒目瞪着南陵缙，他是想自尽！

“想死？”南陵缙拿过侍卫的佩刀对着他的手臂狠狠地刺了进去，银光一闪，顿时鲜血如注，黑衣人痛苦地蜷着身子，可南陵缙全然不顾，用佩刀挑断了他的左手手筋，黑衣刺客的惨叫声在这个不平静的夜里显得格外凄厉。

和夫人突然跌坐在了地上，面色惨白，额上沁出细小的汗珠。

“夫人，您没事吧？”她随身的婢女也被她吓了一跳，急忙把她从地上扶起来。和夫人发觉自己失态，连声道：“陛下恕罪，臣妾……臣妾……见不得血腥……”

南陵缙颇有深意地看了她一眼，冷笑道：“是吗？”

婢女即刻接话道：“是是是，我家夫人自幼见不得血腥。”

南陵缙提着佩刀，锋锐的刀刃划过平滑的地面，发出令人悚然的声音。他轻轻抚着和夫人的肩，和夫人的身子微微怔了怔，呼吸也变得急促起来。

“和夫人，你是在害怕？”南陵缙笑着问她。

“不……臣妾……臣妾不怕……”她支支吾吾，神情闪烁，明显此事与她相关，我刚想对她兴师问罪，南陵缙暗暗阻了我，对她道，“和夫人见不得血腥，可更残忍的还在后面呢！”南陵缙贴近她的耳畔，“朕会问他谁是指使者，他不说，朕便割了他的舌头，朕还要让他指认主谋，他不肯，朕就剜了他的双眼。这一出好戏，和夫人应当不会缺席吧？”

和夫人被他这一番话吓得花容失色，南陵缙随即狠狠掐住她的下颌，嘴角浮现出一抹阴冷的笑容，“你还不肯说实话？”他猛地扇了她一巴掌。和夫人知道事已败露，膝行到南陵缙面前，卑微地扯着南陵缙的一角衣袍，哭诉道：“臣妾是一时鬼迷心窍，陛下开恩，饶臣妾一命，求陛下开恩……”

我再也耐不住了，疾步走到她面前扇了她一个响亮的巴掌，她愕然地瞪大眼睛看着我。

“没心肝的东西！”

“你！”

我高看着她，冷声道：“本宫是织弋夫人，而你是个什么身份！谋害夫人的罪名加上欺君之罪，够你死好几次了。本宫问你，为何要派人夜袭未央宫？”

她突然大笑，眼中的恨意几乎能将人活生生地撕碎，“后宫只有一个陛下，你却独占君恩，不止是我，不知有多少人盼着你死呢，而我，不过是做了她们都不敢去做的事罢了。”

我眸色一沉，反问她：“是吗？”

和夫人眼中闪过一丝惊疑，我继续说道：“为何受伤的是唐儿，又为何夜袭未央宫的西殿？本宫住的，一直都是正殿！”

她的脸色渐渐僵硬，我本想继续追问，唐儿突然止不住地咳嗽还晕了过去。幸好太医及时赶到，为她诊治包扎后说并无大碍，只是需要静养一段时日。而和夫人被禁足在自己的寝宫，无召不得出。

南陵缙执意留下来陪我，被我婉拒，他叮嘱我早些休息，让宫女来照看唐儿。他走后不久，我听到房檐上有动静，于是将窗子打开。我不知凌君在唐儿危险的时候去了哪里，现下她受了伤，我对他总归是有些怨言。

我闷闷地守在唐儿的床边看着她安稳入睡，凌君轻声问我，“唐儿没事吧？”

我实在不想搭理他，索性就装作没听到。

凌君从袖中掏出一个瓷瓶递到我面前，“这里面的药，对她的伤势有益。”

我甩开他的手，却不想瓷瓶滚落在了地上，而凌君吃痛地皱起了眉，脸色异常苍白，俨然是受伤了。

“你也受伤了？”

凌君捡起瓷瓶再次递给我，郑重地对我说：“我没事，但请你务必好好照顾唐儿，她千万不能有事。”

难不成，凌君喜欢唐儿？

他看出我心中的疑惑，淡淡道：“对我而言，她是很重要的人，比我的命还重要。”

我将唐儿安置在未央宫的偏殿，每日由我亲自照看，凌君的药我也按时给她送服，太医每日前来医治，惊叹于她伤势恢复之快。我知道，都是因为凌君，若没有他的那瓶药，唐儿的伤势定会更加凶险。

烛火幽幽地跳动着，墙壁上的阴影越来越微弱，渐渐与夜晚的黑暗融合在一起。我从正殿取来新烛，却听到唐儿的梦呓，我欣喜地跑到她的榻边，“唐儿？”

她紧闭的眼睛中缓缓流下眼泪，“子慕哥哥……”

赵国，故人子慕。

她既能唤子慕一声哥哥，必也是赵国皇族。

凄凉的月光惨白地照在断裂的蜡烛上，我用手背抹去眼角的泪，我一心一意待她，可是她和沁萝又有何区别，无论是为了什么，从一开始她就骗了我。我说过，我最恨欺瞒。

第二日，唐儿已经醒来，婢女问我可要去看一看唐儿姑娘，我摇头，“你代我去瞧一瞧便是。还有，和夫人，陛下可有说如何处置？”

“奴婢不知。”

南陵缙亦亲自去探望唐儿，唐儿不过是我的一个婢女，即便我与她再亲厚，也断没有资格让南朝皇帝纡尊降贵亲自探望，还有凌君，甚至是子慕。我隐隐感觉，他们之间必然有某种联系。

我很想找南陵缙问个清楚，可是只要我一想到自己时日无多，便又放弃了这个念头。余下时间我能做的，对他最好的，就是不去招惹他，离他远远的。

第五日，唐儿已经痊愈。她来未央宫谢恩，我闭门不见，我并不知道南陵缙也在殿外，他带着唐儿径直走了进来。

“瑾仪。”

我抬起头，看到南陵缙和唐儿站在一块儿，不禁莫名觉得讽刺。

我对他们微微一笑，云淡风轻地说：“怎么？想要告诉我一些真相吗？”我的眼光投映到唐儿的身上，她的神情一阵恍惚。许久，她才缓缓开口：“你都知道了。”

“知道？你以为我知道什么？”我似笑非笑地看着她，她的眉目之间染上了一层忧戚，“知道你是赵国人，知道你出身皇族，还是知道你才是真正的赵国公主，从一开始你就在骗我！”

南陵缙向我走近一步，“瑾仪。”他的语调轻轻的，就像极淡的丝竹乐声，其中还掺杂一丝缄默的歉疚。他也知道，很早很早，他就已经知道唐儿才是真正的赵国公主。

“若非唐儿受伤，你对她那样关切，我怎么也不会想到，你竟还有事瞒着我。我原以为赵苑绮已经是我们最后的欺骗，可并不是，你和唐儿一样，都把我当作傻子，以为我永远都不会知道真相，永远都被你们玩弄于股掌之中。”

南陵缙沉了脸色，“你还记得赵子慕吗？唐儿是他的妹妹。”

“那又如何？”我指着唐儿，几乎是哭喊着说，“我把她当作亲妹妹，可她却带着目的来到我的身边，我对她以真心，可她和你一样，报我以假意，你们都是同一种人。我只问你一句，你是不是早就知道她的身份，也是因为你的准许，她才能够继续留在我的身边？”

他沉默良久，无力道：“是。”

“你们……到底是为了什么？”

唐儿突然从南陵缙身后走了出来，在我面前跪下，无比恳切地说，“请夫人随唐儿一同回赵国。”

“为何？”

“因为你要和亲赵国。”

闻言我脑中“轰”的一声，犹如玉山倾颓，支离破碎。

我蓦然转头看着南陵缙，和亲……南陵缙……竟要将我嫁给别的男子。我颤着声问，可话还未说出口，眼泪就已经簌簌而落，一女嫁三夫，他是我认定的良人，却在转身之际丢弃了我。

“南陵缙，你要把我嫁给别人，是不是？”

他迎上我的目光，决绝地告诉我：“是，我知道你和赵子慕自幼相识，且有情谊，去赵国，赵子慕会好好待你，唐儿也会好好待你，比起死别，我宁愿选择生离。”

“那大可不必和亲！”

看到南陵缙的右手将衣袖攥成一团，青筋突起，我会忍不住错以为他是为我难过。我的一颗心沉到了谷底，摔得粉碎。

“七日后，赵国使者会来南朝迎赵国公主回国，届时朕会赐你“长公主”的身份，让你和亲赵国。”

我愣愣地看着南陵缙，脑海中一片空白，“你终于想把我推开了，是吗？”

“你与赵子慕，总归比我亲厚，十年前，我曾问过你，我与赵子慕你愿嫁谁为妻，你还记得你的回答吗？”

十年前的赵国，国力衰微，赵国国君臣于南朝，为表依附之心，他不仅割让十座城池，还将自己唯一的儿子赵子慕送入南朝作质子。

我与赵子慕，就是相识在南朝皇宫。

·第二十八章·

子 慕

我曾在筵席之上遥遥窥得赵子慕一面，那时他不过九岁，肌肤白皙更甚女子，脸也似雕刻般棱角分明，细长的眉眼斜飞入鬓，眸眼深邃，直挺的鼻梁，唇色绯然。黑发如墨，流泻于肩，好看得很。

我是周相之女，又深得先帝的喜爱，在南朝皇宫也随意惯了，便经常入宫以陪伴姑母为由，去偷看赵子慕。

但是他却十分孤僻，永远都是站在离人群最远的地方。因他的肌肤比女子更为白皙，便有调皮的皇子时常打趣他是女郎，还带着一群小黄门将他团团围住，对他出言不逊。我躺在树荫下看着他们欺负他，他的小手攥得青筋突起，就像一条条狰狞的蜈蚣，随时会狠狠地蜇人。

但赵子慕并没有，为了他的国家，除了默默忍受，他别无选择。

我就这样看着他们欺负他，一直到皇子们散去，我才晃悠悠地走到他的面前，对他说："你可以讨好我，我是周相的小女儿，你把我哄开心了，我就不让你受欺负，怎么样？"

我原本以为赵子慕会牢牢抓着我这根救命稻草，没想到他只是冷冷地看了我一眼，微弯唇角，"再落魄，我也是赵国公子，你再富贵，也不过是丞相之女。"

我气极，跺着脚指着他说："掉了毛的凤凰还不如鸡呢，如今你身在南朝，你的父皇会不会来接你回去还是未知，你有什么可得意的！"

这样的话，对一个九岁少年来说，已经足够成为一把伤人的尖刀，狠狠地扎进他的心里。方才理直气壮的少年慢慢垂下了头，明亮的眼睛也渐渐黯淡无光，我忽然觉得有些愧疚。我轻轻推了推他的胳膊，“赵子慕，我叫周瑾仪，以后我经常来找你玩儿，你就不会孤单了……我再也不会让旁人欺负你了。”

赵子慕闷闷地看了我一眼，将我的手从他的胳膊上拿开，转身走向自己的寝殿，小小的背影显得十分单薄。

他和我不一样，他的肩上是整个赵国的命运。

再后来，便是长春宫。我偷偷爬墙，被赵子慕当作是小贼拽了下来，那是第一次，他和颜悦色地和我说话，虽然我摔得很疼，但是我很开心，他终于愿意同我说话，哪怕是一句对不起也好啊。

我的胳膊被石子划伤，我不愿赵子慕受委屈，就只好去太医院偷金疮药，想将这事大事化小小事化了。我才走到门外，就看到一个小小的个子站在凳子上，踮着脚很努力地去够金疮药。我听姑母说过，赵子慕生了病从来不会宣太医，即使宣了太医，也没有人会去的，能够赏给他几包药材，就已经很不错了。

只因他是质子，一旦南赵开战，昔日对他的好，都有可能被有心人说是通敌叛国。

我躲在他看不到的地方偷偷为他把风，过了一盏茶的时间，他终于取到了药，我头一次看到他的笑容，积年的冰雪在春回大地的时候全部消融，草长莺飞，鸟语花香，就是这样的感觉。

他在宫门口把我拦住，鬼鬼祟祟地把我拉到一边，二话不说就把我的衣袖给拉开，小心翼翼地从袖中掏出方才偷来的金疮药，低着头为我涂抹。我打量着他白净的脸庞，乌黑的眸子里有一丝不忍，我说：“从前你不说话的时候，我以为你是个哑巴，所以你的父王不喜欢你，将你送到了南朝。”

闻言他手指一顿，深深地看了我一眼，他才九岁，可眼底的怨憎着实把我骇住了。我急忙将胳膊从他的掌中抽出，他反而紧紧捏住我瘦小的胳膊，无比坚定地凝视着我，“我一定要回去，活着回到我的国家，总有一日，我的国家会成为四国中强大的霸主。”

这样的话，在南宫里是说不得的，我急忙掩住他的嘴，四下张望了好几遍，确定无人听见才收回了手。我轻轻吁了一口气，正色道：“这样的话你怎么能说呢？若被人听到，你会死在这里的你知不知道！”

赵子慕沉默片刻，点了点头，“我知道。”

我见他低垂着脑袋，浅薄的阳光映照在他的侧脸上，将我们之间隔得泾渭分明。那一缕光线，透明而恍惚，就像赵子慕给我的感觉，永远都是安安静静地站在不起眼的地方。

我拍了拍他的肩膀，笑着说：“以后我们就是朋友，我会常来看你的，我也不会再让人欺负你。”

赵子慕缓缓抬眼，瞟了我一眼，唇角浮现一抹冷笑，将金疮药塞进我的手里，转身就走了。我尴尬地站在原地，半晌都没有回过神来。

自那以后，我便常常进宫偷看赵子慕，帝都之中多少小姐公子抢着来巴结讨好我，而我为何独独要对一个赵子慕纡尊降贵？我想了一日，若是哪日他宣扬出去，父亲不将我打死就谢天谢地了。

一个月后，我随父亲入宫探望姑母，恰好看到三皇子为首的一帮公子哥儿正围着赵子慕，不用想也知道，肯定又在欺负他了。我一时出神地看着那处，竟忘了跟上父亲的步子。突然人群里一阵哄乱，我听到赵子慕发出如困兽般的嘶吼声，他让他们滚开。

他们不将他当人看待，可不代表赵子慕也甘受欺辱。

很快，那里打成了一团，赵子慕本就瘦弱，三皇子人高马大，他这样顽抗根本就是不自量力。我迅速冲过去，却扯不开扭打的两人，只好趁乱捡了一颗石头往自己的额角狠狠砸去。

“啊！你们打伤我了！”额角剧痛，我猛然惊呼出声，殷红的鲜血从指缝间慢慢下淌。他们哪里见过这般阵仗，急忙作鸟兽散去，这时我才看到赵子慕正奄奄一息地伏在地上，精致漂亮的脸被打得鼻青脸肿，嘴角渗出血迹。

我急忙将他扶起，把自己的绢子递给他，“你还好吗？”

赵子慕勉力撑起身子，低垂着头，一言不发地接过手绢，然后看到了绢子上染着的点点殷红。我赶紧背过身去，“父亲还在等我，我先走了。”说罢，我就急忙跑开了。回去后，果不其然，被父亲好生教训了一整日，还罚我跪在门外一日一夜不许吃东西。

那天晚上并不冷，只是膝下的石子硌得我生疼，这种痛楚，让我无端地想起赵子慕，他就是一块又臭又硬的石头，对人永远都是冷冰冰地拒之千里。我也知道，我和他是最好不相识。可他很可怜，我实在不忍心再让他遭旁人羞辱欺凌。

伤好后，父亲已经不准我进宫了，生怕我又惹出什么祸端。可我担心赵子慕的伤势，就藏在父亲送给姑母的贡品箱子里，偷偷入宫。箱子里又黑又闷又热，我几乎要喘不过气了。我忍着泪狠狠地咬了自己一口，以保持清醒，更加抱紧怀里的药材，赵子慕还在等我给他送药，我要是晕过去了，他的小命就没了。

一落轿，我就赶紧从箱子里钻了出来，直奔赵子慕住的西苑而去。

西苑冷清，多为失宠的妃嫔所居，据说，那里还闹鬼。我紧闭眼睛，一只手小心翼翼地扶着墙壁往赵子慕居处而去。突然，我摸到了一个人，我一动也不敢动，手心也渗出了汗。

我喃喃道："好鬼不挡道，好鬼不挡道……"

一记爆栗重重地敲在我的头上，"睁开你的眼睛看看，我是谁！"

我使劲摇头，"不，我不要！"

那人拿起我的手臂，又是掐又是拧，我疼得眼泪都出来了，就是不敢睁眼，我心想，完了，遇到的肯定是一只恶鬼……

"殿下住手吧，她是我的朋友。"是赵子慕的声音，听到他声音的那刻起，我的害怕顿时全部消失了，哪怕只是远远地听到他微弱的声音，我心里就有一种安定的感觉。

"赵子慕。"我睁开眼睛对着他笑，赶忙把怀里紧紧抱着的药材高举起来，颇为自豪地拍拍胸脯，"看，我给你送药来了。"但是下一刻，我手中的药材就被方才的恶鬼给夺走了，他比我高出许多，我只能眼巴巴地仰着头看他。

初夏的阳光明媚动人，日移花影，红芳烂漫，有几只燕子从宫宇上飞过，在蓝澈明净的天空中徘徊。我仰头看着他，这世间，竟有比赵子慕更好看的人啊。

"你是谁？"恶鬼问我。

我伸出手掌，"把药给我，我就告诉你。"

他把药放回我的手中，我对他吐了吐舌头，"你方才吓着我了，打得我很疼，所以，你依旧欠了我，我也不准备告诉你我是谁了。"我飞快地跑到赵子慕的身边，笑嘻嘻地把药递给他，"这是对你的伤有好处的药。"

赵子慕看了看我，又看了看恶鬼，"不必了，二皇子已经遣太医来过了。"

二皇子？

叫南陵缙的扯着一抹莫测的笑意向我凑近，轻声道：“你冒犯本宫。”

“可……是你先吓唬我的……”我说话的时候，牙齿都在打颤，若是他去向父亲告状，这一回，我真的是九死一生了。

赵子慕走到我们中间，拉过我的手，把我往他身后一带，看着二皇子说：“别逗她了。”

“好好好，我不逗她。”

听到他的许诺，我终于松了一口气。

“小丫头，听说赵子慕的命是你救的？”他笑盈盈地问我的时候，也没有原先那么招人厌了。

“是啊。怎么样，我本事很大吧？”

没想到赵子慕嗤笑了一声，“救人自伤，这样的馊主意亏你想得出来。”

我有些恹恹，也不知道该对他说什么。

“赵子慕，小丫头救了你，你还惹她不高兴，端是好生无趣。”

赵子慕叹了口气，无奈道：“既寄人篱下，受些委屈也无可厚非。你若事事为我强出头，终有一日你也会成为众矢之的。”

我奋力地摇着头，“只要你在南朝一日，我便会拼死护你周全。倘真如你所说，若有一日，这南朝再无容我之地，你可愿带我回赵，像我护你一般护我？”

赵子慕怔怔地看着我，这好像是他第一次这么认真地看我，我被他盯得好不自在，只好生硬地笑着。南陵缙走到赵子慕的身旁，轻轻推了他一下，“小丫头是想和你私定终身呢，你还不领情？”

我脸一红，忙阻止道：“喂，你说什么呢！你方才没听到吗，赵子慕说我是他的朋友！”

南陵缙嬉皮笑脸地说：“好好好，我不说，我不说了。”

赵子慕依旧在沉思，也许我的问题真的把他难住了。我没有听到我想要的答案，待在这儿也没什么意思，何况我也看到他了，他的身体已经没有大碍，我也能够放心回去了。

我低着头默默地转身出门，就在这时，赵子慕突然叫住了我，“周瑾仪。”

“若南朝不容你，你就来赵国，我会保护你，就像你今日拼了命护我一样！”

我欢喜得不得了，也快活得不得了，我甚至以为自己是在做梦，我半信半疑地又问了一遍："是真的？"

赵子慕从衣中取出一个锦囊，他走过来将它放在我的手中，"这是我从赵国带来的栀子花种，栀子花是赵国的神花，它能给人带来好运，驱除灾邪。"

我双手捧过，对他浅笑道："谢谢你，赵子慕。"

"小丫头，要不要我去求一下父皇，放赵子慕回国，再把你嫁去赵国，让南、赵永结秦晋之好，你看如何？"南陵缙又在揶揄我了，我恶狠狠地剜了他一眼，这样好看的人，怎么老是说些招人厌烦的混话！

他好像一下子就看穿了我的心思，不怀好意地问我："你瞧，我同赵子慕不相伯仲，要不给你一个选择吧，嫁赵子慕，还是嫁给我？"

我厌极了南陵缙玩世不恭的模样，想也没想就脱口而出："自然是赵子慕，嫁你做什么！"

白云苍狗，世事无常。

两年后，赵子慕回了赵国，人人都说二皇子将来是要娶周相的小女儿做王妃的。可到最后，我谁也没有嫁，竟入宫为后，涅槃重生，以"织弋"之名留在南陵缙的身边。

其实，到最后，这样的结局谁都没能猜中。

所以，今日南陵缙将我当初的选择奉还给我，或许，我反而应该感激他。

只是他不知道，我从来都没有喜欢过赵子慕，我只是想保护他。

"南陵缙，你真的要我去赵国？"我竭力不让自己再掉一滴眼泪，努力对他挤出一个笑容。

"是，陛下就是要送你去赵国。"那是赵苑绮的声音，她的声音让我打心底里发寒、厌恶、愤怒，除了她没有人会这么恨我，迫不及待地想让我离开。

她由侍女搀扶着进殿，我不想让她看到我如今的模样，遂将头转向了一边。

她似笑非笑地看着我，"是不是很疼？可比起你夺人所爱，将你剥皮拆骨都难消我心头之恨！如今陛下要送你去赵，你就乖乖地离开吧。"

我看着赵苑绮，心底是不住上涌的悲愤，"你这话是什么意思？"

赵苑绮优雅地行至南陵缙身旁，亲热地拢住他的上臂，"你听到了什么，瞧见了什么，便是我和陛下的意思。话已说到这份上，难不成你还要亲眼看到我与陛下恩爱情深，缊华、宸月承欢膝下，才肯滚得远远的吗？”

她凑近南陵缙的耳畔，却故意说得十分大声让我也听得分明，“陛下，她好没羞耻，竟还赖着不走，这让臣妾怎么搬进未央宫啊？”

我往后退了数步，泪水模糊了眼睛，所有的情深义重都淹没在了这一片苦涩之中，从今往后，我们之间只剩下生生世世的荒凉。

“还有，陛下，殿前的白色花朵看了真是不吉利，碍眼得很，找人砍了吧。”

闻言，我难以置信地看着南陵缙，他并未置一词。

我的耳中嗡嗡作响，脑海中回荡的全是南陵缙和赵苑绮言笑晏晏、恩爱和乐的场景。

我从没有过这般绝望，绝望到，我甚至想忘记一切，死在承和六年。

最终，我向南陵缙一拜，“瑾仪，谨遵圣谕。”

“那就退下，立刻搬去公主殿吧。”

他的眼里，终于不再有周瑾仪。

·第二十九章·

无归

第三日，沁萝假公主的身份被揭穿，因欺君罔上，被处以凌迟极刑。同时，刺客在狱中供出他是受了沁萝指使来刺杀唐儿的，而唐儿才是真正的赵国公主。据说，五年前她离宫出走，赵宫派出无数暗卫明察暗访，恨不得将四国翻个底朝天，但她还是杳无音讯，下落不明。

如今在南朝寻到赵国公主，南陵缙自然是将她奉若上宾，届时提出和亲一事想必赵宫也会爽快应下，所有的一切都会按照他所希望的发展下去。

“长公主，惜和公主又来了。”每当她们唤我长公主的时候，我总会有些失神，所谓的长公主不过是一场虚无的华梦。

“不见。”

侍女定定地站着左右为难，于是跪下进言道：“公主，惜和公主毕竟是赵国公主，您拒之不见，传出去怕会使咱们南朝失了体面，还望公主三思而后行。”

许久，我淡淡地点了点头。

凤纹锦衣，绣罗华裳，一行侍女簇拥着惜和公主走进公主殿中，这些年唐儿以侍女的身份待在我的身边，真是委屈了她这堂堂一国公主。

我起身向她行平礼，却不想同她说一句话。

“您……一定要同我这般生分吗？”

我扬起唇角，眼中没有半分笑意。

她垂下眼睑，愧疚地对我说：“对不起，但我从来都没想过要伤害你，我只是想……”

“你和凌君都是赵国人，凌君是赵子慕的人，而你，南陵缙一早就知道你的身份，我不知道你们之间有过什么样的交易，但我可以肯定的是，当年他夺位借兵赵国，必然有你的助力，从那个时候开始，甚至更早之前，你们之间就有了联系。我说的对吗？”

“是，可我和凌君并不是南陵缙安插在你身边的人。”

我冷冷地看着唐儿，“那你的目的是什么？”

她默然低头，唐儿一直都有这样的习惯，只要她觉得心有愧疚，就会像个孩子似的，无精打采地垂下脑袋。

我看到她的鸾凤金钗快要掉落，便小步走到她面前，为她扶正了金钗。

“我千方百计接近你，留在你身边，是为了一个人。对他来说，你是很重要的人。”唐儿无比郑重地注视着我，她明丽的眸子里有一簇簇火苗在跳动，“你之于他，正如他之于我。可惜，我来得太迟，等我来到你的身边时，你已经成了南朝皇后。所以我和南陵缙做了一个交易，我助他夺位，到时候功成身退，你随我回赵……可我没料到，南陵缙后来竟然反悔了。”

我问道：“那你为何只字不提？”

唐儿的笑容如此明艳，散落在盛夏的阳光里，让人恍了心神，“因为你幸福，慕哥哥才会开心，所以我愿意留在你身边，看着你每日都是快快乐乐的。这就是我的目的，我可以发誓，除了这件事，我对你再没有隐瞒，我也从未做过背叛你的事。”

我别过脸去，背对着她说：“我不止一次地告诉过你，我厌恶欺瞒。”

“没关系，你厌恶我不要紧，只要你能和慕哥哥好好的，怎样都可以。”

我朝着漆黑的内殿走去，这宫里已经没有值得我等待的人，滴尽残烛泪，不过是徒惹伤悲，“你且放心，我会和你一起去赵国的。”

赵国与南朝相距甚远，即便是日夜兼程也得一月左右才能抵达南朝帝都。可七日后，赵国使臣就已在南朝天子脚下等候宣召。

我思前想后，终于明白，在沁萝冒名惜和公主的时候，南赵两国就已经私底下进行了谈判，和亲之事，不过是知会我一声罢了。

南陵缙……早就想把我推开了，沁萝顶着假身份，我又何尝不是披着一具画皮过活？一旦这张皮被揭下，血淋淋的真相会是南朝历史上最不堪的一段宫闱秘史。

他睥睨天下，早已没了真心，我竟还妄想以心换心，以情换情，真是荒谬。

出嫁的前一日，凌君就在我的窗户外头。他提了两坛陈酿，笑着问我："今宵醉一场，就当浮生前世梦尽散，如何？"

我接过他手中的一坛酒，掀开酒盖，一阵馥郁的栀子花香扑鼻而来，我缓缓闭上眼睛，深吸了一口气，只觉得连日的烦忧都被这一股清甜所驱散，"你从赵国带来的？"

"自然，四国之内，只有赵国的栀子花开得最美最盛。"凌君灌了一大口酒，醇酒洒在他的衣襟上，行动间便带着一股清浅的栀子酒味。我索性学着他的模样喝酒，怎奈酒坛太重，我提不起来。凌君指着我哈哈大笑，我不去理他，从房中找出酒壶，自斟自饮，好不惬意。

我拈着酒杯，笑道，"没想到是你来送我。"

他斜倚着墙壁，细细地瞧着我，"我是赵国使臣，自然会亲自迎你回赵。"

我猛然仰头饮尽杯中酒，悠然道："我一直很羡慕你，闲云野鹤，无拘无束，想走便走，想留便留。"我将酒杯对着凌君莞尔，"也只有你，敢在长公主出嫁前夜与她把酒问月，一醉方休，周瑾仪得友如此，余生无憾。"

凌君也在笑，却在转身的时候微微叹了口气，"我也有身不由己无能为力的时候，从我懂事起我就失去了自由，我喜欢山水，却不得不与王孙公子在习武场上搏斗，我想悬壶济世，却被父亲呵斥为不思进取……这样的我，你还羡慕吗？"

我当真未想到凌君竟也活得这般辛苦。人生在世，各有各的劫难，逃得掉固然幸运，那些逃不开的自然就成了苦楚。

"来，今晚你非赵国使臣，我也不是什么长公主，我们干脆痛痛快快地大饮一场！"我将酒杯用力掷出窗外，摇晃着捧起酒坛子，学着凌君的模样往口中倒，凌君在一旁笑得不亦乐乎，放声喊道："周瑾仪，你果然与众不同！"

我用云袖一抹嘴巴，轻轻昂首，"咱们一起喝，把所有烦忧全部都抛开。"

侵晓时分，细碎的阳光照在我的身上，裙衫沾染的酒香已化为一种极为悦人的芬芳，闻不出一点酒气。凌君已无踪迹，他在我的手心放了一颗药丸和一张字条。

醒时须即刻服下，解酒。

我将药丸服下，过了一炷香的时间，原本昏沉沉的脑袋便慢慢清明起来，人也有了精神，丝毫不觉疲累。我走到窗边，远远地眺望着未央宫的方向，昨夜我与凌君借酒浇愁，那么南陵缙呢……

应当是和赵苑绮在一起吧，还有他们的缊华，多好啊。

“惜和公主让你们放下，你们没长耳朵吗？”女子的话音中带着怒气，小黄门扯着尖细的音调在连赔不是，人声嘈杂，我索性把窗子关上。

外边的婢女听到我的动静，叩门问：“公主，您醒了？”

“外头发生什么事儿了，怎地这样吵？”

“是祯太妃命人砍了未央宫前的栀子树。”

昨日她故意惹恼我，今晨又特地绕了一个圈子在公主殿经过，赵苑绮啊赵苑绮，你果真是对我十分上心啊。

殿内响起了一阵声音，惜和公主径直闯了进来，她把我拉到殿外，指着栀子树对我说：“你看清楚了吗？这就是南陵缙的心意，是他亲手把你辛辛苦苦培育了那么多年的栀子树给砍了，还下令焚烧。”

“我知道，他是为了赵苑绮。”我默默地甩开了她的手，淡然答道。

惜和凝视着我，“那你忘了他，好不好？把你们的过去，把你们刻骨铭心的曾经，都留在南朝。”

我笑了笑，“说忘便能忘了吗？”

她失控地紧抓着我的双肩，护甲已经嵌入我的皮肉隐隐作痛，冰冷的泪珠像断了线的珍珠嗒嗒地往下掉，“可以，我可以跟凌君求药，凌君是神医，他什么都有，我可以帮你，我可以帮你……”

“惜和公主……”我话音未落，惜和就重重跪倒在我面前，我急忙去扶她，可是她竭力挣扎就是不肯起身，“你可以怨我，但请你忘记那个一直伤害你的人，再也不要回南朝。我求你了……”

风中飘来栀子花混着泥土的气息，零落成泥碾作尘，只有香如故，只有，香如故……

“好，我答应你。”

·第三十章·

离恨

尚衣女官说，祯太妃对公主真是十分关切，喜服的一针一线都必须拿到长乐宫让她亲自挑选。我心里暗自冷笑，她若不给我使绊子，就已是大慈大悲了。

我斜睇着床头的喜服，对嬷嬷说：“这袍服应当是要在大喜之日穿给赵王看的，今日便从简吧。劳烦嬷嬷将我的红缎团花纹吉福袍取了来吧。”

老嬷嬷听完，脸上露出不喜，努着嘴抱怨：“长公主，您是主子，我们这些做奴才的自然得听主子的，可主子上头还有主子呢！您还是别为难奴才们，照着规矩来吧。”

我从妆奁中拿出一支上好的翡翠玉簪，交到老嬷嬷的手中，柔声道：“嬷嬷便行个方便吧。”

老嬷嬷看也没看，将玉簪塞回我的手中，正色道：“公主可千万别害奴，您要是不穿，奴只能亲自来帮公主了。”她向一旁的嬷嬷使了个眼色，她们立刻抓住了我的手腕，我根本无法动弹。

她小心翼翼地扯着喜服的衣襟向我走过来，脸上浮现出莫测的笑意，突然银光闪烁，喜服里面竟缀满了细密的绣花针！

我奋力挣扎，斜睨着嬷嬷道：“本宫要是有个好歹，你们全部得陪葬！”

“奴的性命可由不得公主做主，这盖头一盖，送出了南朝，新嫁娘是死是活，该是我们向赵国讨要说法才对。”

“是谁说，要向我赵国讨要说法啊？”

是惜和，是惜和的声音！

趁着她们失神，我抽出一只手拔下发髻中的金钗，狠狠地扎向嬷嬷的手背。她惊呼一声，把我用力地推开，我踉跄着后退数步，幸好惜和扶住了我。

惜和沉了沉眸色，冷冷地看着跪倒在地的两个老嬷，“恶奴欺主！长公主是我赵国即将迎娶的夫人，你们胆敢对她放肆！”

两个老嬷顿时吓得浑身发抖，破坏两国联姻之喜的罪名足以诛了九族。她们连连磕头，声泪俱下，“惜和公主饶命，奴再也不敢了，再也不敢了……”惜和无动于衷地看着那件喜服，眼中的怒气令人望而生畏。

她们爬到我的脚边，卑贱地匍匐着，全然没了方才的嚣张气焰，现在不过是两只纸老虎罢了。

“长公主，老奴知错了，求您开恩呐！”她们连声哀求着我，我转身对惜和道，“此二人可否交由本宫处置？”

惜和笑笑，“当然。”

“多谢。”

我慢慢蹲下身子，看着老嬷的手背鲜血如注，我浅浅一笑，猛然拔出那支金钗，狠狠刺入她的左手手背，又是一阵凄厉的叫声。而方才拿着喜服强迫我穿上的嬷嬷，已经吓得晕了过去。

“把她们带下去，将她们的十根手指里全部扎进绣花针，然后扔到狗主人的苑子里。”

惜和的两个婢女站了出来把老嬷拖走。

惜和叹息，“她们想要你的命啊。”

“是赵苑绮想要我的命……她千方百计想置我于死地，今日的事，就当是我给她的一个警示，她若再敢犯我，我周瑾仪必定十倍奉还！”

惜和静静地听着，不再说话。我们都变了，变得彼此不相识，变得面目全非，也许有一日，连我自己都不知道我到底还是不是我。

这一段时光如此漫长，我们沉默地伫立许久，直到小黄门扯着嗓子高唱，声音越来越近，就像是未扎进血肉的针却悉数刺入心中。

惜和向我伸出手，露出一个温暖的笑容，“该出发了。”

是啊，出嫁的鸾车已经在等我了，南陵缙，你可会来送我最后一程？

惜和亲自为我盖上了盖头，拉着我的手一步一步走出宫门，我闭着眼睛，脚下的每一寸土地都能让我感觉到，这是南朝的王宫。如今，我正一步步地远离它，永远地离开。

我所经之处，便有宫人侍卫齐齐跪倒在两侧。出嫁与送葬，并没有什么不一样。

赵国使臣早已候在承天门外，那是南朝最高的城楼，但凡皇族女子出嫁，帝后必然会一同登上承天门城楼，目送亲人的离开，祝祷她万事顺遂，长乐无极。

惜和停下了脚步，我隔着盖头，轻声问她，“他……来了吗？”风微微扬起我的盖头，我只想着能将它吹开，让我瞥一眼也好，我只想看一看，南陵缙到底有没有来……

惜和讽刺的声音传来，“没有，太妃受了惊，陛下仁孝，去看她了。”

凌君低声提醒，该启程了。

婢女将我扶上马车，帷幕放下的时候，我一把掀开了盖头，随行的老嬷嬷吓得大惊失色，在南朝，新嫁娘还未到夫家就掀开盖头，是为不祥。

老嬷嬷急忙上前要为我重新盖好盖头，我探出身子仰着头朝城楼望去，锦旗迎风，城楼无人。

明明知道他是不会来的，但还是残留着最后的一缕希冀，我将这最后的念想留在南朝，今生今世，生死不相逢。

“你在等他来？”凌君身着赵国朝服，不苟言笑的样子反倒让我有些不习惯，“未央宫里出了些乱子，太医院所有的太医都在未央宫外等着南陵缙的传召，他对这位太妃也真是十足的上心了。”

明明是赵苑绮挑衅在先，明明我和他才是诀别，他还是选择了守着她。

“不，我不等了。”我欲将盖头放下，任璎珞流苏在眼光下轻轻跳跃。

朝朝暮暮，奈一度凄吟，一番凄楚。

视线却不小心落在承天门下，竟看到南陵缙慢慢朝我走来。惜和也顺着我的目光看向不远处，她轻扯我的衣袖。

“周瑾仪，”他的眼里携着淡漠，死死地盯着我的眼睛，“太妃宫中的那几个狗奴才是你做的好事吧，你既要离开，还要将朕的南宫闹得不得安生吗！”

闻言，我的手紧紧握拳，指甲嵌入掌心。

他压低了声音，眼神赫然，“这辈子你都别回来，朕不想再见到你！”

我回视着他，无力一笑，“……好。”

“安分待在赵国。”

汪秉俯身上前，“陛下，太妃快醒了。”

南陵缙淡漠地看了我一眼，拂袖而去。玄色的背影很快就消失在我的眼中，连这须臾的时光都好像是我偷来的……

我抬手扯断了一把珠子，丢弃在承天门下。

彩云易散琉璃脆，不将往事萦萦牵。

惜和与我共坐一辆马车。

她递给我一个瓷瓶，她说，这是忘忧，能够让人忘记一切，忘记自己是谁，没有记忆，没有痛苦，所有的一切都能真正地重新开始。

我怔怔看了许久，只要吃下它，我就可以不再纠缠于困厄。我打开了木塞，惜和突然伸手拦我，她定定凝视着我，“忘忧没有解药。”

“我这一生，已无药可解。”

我把忘忧放在一旁，静静地闭上了眼睛，马车一颠一颠，让我想起一年前我也是这样和唐儿一起，不顾一切地为了南陵缙去了溪南。

马车内一片寂静，连后头送亲队伍的步伐声都能听得很清楚。半晌，惜和开口说，“曾经我也这么以为。”

我睁开眼睛看着她。

她对我盈盈一笑，“我的父兄都死了，偌大的唐府只剩下我一个人，夜里刮风吹得树叶沙沙作响，我怕极了，整夜整夜地睡不好觉。后来，我在屋外栽满了栀子树，那是我们赵国的神花，会代替我的家人守护唐府。我一个人……过了很多年。”

唐儿不是赵国太后的义女吗，为何还会沦落到那种境地？

她看出了我的疑惑，继续道，“我遇到过一个人，我总觉得是栀子花神将他送到我的身边来守护我的，后来，我便不再害怕了。”她将脑袋缓缓靠在车壁上，侧过脸去，喃喃道：“我便不再害怕了……”

惜和蜷着身子，繁复的发髻遮住了她的侧颜，她的双肩微微颤动，她哭了。

我犹豫了一会儿，最终还是问出了口，“可是赵子慕？”

“怎么会是他呢……是凌君，我还没告诉你我们的好消息呢，回赵之后，我就会嫁给凌君，是子慕哥哥赐的婚。”惜和的声音很轻，几乎淹没在了暗色之中，她的脸上永远都挂着浅盈盈的笑容，但此时此刻，她的笑容浅白而单薄。

这一路上，途径何处，惜和便向我讲述该处的人情风土，明眼人都能瞧得出来她一直在寻找话机，而我一路都是兴致缺缺。

路经随都的时候，我遇到了刺杀。

刺客是冲我来的，惜和在看到有人闯入的时候挡在了我面前，若不是凌君及时来救，惜和凶多吉少。她以受伤救我一命，我很感激，也很感动。

我慢慢垂下了眼睛，因她对我的欺骗，我对她疏远，她已舍命救我两次，而我却迟迟不肯原谅她。

惜和见我失意，安慰我道："瑾仪，我对你好，都是心甘情愿的。"

我久立不语，亦不知该如何作答。

"那你安心休息吧，凌君会守在外面的。"惜和从我身边走过，我顺势牵过她的手，把她拉到我的身边说道："凌君守在我屋外，谁来保护你的安危？今晚就在我屋里睡吧，相互也能有个照应，你意下如何？"

她的眼泪扑簌簌地落下，我心中也不免酸楚，抬手拭去她眼角的泪珠，柔声道："以后不管发生什么事，我们都一起承担，好吗？"

我深深望向她那双漆黑的眼睛，她重重地点了点头。

"凌君，我同惜和睡在里头，你再去向驿站长要一床被褥睡在这儿吧，只得委屈你了。"

凌君笑笑，"公主的好意，臣下心领了。"凌君拾起地上的剑，又在房里拿走酒壶，在我们眼前晃了晃，"有酒有月，自在得很。"

"谢谢。"

"回赵之后，赵子慕若能让我过上十天半月的闲散日子，我就该谢天谢地了。"

凌君走了以后，屋子里只剩下我与惜和，月上柳梢头，银辉透进窗子，散漫而悠长。我开口问："要不要再点几支蜡烛？"

她好奇地问我："今晚不睡吗？"

"你怕黑，只要蜡烛的光稍微暗下去一点儿，你就会感到不安。"

她被刺杀后，我寸步不离地留在她身边照顾她，每当夜深，蜡烛慢慢燃尽，屋子逐渐被黑暗所覆盖，她的额头上就会渐渐沁出虚汗。我以为是她的伤势恶化了，赶紧宣召随行太医，太医却告诉我，这是心病。她心里害怕，只有光亮才能让她觉得安稳。

自那以后，我分外留心她屋里的烛光，从不让它们黯淡下去。那时我便想，她平日里总是乐呵呵的，但心底也有不为人知的伤心事，而她能聊以慰藉的却只有那一缕渺茫的光。

惜和垂首敛目，“我怕黑，父兄走后，我就很怕很怕了。”

我揽过她单薄的肩，轻轻地拍着她的背，“从今往后我会陪着你，你不会再是一个人了。”

惜和听了抬头，乌黑的眼眸凝视着我，露出灿烂的笑颜。

我问：“我还不知道你的真名呢？”

她恍惚地笑了一笑，“唐黎，因我是在黎明破晓的时候出世，父亲为我取名黎。”

“那我以后是唤你唐儿，还是黎儿，还是惜和呢？”

“唐儿吧。”她笑着道，“是唐儿最先认识你，你待唐儿最好，唐儿与你最相熟，以后没有外人的时候你便唤我唐儿。到了赵宫之后……还是唤我惜和吧。”

“好。”

·第三十一章·

雪 栀

我们行了三十三日才到赵国，路上唐儿告诉我赵国如今的政治态势。赵子慕已登基四年，这些年来的韬光养晦，赵国权臣之间的彼此掣肘，令四海之内诸侯王对他颇为忌惮。如今他励精图治，再也不是当年那个忍辱苟活的少年。

就在我们抵达赵国的前一夜，凌君告诉我，在随都刺杀我们的刺客是赵国人。

指使之人便是赵苑绮的姐姐赵洛姝，赵国的姝夫人。

赵苑绮视我为眼中钉，姝夫人自然也将我当作心头上的一根刺。在我还没有刺伤她之前，先将我处之而后快，倒是省去了不少事。

“当年慕哥哥回赵，南帝将赵洛姝赐婚于他，慕哥哥登基后，姝夫人愈加嚣张跋扈，不可一世。”

凌君冷哼了一声，“若要我娶这么个泼妇，我倒宁愿出家去。”

我沉默片刻，说道：“赵子慕将她放在赵宫，既不冷落也不专宠，任她由着性子胡来，恐怕也是为了时时刻刻提醒自己，不要忘记在南朝所受的耻辱。一旦赵国国力能与南朝分庭抗礼，赵洛姝就成了最关键的一根引线。”

唐儿瞪大了眼睛直直地盯着我，“南赵会开战？”

“若赵子慕以苍生为先，自然不会，但如果他对旧年之事耿耿于怀，南赵一役，避无可避。”

唐儿是个善良的姑娘，定然不希望看到百姓们居无定所，遭受生离死别的痛苦。凌君走过去拍了拍她的肩，“赵子慕是一国之君，他的子民需要他的保护，南赵两国一定不会挑起战火的。”

她无奈地笑了笑，“希望如你所说，如我所愿，南赵永无战火。”

这最后一夜，赵国下起了倾盆大雨。电闪雷鸣，银白色的闪电照亮了漆黑的屋子，隆隆雷声过后，是死水般的寂静。我不禁担忧起来，一旦南赵交战，我会以怎样的身份参与其中，又将以何种颜面面对赵国子民？我实在不敢再想下去。

但愿我今日所言，只是虚妄的揣测。

一夜未眠。

翌日便是正式觐见赵君的日子，前夜我忧思太重，气色并不是很好，随行的婢女战战兢兢地为我更衣梳妆，却并不合我心意。唐儿很早就起来了，她拿着一瓶桂花头油，吩咐婢女们都下去，由她亲自为我梳妆。

我急忙辞谢，毕竟已在赵国，她是公主，不再是我身边的小丫头了。

她不慌不忙地将袖子卷起一小节，露出雪白的玉臂，蘸取了一点头油抹在我的发梢。小时候，娘亲总爱在梳妆前抹上几点桂花头油，虽说不是什么稀罕物什，但她却喜欢得紧。她说，那是父亲夸赞过的。娘亲记得牢牢的，可父亲却只是随口一说罢了。

娘亲离世后，我曾问过父亲，他茫然地看着我，全然不记得他说过的话了。我跪在娘亲的灵位前，学着她的模样为自己抹上头油，在心里暗暗告诉自己，我今后要嫁的男子，一定要将我的喜恶记得清清楚楚。

“今日该是我最后一次为你梳妆了，以后你不只是我的姐姐，更是我的嫂嫂了。”唐儿的手柔若无骨，轻轻地为我捋顺发丝，再用银篦为我篦发。她俯下身，看向镜中的两张面庞，微笑着说，“慕哥哥重遇故人，心里一定很高兴。”

我的眼睛凝视着镜中的她，缓缓开口问：“你和赵子慕的感情很好？”

唐儿抓紧了瓶子，抬头的刹那，她眼神平静，“是啊，慕哥哥待我如亲妹，对我很好，我自然也要好好巴结巴结我的新嫂嫂。”

我看着唐儿欢欢喜喜的样子，心里有些难过，我可以进入赵宫，但我和赵子慕绝对不可能成为夫妻，更遑论夫妻之实了。

“唐儿，你还是叫我一声姐姐吧。”

唐儿忽然放下了银篦，掰过我的身子看着我，“你不愿意嫁给慕哥哥吗？”

“唐儿，男女之情并没有你想的那么简单，说爱便爱，说不爱便能彻底放下。我不爱他，即便我能周旋于虚情假意之间，承欢侍宴，我想他也不会稀罕。如果他无法接受，我会自请离宫。”

她神情复杂地看着我，眼中几乎是带着哀求，“你可以不爱他，但请你遵守诺言，留在赵宫，留在慕哥哥的身边，一直陪着他。”

“唐儿，我只问你最后一次，你对赵子慕的感情，是兄妹之情，还是男女……”我的话还未说完，唐儿明显动怒了，片刻后将缓下来道：“他只是我的皇兄，永远只能是……”而后转身出门。

她走出屋外，我的目光随着她离开的身影而飘远，不管她倾心于谁，在她心里那人恐怕永远都不及一个赵子慕，他是唐黎唯一的软肋。

等我更衣梳妆完毕，凌君早已候在外头，每个人的脸上都挂着笑容。他将我引上喜轿，高喝道：“起轿！”

礼炮轰鸣，万人朝贺。

我曾心心念念的一场喜宴，竟是赵子慕给我的。

赵国城楼之下，凌君向我行正拜礼，继而起身搀着我一步一步从喜轿走出，我微微昂首正身，两手相合，遥遥注视着城楼之上的赵国国君和一众后妃。

“南朝逸阳长公主到！”上至文武百官，下到媵嫱宫人，听到这高扬的宣礼声，都朝我的方向齐齐行礼，众人的声音如昨夜的雷鸣，让人心里为之一震，在赵国的城楼上空弥久不散。

我仿佛看到城楼上的帝君，带着深晦的眼神凝睇着我。

他抬了抬手，呼声戛然而止。我心中微微一惊，这些年赵子慕是做了多少努力，才能够让赵国子民唯他是尔。我站在城楼下，静静地等着赵子慕，凌君压低了声音，对我说：“陛下右手边就是姝夫人。”

我展颜一笑。

赵子慕亲自端来两杯酒，长身玉立，风姿特秀，微挑的凤眸道不尽少年风流。

一阵风吹过，我的鬓发有些散乱，赵子慕走了过来，将酒交给凌君。他抬起手，温润的指尖拂过我的额头，将我松散的发别至耳后，温言道：“一路风尘，辛苦了。”

如此亲昵的言行，竟让我有些不自在。

我恭恭敬敬地回道："回陛下，有惜和公主和凌大人一路陪着解闷，讲述赵国的风土人情，这一路着实有趣。"

他斜睇着身旁的凌君，"凌卿有功，赏！"唐儿就站在我身侧，但赵子慕偏偏不闻不问，只神色淡淡地瞥了她一眼，不轻不重地说了句："皇妹也回来了。"

唐儿垂下眉眼，轻声回应："是。"

"瑾仪，喝了这杯迎客酒，以后赵国就是你的家。"赵子慕从凌君手中取过一杯酒递给我，我后退几步，朝赵子慕一拜，接过他手中的酒杯，将酒洒在赵国的土地上以谢上苍生养之德，然后将余下的酒一饮而尽。

"逸阳谢陛下赐酒。"

赵子慕拊掌而笑，牵着我的手便往赵宫走去。

"陛下且慢！"

姝夫人小步走到赵子慕面前，经过我身边的时候乜斜着我，嘴角浮现出不屑的冷笑，转眼到了赵子慕面前又是另一副谦恭的姿态。

"陛下，臣妾以为，由陛下亲引逸阳公主入宫实有不妥，陛下身份贵重，岂能为一女子引路？若逸阳公主舟车劳顿，疲惫不堪，臣妾大可叫几个身强体壮的宫人将她抬进赵宫。"

我缓步行至赵子慕身边，微笑道："素闻姐姐贤良淑德，今日一见果真如此。姐姐能者多劳，不仅要为后宫姐妹操心，更要为陛下劳神苦思，竟是连陛下的主都做得了。"

我笑盈盈地看向赵子慕，"若陛下允准，臣妾哪怕是爬着进赵国，也没有半句怨言。"

赵子慕的脸立马阴沉下来，姝夫人见状立刻跪倒在地，"臣妾不敢。"

"朕，今日偏要亲自引逸阳公主入宫。有违逆者，斩！"

姝夫人咬牙切齿道："臣妾，遵旨。"

我凝眸看着赵子慕，为了我得罪姝夫人，姝夫人将来必定与我势不两立。他今日之举，是真心护我，还是要将我推到风口浪尖？

又或许，跟皇权永固相比，我不过是草芥而已。

赵子慕牵着我的手缓缓走在赵宫的宫道上，我每一步都像是踩在浮木上。当我已经踏上这寸土地，也昭示着我不再有回头的路。

"赵子慕。"我的声音不大，后面的人是听不到的。

"嗯？"

"你变了。"

"哦？我哪里变了？是我长高了，成熟了，跟在南朝时不一样了，是吗？"

我把手从他掌心中抽出，"我自己走吧，我不习惯被旁人牵着走。"

赵子慕眸光微动，瞧了我一会儿，我被他看得不免羞赧，脸颊热热的。赵子慕笑着敲了一下我的脑袋，下手还挺重的，我吃痛地揉着额头，状似懊恼地瞪着他。他似笑非笑，把手轻放在我的额上揉了揉，"没想到，我真的还能在赵国和你相聚。"

"我也没有想到，儿时的一句戏言，在若干年后竟成了真。有时心心念念想要的，却常常求而不得。上天不给你想要的，偏偏将你不想要的强加于你。"

他叹了口气，"可见你在南宫过得并不好。"

我摇摇头，莞尔道："好与不好，都已经过去了。"

册封夫人原本是由赵国国君身边的总管宫人传下圣旨玉印即可，可当赵子慕亲自步下金殿，把玉印圣旨交托到我的手中时，我的心就像是被一块巨石狠狠地击中。我蓦然抬首怔怔地看着他，于国，我非赵人，他不应如此厚待，于我……赵子慕不会真想将我纳入赵宫吧！

赵子慕站到我的身前，振臂一呼："朕封逸阳长公主为我赵国夫人，赐号'雪栀'。"

底下群臣面面相觑，细如蚊呐的议论声渐渐变得越来越响。我不禁疑惑，不过一个封号，为何这些大臣会如此激动，甚至争论不休？

唐儿定定地望着我，眼眸深邃如夜，没有一点光彩。

赵子慕终于耐不住性子，语调有些不悦，"众卿有何异议？"

一位年逾古稀的老臣拄着拐杖从容走出，方要行拜礼，赵子慕便三步并作两步将他扶起，"丞相，朕早就说过，你年事已高，特准你不必行拜礼。"

老丞相颤巍巍地将赵子慕的手拿开，恭恭敬敬地下拜叩首，"古语有言，上行下效，淫俗将成。败国乱人，实由兹起。老臣万万不能开此先例，否则老臣便是赵国的千古罪人。"

丞相看了我一眼，继续道："臣以为陛下赐逸阳长公主雪栀之名，不妥。"

我看着赵子慕的背影，他确实不再是当年孱弱的赵国质子了。如今，他身上背负的是整个赵国的兴衰荣辱，艳阳落在他坚毅的侧脸，金灿的光芒笼罩在他的身上，他是赵国的守护者，他是赵国百姓心中的神。

“为何不妥？”

“先帝在位时不曾立后，却有栀夫人权倾后宫，代皇后处理六宫事宜。栀子乃赵国花神，雪栀乃赵国百花之王，臣以‘雪栀’一名无异于帝后之尊，恳请陛下三思而后行。”老丞相重重叩首，请赵子慕收回成命，群臣也纷纷跪倒，齐声道：“请陛下收回成命。”

赵子慕转过身来，含笑望着我，话却是对着一干众臣而言：“方才秦相说‘上行下效’，君无戏言，朕既为一国之君，朝堂之上亲授圣旨玉印给逸阳公主，岂可出尔反尔？若是传了出去岂非贻笑大方，传到南帝耳中又当作何想？”

我收敛思绪，定了定神，徐步走到赵子慕身边，雪栀之名我确实担不起。

岂料他一把握住我的上臂，幽深的眸子喜怒不辨，“即日起，雪栀夫人入主雪栀宫。”我紧闭双唇，原本恳请他收回成命的话也硬生生地吞回肚里，“臣妾，谢陛下隆恩。”

大殿之上再无反对的声音，唐儿不知在何时已经离开了大殿，赵子慕轻轻握住我的手，我笑了笑，“没什么。”

他拉着我的手，满眼宠溺，“无论你想做什么，朕都愿意陪着你。”

我的手一紧，茫然失措地看着他。

第六卷

入云深处亦沾衣

·第三十二章·

化梦

赵子慕亲自指派给我四个婢女，翩衣，西辞，素寒，暖初。翩衣和西辞自幼接受赵国皇族的训练，武艺超群，素寒、暖初心思细密，处事周全。

见到她们的第一面，我不禁想到唐儿。

于是我问素寒："惜和公主居于何处宫苑？"

素寒低眉道："回夫人，惜和公主不住宫中，陛下在宫外另建府邸赐予惜和公主。不过今夜是陛下与夫人的喜宴，惜和公主应当会出席，公主与陛下也已多年不见了。"

翩衣和暖初引我前往雪栀宫。暖初极爱笑，就如她的名字一样，笑起来便如一轮朝阳，生气勃勃，让人见之心头一暖。翩衣则恰恰相反，安静得让人极易忽视。暖初偷偷告诉我，翩衣姐姐总是冷冰冰的，她不敢同她谈天，生怕翩衣嫌她吵闹一刀割了她的舌头，好叫她这辈子都说不出话来。

"夫人，雪栀宫可美了，您一定会喜欢的。"暖初神秘地对我眨了眨眼睛。

屋不呈材，墙不露形。裛以藻绣，络以纶连。随侯明月。错落其间。翡翠火齐，流耀含英。悬黎垂棘，夜光在焉。玄墀扣砌，玉阶彤庭。碝磩彩致，琳珷青荧。珊瑚碧树，周阿而生。

正殿外栽种了三株葳蕤的雪栀树，殿外满是花团锦簇的白栀，如星河覆，似银浪翻涌。雪栀在枝头盛放，和风丽日，与景相和，光似银箭，刺透浓密的树荫抖落在纯白的雪栀花瓣上，那几朵雪栀卷上璀璨的光影，暖风骀荡，琼玉绕枝，清幽的芬芳缥缈在宫苑之中。

“夫人，看那儿！”暖初伸出手指指向西边。

竟是一处瀑布。

飞流直下，如流星坠。烟雾蒸腾，袅袅缥缈。白烟似练，缓缓缭绕在这一片花海上空，郁棁雪栀，露点琼蕊。

我心中暗自感叹，汉武帝金屋藏娇的虚诺，赵帝雪栀之恩宠，对我来说也只是镜花水月一场空。

暖初眉飞色舞地说：“奴进宫六载，还是头一回看到雪栀宫宫门重新为新主而开呢！”

我好奇地问道：“栀夫人故去后便一直空着了吗？”

暖初遗憾地叹了口气：“先帝最爱的女子便是陛下的生母栀夫人，栀夫人离世后，直到陛下回国继位，这雪栀宫一直无人居住。”

如此美景，锁了宫门实在是可惜。

“夫人可知，方才那帮老顽固为何不让夫人入主雪栀宫吗？”

我摇头，不解地看着暖初，倒是翩衣先开了口：“姝夫人自打入宫，便日日夜夜惦记着雪栀宫主位，陛下大怒，那是唯一一次他和姝夫人起了争执，陛下对姝夫人说，雪栀宫早已有了主人。”

我抿唇不语，暖初还想说些什么，翩衣淡淡打断，“雪栀夫人先入殿歇息会儿吧，晚上便是陛下和您的喜宴了。”

满殿的喜红，两支通臂龙凤烛端正地摆放在桌案上，还有庆贺新婚的喜联，红光辉映，喜气盈盈。喜床的床头悬挂着大红缎绣龙凤双喜的床幔，铺着厚厚实实的红缎龙凤双喜字大炕褥，明黄缎和朱红彩缎的喜被、喜枕，绣工精细，富贵无比。

素寒为我取来新嫁衣，凤纹锦绣，缠枝牡丹，蹙金百蝶翩然舞。

“这是奴为夫人准备的嫁衣。”素寒缓缓跪倒，双手高捧安放嫁衣的喜红漆盘。

我亲自将她扶起，柔声问道：“你怎知我没有嫁衣？”

“一月前，惜和公主便飞鸽传书让奴召集赵宫最好的尚衣女官，连夜赶制一袭嫁衣。”

她将我没有顾虑到的事，安排得这样好。

我低声叹了口气，默默取过嫁衣。

素寒的手艺丝毫不逊色唐儿，云髻高挽，蝉影笼钗，虹裳霞帔步摇冠，钿瓔累累佩珊珊。

素寒打量着我的脸庞，我轻轻抚上面颊，疑惑地问道："本宫的脸上有什么东西吗？"

她摇摇头，笑着说："夫人眼角的落梅是胎中所带吗？真是好看。"

我端详着自己映在镜中的脸，微微侧过头，那一朵落梅下藏了多少伤心往事，连我自己都记不清了。我轻轻按上那朵落梅，从妆奁中取了一枚花钿，密密覆住这一段过往。

宫髻已绾好，翩衣和西辞默默退了出去，守在雪栀宫外，留下素寒暖初陪着我，静静地等着赵子慕。夜色渐染，幽黄的灯光愈发明亮，隔着盖头影影绰绰地在我眼前摇曳，玉炉生香，在镂空的花鸟纹间缓缓溢出，是极淡极淡的栀子花香，我原本揪作一团的心也慢慢变得自在多了。

眼前出现了一抹亮光，还有鞋履走动的轻微响动。

一柄玉如意挑起了我的红盖头，赵子慕玄衣广袖，有些微醉。

房中众人已尽数退避，只剩下我和赵子慕共处一室。

我站起身，欲向他请罪，我不可能成为他赵宫的后妃，更不可能成为他的女人。

"瑾仪……"赵子慕轻声开口。

我被他突然发出的声响惊了一惊，半晌才回应。

"瑾仪，"赵子慕沉默地看着我，四周安静得能感知到彼此的呼吸，他露出温和的笑容，清润似浅陂，"瑾仪，我回过南朝，可那时你已入宫，我以为我们这辈子重逢无期，没想到你会来到赵国。"

我认真地看着他，"我来赵国，是……"

他伸手阻了我接下来要说的话，"以后，我便是你的生路。"

他抬手将我眼前摇曳的流苏玉珠撩拨至耳鬓后，温润的指尖触到我的肌肤，我的心却在一点点地冰凝。

"你会是赵宫最为尊贵的女子，无人可与你比肩。"

"我只是一位和亲公主，一枚棋子，南赵之间的纽带，你不该和我谈及情爱，我的身体里流的是南人之血，你我异族，若哪日我临阵倒戈，伤的是你，甚至还要以整个赵国为代价。所以，和亲之事上，我们便各取所需，彼此两讫。不行吗？"

我认识的赵子慕，可为知己，可为挚交，唯独不能为我良人。

赵子慕淡然一笑，“两讫？你可真将这门亲事当作一场交易了。”

“难道不是吗？南朝以安阳、宜都、诸乐三城为嫁妆，五十年内，赵国同邻国的贸易流通给赵国国库带来的财富可积金至斗。同样的，你承诺南朝，今生不放逸阳长公主归国，哪怕是死在赵国，也不得重归故土。既然你我的婚事是一纸契约，又何来的真情实意能让我们细水长流？以三座富庶之地换我不得自由，这就是南朝和赵国的两讫，我们的两讫。”

我走到桌案边拿起一杯酒敬赵子慕，“雪栀夫人，是我在赵国唯一的身份。”

赵子慕凝视着我的目光，“你要如何，我都会遂了你的心意。”他笑意浓浓，伸手轻揉着我的脑袋，把我往怀里一按，飞快地在我额上落下一吻。

我随即神色尴尬，正待开口。

赵子慕的脸上笑意不改，“原本今晚是我们的洞房花烛夜。”

“那我去偏殿。”

他听了轻笑一声，“傻丫头，你风雨兼程一个月，好不容易来到我的身边，我怎么还舍得让你受委屈？”他想伸手握一握我的手，最后还是收了回去，“我也不会让你受委屈。你好生歇息，我明日再来看你。”

夜色笼罩的雪栀宫，喜红的灯笼渐渐黯淡下去，只有庭院内的雪栀闪烁着荧荧微光，就像无数的萤火虫挤挤挨挨着，无比热闹，可满目的莹白，又是无比的凄清，此情此景惹人神伤。

曾经沧海难为水，除却巫山不是云。

一支蜡烛骤然熄灭，殿内暗沉下来。

南陵缙的侧脸隐藏在黑暗里，如冰霜般寒冷，而我绝望地望着这一抹熟悉的身影，远远地瞧着，生怕自己一出声，他就会拂袖离去。我凝视了很久，直到眼中盈满酸涩，泪水悄然无息地湿了脸颊，我才从梦中惊醒。

原来心底的伤藏得再深也还是会疼，我茫然地看着墙上的烛影越来越微渺，直到雪栀宫陷入死寂的黑暗，只剩幽幽的雪栀光芒点缀着窗子。天空已显露出深蓝的颜色，此刻南陵缙应该已经离开未央宫，准备早朝了。

墨蓝掩覆着隐约的怀梦草香，如晨光熹微，一点点地晕开。

原来赵国也有怀梦草香。

早膳的时候，素寒为我布菜，我无意提及：“惜和公主今日可有入宫来？”

“娘娘有所不知，在外建府的公主除了每月按例入宫请安，是不能随意进宫的，除非得了陛下和太后的旨意。”素寒把银镶玉箸摆好，“或是公主为陛下和太后偏爱，也能有所例外。”

她隐约显露的意思是，惜和公主不为赵子慕和太后所欢心。

“素寒，待会儿将殿里带怀梦草香的香料都拿去扔了，本宫不喜欢这个味道。”

素寒的神色闪过一抹犹疑，随即应承：“是。”

·第三十三章·

招嫉

赵国无后，位份最高的便是赵洛姝和我。赵洛姝比我进宫早许多年，按照宫中礼数，我应当要去向她问安。

素寒与暖初一起为我梳理晨妆，发髻珠钗皆是从简。

素寒说：“姝夫人为人骄横，夫人要小心应对。”

“多谢。”

素寒立即诚惶诚恐道：“夫人折煞奴了。”

我轻轻拉过她正准备为我簪钗的手，好言道：“你心细如尘，有你在本宫的身边，本宫很放心。”

她恭顺地点点头，微微弯起眉眼。

“让翩衣也一同随去。”

“是。”

这还是我第一次细细看姝夫人，她的眉目间有几分赵苑绮的影子，肌肤如玉，娇美艳丽，身着艳丽的大红丝帛曲裾，一层叠着一层的繁复裙摆，迤逦而行，微风曳裾则飘袅如神。

“雪栀夫人大驾光临，本宫倒真是受宠若惊。”赵洛姝美眸一挑，斜斜地睨着我。

我不作答，按照赵宫的宫礼向她行平礼。

“夫人的礼数倒是十足十的周全，本宫底下的宫人在赵宫待了数年，竟不如夫人做得好。”她故意笑盈盈地看向身旁的一个婢女，那婢女竟也嗤嗤地笑了起来。

翩衣飞速走到那婢女身边，狠狠扇了她一个巴掌，连我都始料未及，不过确实解气。婢女疼得龇牙咧嘴，口中掉落出两颗门牙，姝夫人气得脸上青一阵白一阵。

姝夫人猛然起身，对着翩衣扬起手掌。我快步行到翩衣面前，一把将她拉到身后。姝夫人眼中闪过一抹诡异的笑，她突然蜷曲手指，指上戴着的鎏金缠枝白玉戒足以划破人的脸颊。我怔怔地看着她的手迎面打来，下意识地侧过脸。

预料中的疼痛却没有来。

“放肆！”

我睁开眼，看到翩衣扣住了姝夫人的手腕，姝夫人秀眉紧蹙，怒视着翩衣。一旁的宫人急忙拥了上来，翩衣目光冷厉，俨然是从炼狱里爬出的红颜修罗，竟无一人敢近身。

翩衣语调平淡地对我说：“夫人，她想害你。”

“翩衣，过来。”翩衣松开了赵洛姝的手腕，走到我身边，面色阴冷，丝毫不为所动。

而赵洛姝气急败坏地指着翩衣，眼中透着杀意，“来人，将这不知死活的贱婢拖出去乱棍打死！”

几个颇为健壮的小黄门将袖管高卷，分作四个方向将我和翩衣团团围住。我看了一眼翩衣，转身对着赵洛姝的方向正色道：“姝夫人，本宫敬你侍君久矣，唤你一声姐姐，然而你无容人雅量，屡次三番刁难我。昨日陛下亲封我为雪栀宫主位夫人，若实实论起尊卑来，本宫还有南朝长公主的尊荣，本宫为君，你便为臣，你我虽在赵国，骨子里流的可是南朝人的血。今日之事，谁是谁非夫人心中明白得很，若夫人揪着此事不放，本宫一路上遭遇的‘危难’倒也可以与陛下倾吐一二。”

赵洛姝眼睛瞪得极大，一扬手，“都给本宫退下！”

她缓步走到我身边，翩衣立马警觉地伸出手臂阻拦她继续靠近。赵洛姝咬牙切齿直盯着翩衣淡漠的脸，冷哼了一声，“逸阳长公主，雪栀夫人，你的身份还不止这些吧？本宫有把柄在你手里，那你呢，一朝为后，一朝为妃，如今又恬不知耻地来到赵国和亲，你当真是……”她妩媚一笑，一字一字道，“人尽可夫。”

我的手藏在广袖之下攥得紧紧的，脸上露出得体的微笑，“赵国风景旖旎，本宫心向往之，承蒙陛下抬爱赐居雪栀宫，雪栀萤海，那可是南朝没有的美景呢。姝夫人若有闲暇，也可到本宫的雪栀宫瞧一瞧这赵国的圣花雪栀，顺道叙一叙旧。”

“你……”赵洛姝一下子被我气得哑口无言，对着她那被翩衣打落门牙的婢女喊道，“柳儿，送客！”

唤作柳儿的婢女捂着嘴跑到赵洛姝的身边，一张口就是满嘴的血，令人作呕。赵洛姝皱着眉，又狠狠地踢了柳儿一脚，“没用的死奴才，别污了本宫的地方！”柳儿被主子一骂，狼狈地退了出去。

我悠悠地看了赵洛姝一眼，“陛下快下朝了，本宫也要回宫了。”

我知道，赵洛姝一直站在殿中看着我离开，她的目光就像无数根刺扎在我的身上，带着那么强烈的恨意。

“谢谢夫人。”翩衣对我说。

“你帮我出头，该我谢你才是，只不过你今日先动手打了赵洛姝的婢女，理亏的终究是咱们。”

“可赵洛姝摆明了要立威，难不成真要等到她先对你动了手，我们再去兴师问罪吗？”

素寒不悦地瞥了翩衣一眼，“翩衣，你怎么能这么和夫人说话呢？”

我回头看了一眼素寒，摇头道，“没关系，翩衣性情耿直，她要说什么就任由她说。”

“主子将我送到您的身边，就是要我好好保护您的安全。若您有什么意外，我亦死命跟随。”

在宫里，最忌讳的，就是一个“死”字。素寒急忙上前拉过翩衣，怒道：“翩衣，你在宫里的时间也不短了，怎么还是一点长进都没有！祸从口出，你武艺超群无人敢伤你，可是咱们夫人怎么办？到时候你真惹上些个祸端，他们都会算在夫人的头上！”

翩衣闭口不言，若有所思地望着我，默默地跟在素寒身旁。

我走到她们中间，将她二人的手拿起紧紧交叠在一起，“你们主子放你们来我身边，就代表他很信任你们，我亦是如此。你们为我的好，我都会铭记于心，往后遇到难事，我们一起面对。”

素寒的唇畔浮现出浅浅的笑意，翩衣虽没有言语笑靥，但她眼中微微动容，她不同于素寒暖初，作为暗人，能有一丝丝常人的情感已经很难得了。

我真心希望有一日，翩衣也能像暖初一样，在阳光下无忧无虑地欢笑。

唐儿早已静候在雪栀宫，才两日未见，她的眼窝深陷，胭脂香粉都掩不住她的憔悴和疲累。

看到我的刹那，她黯淡的眼眸一下子便有了神采，她急切地拉着我的手，“姐姐，你去了锦姝宫，姝夫人有没有为难你？”

我怕她担心，就按下今日之事不提，向她嫣然一笑道：“没有，否则我怎么能好好的回来呢？”

她轻吁了一口气，“那便好，暖初说你去了锦姝宫，我心里七上八下的，生怕你有个闪失，慕哥哥……”她停了停，改口道，“陛下……还未下朝，倘若你真出了什么事，我都不知道该怎么办了。”

“你放心吧，宫中的鬼蜮伎俩我见得还不够多吗，我会当心的，倒是你，切勿忧思太过。你不在赵宫，我去瞧你也多有不便，你要好好保重自己的身子。”

“陛下待你很好，我很放心……”

赵子慕欠她一世情，她对我的好，我也受之有愧。

“你瞧瞧我，光站着说话了，暖初，取些糕点来，枣泥糕要多一些。”我握住唐儿的手，拉她过去坐下。

唐儿笑了，“姐姐还记得我最爱吃枣泥糕。”

我揶揄道：“当然记得，以前在未央宫的时候，每次一有枣泥糕，你那对眼珠子馋得都快掉下来了。”

唐儿笑得花枝轻颤，钗环轻轻击打着她精致白皙的脸颊。她陪着我这么多年，将女子最美好的韶华都耗费在我的身上，“唐儿，你和凌君……好事将近了吧？”

她的笑容戛然而止，淡淡道：“是啊，婚期就在下月。”

“下月？这么快！”我惊讶地看着唐儿，她低着头，气氛异常冷凝。

暖初刚巧将枣泥糕端了上来，我话锋一转，“多吃一点，看看是不是原来的味道？”

“好。”唐儿拿了一块枣泥糕，却迟迟不动口，放在手里怔怔地看着。我也取了一块放入口中，“我也有些饿了，我们一起吃。”

她掰了一小点放进嘴里，细细地嚼着，过了许久才抬起头来，挤出一抹生涩的微笑，“姐姐，真好吃。”

“听说赵国的栀子花也可用作糕点，你会做吗？”

“姐姐说的应该是白栀酥，白栀酥极为难做，百姓为求生计，将赵国近六成的栀子花都用来酿酒了，我做得不好。陛下会，但是这些年他没有再为任何人做过白栀酥了。”她思忖片刻，静静地说，“陛下待姐姐和旁人不同。”

我看着唐儿失意的样子，心里愈发歉疚，我将枣泥糕推到她的面前，想让她多吃点。她看了眼天色，将手中未吃完的糕点放下，站起身，“陛下快要下朝了，臣妹就不叨扰姐姐了。”

话音刚落，守殿的小黄门扯着音调高喝：“陛下驾到！”

唐儿望向门外，眼中分明有无限的期盼，“说曹操曹操到。”我怕她觉得尴尬，便拉着她的手一起接驾，让她见见赵子慕也好，赵子慕也一定想看一看唐儿。

赵子慕朝着正殿走来，唐儿不知不觉紧握住我的手，我侧首默默看着唐儿，她认真地静观赵子慕迎面而来。

“你特地在这儿等着朕下朝吗？”赵子慕将我扶起，对一旁的唐儿却视若无睹，平淡地说了句，“惜和也在啊。”

“臣妹来瞧一瞧雪栀夫人缺些什么没有。”

“嗯，你有心了。”赵子慕揽过我的肩，向殿内走去，“今后不要站在风口上，对身子不好。”

我们背对着唐儿，唐儿也看不清赵子慕此刻欢喜的神情。

我终于明白赵子慕的苦心。

对于唐黎来说，他们最好不相见。

“臣妹不打扰皇兄皇嫂了，臣妹告退。”

赵子慕看到桌案上的枣泥糕，突然就露出了笑容，径自走到桌边重新拿起一块，颇为满意地咬了满口，而后看着我说：“朕最喜欢的就是枣泥糕了，在南宫的时候你就经常和朕一起去厨房里偷枣泥糕吃，朕在外头给你放风，你进去拿糕点，虽然朕不喜南朝，可南朝的枣泥糕做得确实美味。今日也算托了惜和的福，能吃到瑾仪亲手做的糕点。”

是啊，那时我觉得赵子慕生得那样好看，却要寄人篱下任人欺凌，所以但凡我能给的，我给得起，我都会毫不犹豫地给他。

南宫御厨的枣泥糕闻名四国，我也贪嘴，每次生怕拿得少，再和赵子慕分一分，他都吃不到几块。于是我就干脆先在御厨处吃个撑，这样能拿走的就都是赵子慕的了。

还有一次我被御厨逮着，凶狠的胖御厨让我洗一百只碗碟作为惩戒，否则就要去告诉父亲。我虽是庶出，但在家中从未干过这等粗重活儿，最后是赵子慕默默挽起了洗得发白发皱的蓝衫袖子，蹲在地上把一只只狼藉油腻的碗碟洗得干干净净，再亲自拿到御膳房摆放整齐。御厨以为这是哪家的小公子，自此之后便对他十分喜爱，时常会送一些枣泥糕给我们吃，我也跟着赵子慕沾了不少的口福。

“你学了多久？”他突然抬头问我。

“什么？”

他低下头看着手中的枣泥糕，喃喃道：“胡御厨枣泥糕的味道，你做的有九成相似，定是向他偷师了。”

“四日。”

“嗯……”赵子慕若有所思地盯着枣泥糕，抬了抬眼皮，轻轻一笑，“你是担心我走了以后，胡御厨不给你枣泥糕吃吗？”

我没好气地把枣泥糕的盘子撤下，那分明是我想在他离开南朝之前亲自做一份给他带在路上吃的，哪知道胡御厨第四日临时被许婕妤召见赏赐，我一个人愣愣地等着他回来，却错过了送走赵子慕的最后一面。

胡御厨很惭愧，他问我，赵子慕已经走了，还学吗？

我点点头，也许我们还会再遇到。南朝，赵国，天下之大，世事变幻，或许不久便能重逢。

“看来，你是为我学的。”他站起身几步走到我跟前，微微低头凝视着我的眼眸，“你是想做给我吃的。”

我不敢直视他的眼睛，极力回避着不去看。他的双手紧扣住着我的肩，把我揽入他的怀里，“瑾仪，从前只要朕能看见你，哪怕是远远地看着，都会觉得很快乐。”他默了一瞬，“可如今，你既到了我宫中……”

看着我不言不语不回应的样子，赵子慕叹了口气，然后松了手。

·第三十四章·

裂帛

赵子慕时常待在雪栀宫，日复一日，赵宫无人不知自雪栀夫人嫁入赵宫，后宫粉黛均被冷落。就连姝夫人的锦姝宫也是分外冷清。姝夫人想要见帝君，在御书房外足足等了两个时辰，才瞥得帝君一面。赵子慕神色匆匆，她以为他有紧急事务亟待处理，哪知赵子慕是为赴雪栀夫人之约。

帝君专宠雪栀夫人，雪栀夫人自然成了众矢之的，雪栀夫人没有亲近的嫔妃，她性子清冷孤傲，实难相处。

他的确在雪栀宫待得最久，却不是和我朝夕相对，形影不离。他在雪栀宫内阅览奏章，发号施令，丝毫不忌惮我的身份。

“瑾仪。”他停笔，笑盈盈地望着我。

我放下手中的书卷走到桌案旁，“陛下。”

“你帮朕研墨。”我环顾四周，发现一直随在赵子慕身后的王公公居然没有在殿内。

“王寿不在。”

他把墨锭递给我，我接过的时候手微微一颤，心上就像被利器划开了一道口子，记忆的疼痛来得缓慢而弥久，我低着头不再去想任何事情，专心地研着墨。

“怎么了？”

我回过神来，摇头，“没什么，是许久没替人研过墨了。”他瞟了我一眼，搁下手里的奏折，眉心微蹙，“脸色怎么这样憔悴，这几日睡不大安稳吗？”

赵子慕观人入微，我也懒得和他做些无用的表面功夫，便坦言道：“近日来是睡得不大好。”

“可有传召太医？”赵子慕问。

“太医开了些宁神安眠的药，也有些见好了。”

他静默片刻，从我手中拿过墨锭，语调淡淡，“你先去歇一会儿，这里就让暖初来伺候。”

“是。”

这几夜梦里总会出现怀梦草香，一缕一缕的香雾会渐渐勾勒出一个熟悉的轮廓，梦回暗惊，再无法入眠。

“素寒，怀梦草都撤走了吗？”

如果雪栀宫里真的没有任何关于怀梦草的物什，症结所在就是我自己。

“夫人吩咐那日就都撤走了，许是残香弥留不去，还得再散一散。夫人实在难以入眠的话，奴为夫人揉一揉穴位，看能不能缓解一二。”

“好。”

素寒的力道不轻不重，拿捏得很好，我的心思也渐渐放宽，慢慢有了睡意。我恍惚看到素寒走后，有一个颀长的身影向我走来，我迷迷糊糊说了一句：“你来了。”

那个身影久立未语，而后在我床边坐下，满是怜惜地抚上我的耳鬓，我的脸颊，他说：“瑾仪，你好好睡上一觉，我陪着你。”

“嗯。”我很自然地握住他的手，手掌宽大，掌心有薄茧。是梦也罢，至少我还能贪得一晌欢。

我睡了很久，睡得很安稳。

殿里没有人，我隔着满室的灯火远远看到殿外有值夜的宫人，她们疲累的身影嵌在窗纸上，夜已经深了。我懒懒地翻了个身，左手掌心落下一物，似断翅的蝶，晃悠悠坠跌在尘埃里。

我的手中，攥着一角玄黑衣袖。

难道我方才做的不是梦？

我传召门外守殿的宫人，问她们方才可有人来过我的寝殿，她们想想，回道：“回夫人，除了陛下，不曾有人来过。”

手中的碎布被我越攥越紧，天子尚黑，怀梦草香……宫人退下后，我将这一块玄黑衣袖放在手心，质料很好，衣上没有绣纹，实在是难以判断。我盯着衣袖发愣，连赵子慕推门而入的脚步声都没有察觉。

赵子慕微微俯身，几乎和我面额相抵，我下意识地撑着身子往后躲闪，玄黑衣角从我手中滑出，他乜斜了一眼，不再靠近我，转而捡起了衣袖。

我淡淡出声问："这片衣角，是陛下的吗？"

赵子慕并没回答，片刻后只是笑了笑，"方才睡得可好？"

我不解地看着他，轻轻点头。

他笑吟吟地看着我，"那朕坏了一件衣裳也算是值得。"

我失神地注视着他的脸，忆君清梦，陪在我身边的是赵子慕吗？我垂下眼睑，低声问："为何要裂了衣帛，这不是好兆头。"

"傻丫头，你都许久没有睡一个好觉了。"

我定定地看着他，"是我……枕袖而眠，你怕吵醒我……就……割裂了衣袖吗？"

他定定看着我，不发一言。

我蓦然红了脸颊，不知如何回答，心头转过一念，我问："陛下也爱用怀梦草香吗？"

赵子慕眼中有难言的情愫，意味深长，"怀梦草……"他随意一笑，似浮光掠影般令人捉摸不住，"朕去将剩下的政事处理妥善，再来看你。"

我直起身子想下榻送驾，他止住了我。

他容颜清冷，眸中的漫漫长寂是那样的熟悉，然后突然开口，"有件事，你应当知道。"

我心中一动，看着赵子慕清亮的长眸。

"南陵缙……托我，善待你。"

我苦笑出声，善待……什么是善待，他是怕我这和亲的公主给南朝丢了脸面吗？

"劳烦你代我多谢帝君隆恩，我祝他和赵苑绮鸾凤和鸣，儿女承欢膝下。"

赵子慕沉默良久，推开了殿门。他背着清冷冷的月色，连地上的影子都透着丝丝寒意，他的声音微涩，"雪栀也快要凋落了……"

宫里没有秘密。

雪栀夫人枕袖而眠，帝君为了宠妃宁愿割袖，也不肯惊扰她的好梦，一时传遍后宫，传遍整个赵国。

赵子慕心中有我，如果我心里的人也是他，才会拥有世人眼中的幸福。

后宫妃嫔怨念颇深，但是这些我丝毫不在意，我只怕唐儿也因此与我疏远。我算了算，她已经有十日未入宫，还有十七日，就是她和凌君的婚礼。赵子慕告诉我，还有三日，太后也要从南山祈福归来，让我小心应付。

我问他，若谈及雪栀专宠，太后可会偏帮赵洛姝？

他说，太后不喜赵洛姝，因其太过骄横。

“现下你将我置于风口浪尖，比之赵洛姝有过之而无不及，这样一来，太后应当会愈发厌恶我吧？”

赵子慕笑了，“那便要看你的本事了。”

太后召见我，她已老态尽显。我恭恭敬敬地向她行礼跪拜，约莫过了一个时辰，她也没有准我起身，我便保持着跪拜的姿势丝毫没有动弹。

“还能靠自己站起来吗？”太后的声音沉沉响起，传入我的耳中，我愣了一愣，即刻回道：“回太后，臣妾能自己站起来。”

她的眼光停留在我的身上，她要亲眼看着我自己站起身。

我一手撑地，把全身的力气都集在右手上，刚直起身子离开地面，便觉整个人像有千斤重，猝不及防摔倒在地上。素寒想要过来扶我，却被太后怒声喝止，“谁去帮她，就一起再跪两个时辰！”

我对素寒摇摇头，示意她不要插手。

太后起身走到我的面前，居高临下地看着我，“雪栀夫人，你就这么点儿本事？”

我咬紧牙关，沉默了一会儿，“臣妾可以自己起来。”我用纤长的指甲紧紧扣着宫殿上的盘金银线毯，金银线勒在我的指尖，越勒越紧，直到手指传来疼痛，十指连心，痛楚越来越清晰，清晰到能够驱散膝盖的麻木。我再次尝试着站起身，就在我要再次跌倒的时候，太后拉住了我。

“能屈能伸，比锦姝宫那位强多了。”太后赞许道。

“臣妾今日没有做到，甘愿受罚。”说罢，我便又要屈膝下跪，太后佯怒道：“你再跪下去，哀家待会儿该如何向皇帝交代？”

“……臣妾谢太后开恩。”

太后不紧不慢地打量着我，“倒是个标致的孩子。”

她欣然赐座，而我如坐针毡，浑身都不自在。只想快快离开这里，回到雪栀宫一个人清清静静地待着。

“雪栀夫人，你可知哀家今日召见你所为何事？”太后精锐的目光飘忽在我的周身，让我觉得有些压抑。

我垂眸，恭顺回道："臣妾不知。"

"赵宫有后妃四百七十五人，自你入宫，皇帝予你独宠。"她幽幽叹了一声，"哀家的这个儿子哪里都好，就是对于男女之事迟钝了些。后宫嫔妃众多，他能唤出名儿的恐怕不出十人。哀家看得出来，慕儿是真心喜欢你待你好的，否则……也不会将雪栀宫赐给你，哀家只希望你能牢牢抓住这份宠爱，尽快诞下麟儿，对你对赵国都是一件喜事。"

又是子嗣，可我已是不孕之身，如何能产下麟儿……

我勾唇轻轻一笑，屈膝下拜，"臣妾谨遵太后教诲。"

太后脸上的笑意更深，赵子慕至今膝下无子无女，难怪太后不发难于我，原来是存了这份心思，撇开我不孕不谈，若我当真诞下皇子，恐怕太后也会立子杀母，我仍难逃一劫。

她镇静地看着我，慢慢地说道："锦姝宫的那位在赵国待了不知多少年，后宫虽在她的打理下井井有条，偏偏就是肚子不争气，你可别像她一样。"

我道："臣妾知晓。"

太后温和地笑着，赐了我一些锦缎珠翠，便放我回了雪栀宫。

暖初一路上都乐呵呵的，说太后如此喜欢我家夫人，夫人的前途必定无可限量。

她果然还是年纪太小，只看到金玉其外，可实则败絮其中。

回宫途中好巧不巧地遇到了赵洛姝，本想远远避开，我也不想同她照面说些虚与委蛇的话。哪知柳儿一看到翩衣，便如被踩了尾巴的猫，瑟缩地躲在了姝夫人的辇乘之后，姝夫人怒视着柳儿，一转眼便看到我从太后宫中走出。

狭路相逢，既然无处可躲，便与她周旋一二。

姝夫人宫髻巍峨，斜簪一支镶宝石蝶戏双花鎏金银簪，她缓缓从辇乘步下，朝太后宫里头睨眼一瞥，冷声一哼，讥诮道："雪栀夫人讨好人心确有一套，本宫改日定要好好讨教一番了。"

我抿唇一笑，扬眉说道："姝夫人真是谦虚了，这不本宫前脚离开，后脚您便来了吗？"

姝夫人没好气地从我身边走过，冷不防撞了我一下，我跪了一个时辰双腿疲乏，根本就经不起她故意的一撞，整个身子随即向一旁倒去。幸好暖初眼疾手快，扶住了我。

我的双手紧抓着暖初的衣袖，扯痛了手指上的新伤口，我忍不住闷哼了一声，恰巧被跟在姝夫人身后的柳儿看到。她欣喜若狂地跑到姝夫人跟前，谄笑着小声说："夫人，您看她的手指，血淋淋的，都没个模样了。"

翩衣皱眉，我对她轻轻摇头，示意她不要冲动。毕竟是在太后的殿前，若真起了争执，彼此的脸上都不会好看。

她按下了怒气。

姝夫人一只脚都已踏进了殿内，转头低看着我的手指，对我妩然一笑，"原来妹妹在太后那里受了委屈，姐姐宫中有上好的金疮药，待会儿妹妹来取吧。"

我没有作答。

"才不是，太后对我家夫人青眼有加，还要让我家夫人为陛下生一堆的皇子公主呢！"

我不由得一惊，面色峻肃地看着暖初，"住口！"

赵洛姝是笑不出来了，她气冲冲地瞪了我一眼，转身坐上辇乘回了锦姝宫。

"夫人，奴婢一句话就把姝夫人给气走了，也算给你出了口恶气。"暖初眉飞色舞地对我说，浑然不觉我已经动怒。

"以后谨言慎行，不应当说的话，就让它烂在肚子里。"

暖初不解地看着我，小心翼翼地问："奴做错了吗？"

"你没错，但有时候实话比谎话更容易让人犯错，继而招致祸患。"

她泫然欲泣，频频地点着头，"奴知道了，绝不再犯。"

·第三十五章·

惘然

“听说昨日暖初一句话便将赵洛姝从太后宫门口气回了她的锦姝宫，可有此事啊？”暖初侍立一旁，听到赵子慕笑吟吟地询问昨日之事，不禁垂下了头。

我答道：“确有此事。”

他满意地对暖初笑道：“看不出这丫头平时叽叽喳喳尽说些废话，这废话竟能将姝夫人气着，暖初啊，你倒说来听听，你对姝夫人说了什么？”

暖初怯怯地望了我一眼，默不作声。

我只好接过赵子慕的话，“她对赵洛姝说，太后让本宫为陛下生一堆皇子公主。”

赵子慕难得笑得如此开怀，“原来如此，暖初，朕可要好好赏你了。”

暖初急忙下拜，低声言道：“奴不敢。”

“你们都先退下吧，朕有些话要对你们夫人说。”

“是。”

等到宫人们悉数退下，赵子慕又恢复了平静的表情，“太后为难你了？”

我将手紧紧拢在衣袖中，不想让他瞧见，他和太后本就有嫌隙，若再因我惹出什么事端，离间母子的过错就落在我身上了。

我故作轻松道：“倒也没有，只是听了她几句唠叨。”

“那便好。”赵子慕沉默了一会儿，“她的话你不用放在心上，这些年她唯一的、仅剩的心愿，就是有后妃能为我诞下皇嗣。”

我踌躇了一会儿，答道：“你会遇上一个真心待你的女子的。”

赵子慕闻言神情一恍，沉静的神情中随即浮上淡淡的怅然。

“陛下今日不用处理政务吗？”

“朕才刚来，你便要急着赶我走了？”他的嘴角带着一丝轻柔的笑意，见我因尴尬而不言语，便立刻说：“不过朕今日的确是要召见一位贵客，时候也差不多了。王寿，起驾回宫。”

“是。”

我微微福身，“恭送陛下。”

他若有所思地看了我一眼，俯身在我耳畔悄声，“何时朕能听得你一句真心实意的‘恭迎陛下’。”

他转身打开殿门，沉沉月萤漏稀，肃肃风拂影，倏忽而至的一阵疾风裹挟着漫天的雪栀花瓣翩跹起舞。我抬头看到满天的雪栀，如雨纷落，月浸花，花映月，当真是花好月圆，只可惜栀子的花期将近，此番美景留不住。

暖初传来晚膳，不见赵子慕留在殿内，于是问我：“夫人，陛下走了？”

“陛下回宫处理政务了。”

“可……陛下还没用晚膳……”我抬眼一看，果然是两份御膳，赵子慕既说要接待贵客，肯定来不及吃晚膳。

我道：“赶紧备一些食材，本宫做些枣泥糕给陛下送去。”

走过雪栀花径的时候，我忍不住停伫了一会儿，“雪栀可有花期？”

暖初说：“雪栀花的花期也快到了。”

王寿守在御书房外，我倒有几分诧异，王寿伴驾数年，忠心不二，到底是什么样的贵客竟连他都要退避三舍，亲自守着殿门。

“参见夫人。”

我唤他免礼，向里头看了一眼，长窗上只映出赵子慕清癯的身影，“本宫来给陛下送糕点。”暖初呈上红木漆盒，王寿迟迟不接，“陛下吩咐了，谁都不能进殿，夫人恕罪。”

我好奇地问：“公公也不能吗？”

王寿把头又低了一低，“是。”

我思量了一下，亲自从暖初手中拿过食盒，王寿急忙阻拦，我对他说：“陛下说不准进殿，本宫就在殿门外和陛下说上几句，不算违旨吧?”

“这……”王寿最终皱着眉，点了点头。

“多谢公公。”

高悬的月，越来越圆，越来越亮，俯瞰着世间的一切。

“哐噹”一声，食盒翻倒在了地上，王寿急忙上前查看，“夫人，您没事吧？”

“没事……”

赵子慕的声音从殿内传出，带着一丝愠怒，“殿外是何人？”不等王寿回禀，我提高了嗓音，“臣妾拜见陛下。”我隔着殿门，俯身下拜，殿内再没有传来一点响动。

长夜凄清，那轮圆满的孤月，将熠熠清辉洒落在我的身上，凉沁入骨。眼前的殿门被缓缓打开，赵子慕亲自将我扶起，他扫了一眼王寿，又看了眼打翻在地上的枣泥糕，“你怎么来了？”

我笑了笑，“陛下的贵客离开了？”

“你……”

“臣妾什么也没听到。”

他说：“贵客已经走了，朕陪你回宫，好不好？”

“臣妾如何来的，便如何回去就好。”

赵子慕转首对暖初道：“好好照顾你家夫人。”

暖初茫然不解地点点头。

回宫后，我抱着佳酿走到雪栀树下。赵国最多的就是陈酿，也的确是个好东西，一醉解千愁，看到的，听到的都不会记得了。打开酒坛，佳酿的浓郁和雪栀的清香缓缓溢出，弥漫在天地之间，我舍不得遗忘，所以唐儿给我的忘忧我不敢饮下，可同时，我又想要忘掉所有的不快乐，于是只能在半梦半醒之间挣扎。

天边的第一抹霞光落在雪栀宫的飞檐之上，朝霞绮丽，流光溢彩。我靠在雪栀树下静静地瞧着越来越多的朝霞刺破云层，清阳曜灵，和风容与。

一轮明日从东方冉冉升起，整个赵国笼罩在一片明媚的光影中。

我以广袖为枕，眠于栀子树下。抬眼便能看到日影渐移，斑驳的光影也随之缓缓而动，照映在我的身上。看得久了，我的眼皮也越来越重，连自己是何时睡去的也不记得了。

直到晌午，素寒在树下找到我。

“夫人，夫人，您怎么睡在这儿呢？”她动作轻柔地摇着我的胳膊，我刚想睁眼，素寒的手便轻轻覆在我的眼眸上，“夫人，日头正毒，您得慢慢睁眼。”

“嗯。”

我将眼睛一点点地慢慢睁开，阳光从素寒缓缓移开的指缝中一点点漏出。

她扶着我回殿，见我一脸的疲累，有些心疼地说：“夫人再睡会儿吧。”

许是昨夜饮酒太多，我的脑子混混沌沌的，就像被捣乱的糨糊，全身也酸痛得紧，我看了看时辰对素寒说：“本宫再睡半个时辰，半个时辰后来叫醒本宫。”

“是。”

我迷迷糊糊地听见素寒的声音在我耳畔轻轻响起，可我的身子却沉沉的，连眼皮都抬不起来，整个人像是掉进了冰窟里，寒冷的水浸没了我的身子，我奋力挣扎却徒劳无功。我隐约听到越来越多的脚步声，很多人窃窃私语，还有各种慌乱的声音。

有人往我的嘴里灌入苦涩的药汁，在我的额上扎针……他们在救我。

我在次日清晨醒来，发现殿里只剩下素寒和暖初。

我睁开眼的时候，暖初第一个跑到我的床榻边，她半跪着向素寒招手，“素寒姐姐，夫人醒了，夫人醒了！”

我紧蹙着眉，艰难地吐字出口，“水……”

暖初飞快地跑到桌旁为我倒了一小杯水，素寒慢慢地将我扶起，我靠在她柔软的身子上，暖初小心翼翼地将水喂入我的口中。

素寒又在我身后垫了一个软垫，好让我舒服一些，“夫人是伤风了，昨夜夫人就宿在了雪栀树下吗？”

伤风……

是啊，这里是赵国，他怎么还会在我浅眠的时候为我披衣，劝我一句多保重呢。

赵子慕嘱咐暖初要好生照顾我，但当夜我就生病了。他龙颜大怒。暖初自知有罪，默默承担了所有的责罚。

“陛下……臣妾想知道，前夜在御书房内的人，是不是他？他竟来赵国了？”

赵子慕容色清冷，眸色幽深地凝视着我。

我就知道是他。

前夜我恍惚听到他 的声音。必善待她，也是出自他口。

我们彼此沉默着，我的手藏在锦被之下紧紧地攥着衣角，心里没由来地有些难过。我猛然抬头，“那片衣角，究竟是你的，还是他的？”

他看我良久，眼眸中是我看不透的深邃。我又一字一字问：“那片衣角，究竟是你的，还是他的？”

“你想是我的，还是他的？”他双眸微眯，压低了声线，“是我的还是他的都不重要，最重要的是你的心意。”

“他为何会来赵国？”

“他说是为诸城通商之事而来，你信不信？”

我的嘴边泛起一丝笑容，“嗯，我信。”我侧过脸，沉吟道，“那他何时离开？”

“当夜就回南朝了。”

我这一病，太后差人来探望多次，又引得其余妃嫔侧目，但都敢怒不敢言。过了一日，赵洛姝竟主动来雪栀宫瞧我，素寒和暖初面面相觑，暖初嘟囔道：“她来做什么？夫人，奴去回绝了她。”

“姝夫人不好相与，你留下，让素寒去。”

素寒俯身弯腰，“是，奴去打发了姝夫人。”

素寒走后，暖初颇为忧心地问我：“素寒姐姐能拦住姝夫人吗？”

我捧着茶盏，光滑的瓷面在我掌中兜转，尽人事吧，不试一试永远都不会有结果，永远都是在揣测输赢。

宫门外吵吵闹闹僵持了好一阵子，暖初焦虑地在殿内来回踱步，时不时向殿外张望一二。约莫过了一盏茶的工夫，素寒终于回来了，暖初也终于定了心。

“素寒，姝夫人打发走了？”我瞧着她，笑得温和。

素寒点头，“姝夫人说，中秋家宴马上就要到了，让您好好将养身子。”

暖初疑惑道：“姝夫人会有这么好心吗？”

我不置可否，但今日赵洛姝丢下这样的一句话，我料想，中秋家宴定然会有事发生，甚至……是直指我而来。

第七卷

无可奈何花落去

·第三十六章·

家 宴

桂花浮玉，正月满天街，夜凉如洗。

今日便是中秋家宴，素寒帮我挽好宫髻，打开妆奁却不知该为我簪哪支钗子，“夫人，这支金嵌珠翠芝兰螽斯簪如何？‘螽斯羽，宜尔子孙’，太后瞧见了必然十分欣喜。”

彼时我的脑海里一直是姝夫人的话，中秋家宴上她到底要做什么？

素寒对我说的话我一个字也没听进去，我在镜里看到她手中拿着金累丝点翠兰花，嵌白玉珊瑚雕灵芝模样的簪子，也没有细看，就粗粗点头应下了。

为示孝心，赵子慕早早地便去陪伴太后。

惜和公主也进了宫，和凌君一起。

家宴设于揽月台，危楼登高，近乎可揽月，延目广望，可远眺四国。

入夜，宫人们提着宫灯沿着揽月台的阶梯拾级而上，我在远处遥遥望去，灯烛辉煌，鱼贯而过。

“夫人，高处不胜寒，奴为您取了披衣，待会披上吧。”

“谢谢你，素寒。”

“夫人言重，此乃奴之本分罢了。”

妃嫔陆陆续续从我身边走过，揽月台上宫人们纷纷挑起珠玉帘，罗衣璀璨，瑶碧华琚。素寒搀着我的手，“夫人，咱们也赶紧上去吧。”

我点点头，“嗯”了一声。

“陛下和惜和公主都到了吧？”

“是，惜和公主出嫁在即，今日是她出阁前的最后一次家宴，自然来得早一些。”

赵洛姝也姗姗而至，她穿着一袭烟霞色宫装，艳丽妩媚，宫髻上的步摇随着她袅娜的姿态轻轻颤动。她走过我身边时停了一停，凝视着我的容颜，眼眸中闪过一丝不悦。

我也只是对她一笑。

赵洛姝的目光漫不经心地缓缓上移，一点笑意从唇角倏忽而过，待我凝神细看时，那抹异样的笑已经消失，她也踏上了揽月台。

我不想与她并肩而行，更不想跟随在她身后亦步亦趋，受制于人。直到她走完最后一级台阶，我才携素寒暖初同登揽月台。

琴瑟箫筝，歌者音雅；雾縠从风，舞者惊鸿。

因是皇族家宴，自然也会有不少规矩，太后俨然主母正坐首位，右首是赵子慕，赵子慕的下首便是唐黎。这是我入宫以来，头一回见到赵子慕没有将唐黎推得远远的。

揽月台上高廊四注，华榱璧珰，五光徘徊，十色陆离，我默默地从暗处走至唐黎身畔落座，唐黎疑惑地看着我，又转头看了眼赵子慕。

我握住唐黎的手，颇为不舍，“惜和，你也快要出嫁了，往后咱们见面的日子就更少了。”

“怎么会呢？”她斜睇着身旁的赵子慕，强笑了一声，“皇嫂若是想念惜和，可以召惜和入宫陪伴，皇兄为博皇嫂一笑，定然十分愿意。”

“呦，雪栀夫人在同公主说什么悄悄话儿呢？”

慵懒的声音冷冷地刺入我的耳中。又是赵洛姝。

我答道：“惜和公主出嫁在即，本宫不过是想同她说几句体己话，竟也逃不过姝夫人的眼睛。”

赵洛姝闻言美眸一漾，“雪栀夫人又在打趣本宫了，本宫日夜操心后宫之事，这眼睛呐，也不太中用了……”她故作姿态地感叹一声。

赵洛姝便坐在太后的下首，这一声慨叹自然也分毫不差地进了太后耳中。纵然太后千般万般不喜赵洛姝，到底她也是赵国夫人。太后瞅着赵洛姝，问道：“姝夫人，这团团圆圆的中秋家宴，你无端端地叹什么气？”

姝夫人敛了笑意，微蹙起眉头巴巴地瞧了眼赵子慕，“太后恕罪，臣妾是觉得陛下已经许久未来锦姝宫了，莫不是嫌臣妾人老珠黄，比不得雪栀夫人天姿国色？臣妾心里实在难受的紧。陛下不来，臣妾只好竭力为太后陛下分忧，将后宫之事协理得更妥帖些，也好教太后陛下省些心思，可偏生臣妾的身子不顶用，眼睛愈发地不好使了。”

赵子慕突然沉沉开口，语调里藏着一丝愠怒，“眼疾可有传召太医瞧过？”

“诸事缠身，哪日得了空，臣妾便召太医来瞧一瞧。让太后陛下忧心，是臣妾之罪。”

太后不耐烦地看了一眼垂眸恭顺的赵洛姝，“好好的中秋家宴，再说下去就要扫兴了。”

“臣妾知……”

“嗯？方才刚说，转眼姝夫人便忘记了？”太后凌厉的目光直直盯着赵洛姝，她自知失言，默不作声。

中秋晚宴，我根本无心于此，眼看着晚宴即将结束，我不禁疑惑起来，难道赵洛姝那日让素寒转告我的话，真的只是无心之言吗？

“姐姐，在想什么？”惜和轻声问。

我收回遐思，摇了摇头。

“夫人，陪朕一起为母后祝酒。”

惜和对我一笑，解释道：“这是我们赵国的俗礼，在中秋家宴即将结束之际，家中小辈都要向长辈祝酒，祝愿长辈和乐安康。”

赵子慕走在我和姝夫人之间，携我两人齐齐下拜，惜和公主随于我们身后，恭祝太后永享安康，长乐无极。

太后笑吟吟地望着我们，欢声笑语，满堂祥和。

赵洛姝突然绕过赵子慕，无比亲昵地拉着我的手上前数步，又命柳儿取了两杯酒来，将其中一杯递到我手中。太后就在殿上，我料定她不敢贸然加害于我，便欣然接下。

她红唇浅勾，笑盈盈地望着我，这样的笑容犹如毒蛇嗞嗞地吐露蛇信子，尖牙上淬着致命的毒，她屈膝一福，“臣妾也祝愿雪栀夫人能早日怀上龙子，绵延皇嗣。”

太后喜不自禁，对于皇嗣她一向看得很重，哪怕这样的话是从她平日极为厌恶的人的口中道出，那人顿时也没有那么惹她生厌了。

“弥姑，尚衣局新裁的宫锦红的缎子先送到锦姝宫去。”

太后难得给了赵洛姝一副好脸色，没想到赵洛姝谢而拒之，“太后，臣妾可否做个顺水人情转赠给雪栀夫人？”

“为何呀？”

我也纳闷，她一向恃宠生娇，如今太后钦赐她一匹宫锦红，她怎么舍得转赠她人，何况还是赠给我。

“太后有所不知，臣妾的亲妹传来家书一封，问臣妾……”她得意扬扬地看着我，朱唇轻启，云淡风轻地剜开了我这辈子最不愿人探知的伤疤，“雪栀姝夫人的不孕之症，可大好了？”

大殿中的歌舞乐声骤停，蓦然地寂静下来，那轮象征着团圆幸福的月，也在这一瞬间变得凄凉惨淡。

我不敢回头去看赵子慕，他不能护我。无论是因为唐黎或是我们的故交之情，他都不能再护我。

我后退数步，离赵洛姝远远的。

赵苑绮赵洛姝，她们姐妹同气连枝，哪怕我离开南朝，她都不肯放过我，费尽心思地要置我于死地。

“姝夫人，你说什么？”太后冷睨着赵洛姝，陡然扩大的声量让在场的人都一惊，纷纷跪下叩首，“太后息怒！”

“洛姝，你要说什么？”赵子慕的声音从我身后冷冷响起，他不可以！

我闭上眼睛，下跪拜倒，再叩首，“臣妾……”

“母后，儿臣有事启禀！”唐黎高声打断我的话，小步走上前来，跪倒在我的身旁，她漆黑的眸子凝视着高坐上首的太后，眼中是孤注一掷的决绝。

“儿臣有事启禀！”

“惜和你退下！”

唐黎又坚定地重复了一遍，“儿臣有事启禀母后！”

“唐儿，你退下，太后动怒了。”我垂着头，用最细微的声音劝她不要管，可是她不听，她笔直地跪在殿中。

太后真的动怒了，她随手拿了桌上的一个酒杯向唐儿掷去，是赵子慕毫不犹豫地挡在她面前。

赵子慕当着所有人的面，把接住的酒杯狠狠地甩在太后的桌几脚下。

他转过身，看着跪地的唐黎，“朕，准奏！”

天子之仪，不怒自威。

“雪栀夫人确有不孕之症，姝夫人所言不虚。可是臣妹的……”她垂下眼帘，声音突然低沉下去，“臣妹的驸马……一直在为雪栀夫人调理身子，雪栀夫人的病，不日便能大好。”

赵洛姝静立一旁，唇角挂着冷笑，也许她连她自己都没有想到，这么简单，就轻而易举把我送上了一条死路。

“驸马在为雪栀夫人医治？”太后的声音又恢复了素日的沉静。

“是。来赵途中，曾有刺客欲行刺雪栀夫人，雪栀夫人受了伤，凌君为其医治，意外发现雪栀夫人自胎中便带寒气，实难有孕。儿臣亦知赵国皇嗣为国之重，但若贸然将雪栀夫人送回南朝，南赵两国的情谊何存？凌君擅医术，儿臣和他反复确认此疾可治，才敢将雪栀夫人引入赵宫，儿臣每每进宫都会携凌君之药来给雪栀夫人服用，如今夫人的旧疾也已好了大半。”

“惜和，你跟哀家说一句实话，她的陈疾果真能治？”

她沉沉叩首，我的心也为之一颤。

唐儿语气恳切，淡淡地说：“儿臣以性命作保，雪栀夫人的病若不能治愈，儿臣愿以死谢罪。”

“惜和！”赵子慕一把扣住她的手腕，他压着自己满腔的怒气，低声喊着她的名字，“唐黎，你疯了！”

她默默地抽出自己的手，可他抓得那么紧，她知道他在关心她的安危，她知道，他是在担心她的生死。

可那又如何，赵子慕不爱她，他心心念念要守护的人，是如今命悬一线的周瑾仪啊。和她相比，她的命，便没有那么珍重了。

“皇兄，请你放手。”我从来都没有看到过如此哀恸的目光，似有冰冷的海水淹没在她的眼中，摧枯拉朽地夺走了她眼中所有的明媚，所有的朝气，她的眼神，死在了绝望里。

“哀家给你七日。七日后，若她还是这样的毛病，你和雪栀夫人，便怪不得哀家了。”

“不行！”赵子慕面若寒霜，厉声喝止，“一个是赵国公主，一个是南朝公主，无论是哪一个都不能任你随意处置！”

太后哂笑一声，“皇帝，不是哀家要处置她们，以死谢罪的方式是惜和亲口说出，可不是哀家。至于雪栀夫人……”

赵洛姝见事有转机，急忙上前道：“臣妾还有一事禀奏……”

赵子慕的眸子里冷凝着刺骨的寒气，漆黑的眼眸如夜，一点一点慢慢沉了下去，他的脸色愈发阴鸷狠厉，他抬脚踩住赵洛姝的裙裾，低声道：“赵洛姝，你若再敢说只字片语，这会是你这辈子最后的遗言。”

她知他言出必践，只好讪讪住了口。

明殿上，太后冷漠地问：“姝夫人，你又有何事？”

赵洛姝转眸冷冷扫视我与惜和，回道：“臣妾……臣妾觉得若是雪栀夫人的旧疾能够治愈，于我赵国也是一大幸事。”

“这就是你要说的？”

“是。”

太后眯了眯眼睛，精明的目光在大殿内逡巡，“凌君，上前回话。”

凌君坐在末座，闻得太后的宣召即刻起身，他跪于殿下，低眉敛笑。

“凌君，雪栀夫人的旧疾，可否彻底治愈？”

凌君沉默了一会儿，再抬头的时候已是神色坦然，“回太后，雪栀夫人之疾可以治愈。微臣斗胆，求太后宽限三日。”

·第三十七章·

守护

“十日？”

“十日为限，若无法将雪栀夫人治愈，微臣任凭太后处置。”

胭脂香无药可解，多求十日，也是回天乏术。

我眼中一酸，泪水潸然而下，为了我这样的人，他们不惜赌上自己的性命。

脑海里突然闪过一个念头，我咬了咬牙，即便我死无葬身之地，也不能让唐黎和凌君有个万一。

我深吸一口气，朝着正座的太后俯身叩首，“凌君医者仁心，惜和公主心地善良，臣妾的病不是一朝一夕的事了，臣妾自己的病和旁人无关，凌君和惜和公主仗义执言，臣妾感激不尽。但若十日后病无起色，臣妾甘愿受锥骨凌迟之刑换凌君与惜和公主的平安。”

赵国有一条不成文的法例，主犯与从犯同处死刑，若主犯自愿接受极刑，可免除其中一人的死罪。

一项极刑，换人一命。

而我要救唐儿和凌君，便是一人承受两项极刑。

我紧紧咬着下唇，锥骨之刑，凌迟之刑，施刑者不会让我立刻死去，他们会一点一点将人折磨至死。一旦我承受不住，唐儿和凌君还是要赔上自己的性命。

我定定抬起脸，面色清冷淡漠，我不能害怕，不能退缩，我要他们好好地活下去！

太后的身子一僵，凤眸冷冽阴沉，“锥骨，凌迟，同样一个‘死’字，可不是一杯鸩酒，一条白绫能够及得上的。”

“锥骨之刑，四肢经络锥以铁钉，受尽锥骨断筋之苦，最后一锥，入人心。凌迟者，断肢体，寸磔其身，最后一刀，剜心致死。”

方才揽月台上歌舞升平，众人言笑晏晏，而现在却如寒冰地狱，令人寒彻心扉。

太后立起身，弥姑将她搀扶下阶，她走到我的面前，居高临下地俯视着我，“国有国法，并不是哀家准不准的事儿，而是你能否受得住。多少犯人宁愿在狱中自尽也不愿承受这些可怕的刑法，一人两刑……”她冷笑了一声，“雪栀夫人，你是哀家见过的最胆大的女子了。”她一扬广袖，“准！”

太后被弥姑搀扶着走经赵子慕身旁的时候，直直看着赵子慕的侧脸，“陛下，惜和能不能平平安安出嫁，所有的希望都担在雪栀夫人一人身上了。十日后，雪栀夫人若还留有旧疾，她与惜和公主，陛下更愿意割舍哪个，您可得好好思量。哀家今日也乏了，就先行回宫了。”

太后离开后，赵子慕径直走向赵洛姝。他长眸冷睨，若是可以，他真想把她千刀万剐。

他的面色冰寒刺骨，带着重重的戾气凝视着赵洛姝。赵洛姝头一回想远离赵子慕，他的眼神，是想置她于死地，她惊恐地步步后退。

火辣辣的一巴掌甩在她脸上，“赵洛姝！朕警告你，你要是再敢多生事端，就休怪朕不念旧情。”

这一巴掌很重，在赵洛姝白皙娇嫩的脸上烙下了深深的印痕，她的嘴角扯过一抹自嘲的笑意，泪水纵横在她的脸上，绝望而苍凉。

“陛下，您为何如此护她！她有不孕之症，您知道；她两朝为妃，您也知道，您为何还要护着这样的女人？您居然还为了这样的残花败柳打我！”

赵洛姝颓然地望着赵子慕，即便他打了她，即便他从来都不爱她，她的眼底还是留了希冀，那样微渺的光亮，在她的眸中莹莹闪着光。赵子慕狠厉地掐着赵洛姝的脖颈，他的手掌一直都没有给她过温暖，如今更想要了她的命。

赵子慕手背上的青筋都已经凸显，手指愈发用力，我急忙把他拉开。

他可以幽禁甚至将赵洛姝打入冷宫，但万万不能在大庭广众之下，亲手杀了她。

“你还不走？”

赵洛姝乜斜着我，冷哼了一声，“周瑾仪，你受刑之日本宫一定亲自送你最后一程，以报你今日，救命之恩！”

赵洛姝终于走了。

我放开了赵子慕的手。

“我们都想救你，你偏自寻死路。周瑾仪，锥骨凌迟，你以为你能受得住几锥几刀！”唐黎抬眼看我，眼中一片冰寒，现在的她，和往日温柔安静的唐儿有着天壤之别。

“为了救我，就要把你和凌君的性命都舍弃吗？”

“还不至于无路可走。”

我和唐儿不约而同地望向凌君，他的话无疑给了我们莫大的希望，我急忙问：“难道胭脂香可解？”

他思忖片刻，摇了摇头，“也不尽然，古籍有载，但没有人试过，真真假假唯有一试可知。”凌君转头看着赵子慕，他便是那样的男子，泰山崩于前而色不变，因着他的冷静，让我的心中也有了安定。

“子慕，如果十日之后我无法研制出胭脂香的解药，便无计可施了。”

赵子慕道：“你只管安心做你的解药，剩下的事就交给我。”

中秋家宴上，雪栀夫人被姝夫人揭露有不孕之症的消息在宫里传得沸沸扬扬，更有谣言说陛下因雪栀夫人而惹恼太后，与太后生了嫌隙。

这十日，赵子慕想必不会明着召见我，而我除了等待凌君的消息，除了做好最坏的打算，也无心他想。

第一日，姝夫人奉太后之命撤走了雪栀宫近九成的宫人，除翩衣素寒等人外，只留下几个年老体弱的嬷嬷伺候我的起居。

如今我落魄失势，赵洛姝对我落井下石也在意料之中。

第三日，唐儿来看我，她告诉我凌君连夜查阅古籍为我研制解药，相信很快就可以找到，让我不要忧思太过。

唐儿的眼下有很深的乌青，这几晚定然没有睡过一个好觉。我于她有愧，却不知该怎么报答她，只能和她一起期待着我们都能平安。

又是两日过去，对于未知我开始有了茫然的畏惧，凌君和唐儿从来没有放弃。他们于我不是救命之恩，是救赎。像我这样的人，无爱无求，苟延残喘地活在这世上，没有爱，没有希望，只有回忆的恨深深扎根在我的心里，让我变得世俗而麻木。可除了男女情爱，我还有与唐儿的姐妹之谊，和凌君的知己之情，还有赵子慕为此生挚友，我并不是一无所有，他们对我的好，是值得我去珍惜的。

我也可以为他们留下美好的回忆。

我在雪栀宫的库房里转了很久，我想亲手为唐儿做一支簪子，为凌君做一件不容易染脏的衣裳，为赵子慕作一幅太平盛世图。

五日，应当是来得及的。

第六日，我正绘制着簪钗样式，深夜的时候，已经开始动手制钗。暖初在一旁陪着我，但是她昏昏沉沉的，还没到半个时辰就已经酣然入眠。我正打算将窗子合上一些，却有一只修长的手抵住了窗子。

“赵子慕？”

他看到暖初睡在屋子里，转头便向雪栀树走去。我将图纸小心翼翼地夹在书册中，再为暖初盖好薄毯子，熄了雪栀宫寝殿的烛火，才走出殿门。

我很容易就找到了赵子慕，月光将他颀长的身姿拉成了一道斜影。我突然想起在南朝的时候，我们成了朋友后，我会经常在他思虑之时故意吓他一跳，其实他每次都被我捉弄得很狼狈，但他就是死鸭子嘴硬，死活不肯承认是被我吓着了。

我蹑手蹑脚地绕到他背后，我才刚抬起手，赵子慕便转了过来，打落了我的手，对我无奈地摇头道：“都多大的人了，还玩这种把戏。”

我狠狠地拍了下他的肩膀，撇嘴道：“就当是苦中作乐吧。”我绕过雪栀树，和他并肩而坐，他沉默地垂着眼。

我一直等了很久，他都没有再开口。

“无事不登三宝殿，说吧，我的好消息，或是我的坏消息，我都能受得住。”

他的眼睛紧紧地凝视着我，目光沉沉，隐有歉疚。

“瑾仪，你不能死在赵国。”

我闻言心中为之一落，既不能死于赵，六日前揽月台上的字字真言便不能不作数。

“凌君只有五成的胜算，若他十日后无法按时交出解药治愈你，我这五成的胜算里，是只许胜不许败。”

入秋了，草木凋零，天地万物渐渐归于沉寂。一枚枯叶飘飘悠悠从枝头跌下，落在我的脚边。我将它捡起放置在掌心，赵子慕瞧了我一眼。

“许胜不许败？”我对他淡然一笑，“可惜操盘的人并非你我。”

“你别忘了，你不仅是赵国雪栀夫人，更是南朝逸阳长公主。南陵缙不会不管你的死活，任由你惨死在异国他乡。”

“曾经，我也是南堇的织弋夫人，是他最宠爱的女人，他还不是照样将我送得远远的。我是死是活，你觉得他真的在乎吗？”

赵子慕皱眉，欲言却止，然后他用一种悲戚的目光看向我，“或许，他也有不得已的苦衷。”

我闭上眼眸，缓缓摇头，“不是。”我神思微动，为何赵子慕没缘由地提起南陵缙……我侧过身子与他直视，气结道，“你将揽月台之事传书于南陵缙了？”

“是。”赵子慕淡淡地瞥了我一眼。他明知我在南朝经历的所有痛苦，明知南陵缙对我的伤害让我毕生难以释怀，哪怕是为了救我，他也不该将我此刻的处境告诉他。

我猛然站起身，将手中的雪栀落叶掷到他身上，“赵子慕，我宁可死，也不愿他来帮我。”

他沉默片刻，继而也站起身对我说：“十日后，南堇会派人来赵。”

枯花孤径，枝头白露。

就连雪栀宫也逃不掉秋之衰败的凄景。

我回殿的时候，黑暗之下隐藏了一个人影，我走了过去，发现是素寒蹲坐在殿外，双臂紧紧环抱着自己的身子，愣愣地发着呆。

我轻声叫她，“素寒。”

听到我的声音，她亦是讶然地唤了一句：“夫人？”音落，便立即起身行礼，素寒坐也坐得不舒服，腿脚发麻，我见她起身之时微蹙蛾眉，便止住了她。

素寒恭敬谢过。

“你怎么守在殿外？今日是暖初当值啊。”我不解地问道。

素寒尴尬一笑，“暖初年纪小，容易贪睡，奴担心夫人若有什么吩咐，奴守在殿外也方便得多。”

我心头一暖，柔声道：“素寒，你有心了。”

素寒笑得十分明媚，她指了指屋檐上头，“最辛劳的还是翩衣和西辞，她们会武功，能够保护夫人的安危。揽月台一事后，翩衣生怕姝夫人会暗地里给夫人使绊子，每夜与西辞巡视雪栀宫，晚上都是眠于夫人的寝殿屋瓦上。奴才活了这么久，从来没见过赵国的暗人能像她们一样有情有义。”

听到这儿，我早已红了眼眶，泪水自眼角缓缓滑落。

我闭紧双眸，深深吸了一口气，控制住不断下落的泪水，轻轻一笑，“暖初这丫头在屋里头睡着呢，你也进屋吧，当心在外头着了凉。”

素寒一听也展颜而笑，“这丫头就是贪睡，奴守在外头便好了，若是翩衣西辞需要些什么，奴也能及时给她们送过去。”

素寒的性子也似唐儿一样执拗，我也不再劝说，从殿内抱了一床被褥出来，帮她铺好，累了浅眠也不至于着凉。接过被褥的时候素寒的双手微微一颤，她抬头看着我，眸光闪烁，“夫人，您是好人，好人有好报，您和陛下定能平安到白头。”

·第三十八章·

换命

第七日，暮色渐合，唐儿来到雪栀宫，在我的记忆里，她从来没有在这么晚的时候来过雪栀宫。

她对我说：“姐姐，凌君……找到胭脂香的解药了。”

她垂眸淡笑，眼底却浮现出哀戚之色。

素寒捧了一碟枣泥糕进殿，我对唐儿道：“你才来了三四次，素寒便将你的喜好牢记于心了。”

素寒道：“察言观色，将主子的好恶牢牢记住，是奴的本分。”

翩衣和西辞又要守我一夜，我问素寒：“可有多备几份？”

“夫人放心，奴已经备下，过会儿就给翩衣和西辞送去。”我满意地点点头。

唐儿坐在我身边，低头拿起一块枣泥糕慢慢地嚼着，我耐心地看着她，胭脂香的解药必然十分难制，她和凌君能够找出解毒之法已是不易。她在我面前强颜欢笑，只是为了让我放心罢了。

她笑盈盈地对我说：“姐姐，凌君找到解药了。”

我弯唇一笑，“傻丫头，你方才不是已经同我说过了吗？”

我见唐儿唇边沾着一点暗红色的细渣，便从袖中掏出帕子为她轻轻擦去。唐儿怔怔地看着我，语中哽咽，声音低沉下去，近似一副哀求的样子，

“姐姐，我想吃一次白栀酥。”她轻轻靠在我的肩头，青丝如缎，细软的发间有盈盈的栀子清香。

我抚着她的发，温言道：“好，我让暖初去请陛下，亲手为你做一次白栀酥，好不好？”唐儿缓缓抬起眼直直凝视着我，那样明璨的一双眼睛，令人见之难忘。

“罢了……这几日皇兄也累了，还是不要了。”唐儿兀自摇头，言语怅惘，如果我们三人得以保全性命，她和凌君的婚事也会如期举行。

“你想吃，我便去请赵子慕来雪栀宫做一次，正巧我也还未尝过白栀酥的味道呢。”

她怔了片刻方缓缓点头。

“胭脂香的解药是不是很难制？”

“不难。”

唐儿一直靠在我的肩上，与我喃喃说着她的父兄，她的儿时，还有她和赵子慕的过往。绮罗生暗香，岁月化流珠，赵子慕这个名字已深深镌刻进她的回忆，她静静地说，我便静静地聆听，一直到了深夜，唐儿才枕着我的肩头沉沉睡去。

素寒小声提醒我，惜和公主该出宫了。

暖初去请赵子慕，再等一等，他就来了。

赵子慕看到唐黎，漆黑的眼眸浅浅扫了她一眼，神色微动，却很快移开了视线。我对他轻微颔首，向他比了个噤声的手指。

他心领神会，点了点头。

秋风入，烛影映帷。

赵子慕从我的床榻上取了薄毯，俯下身子轻覆在唐黎的身上，再将她小心翼翼地抱起。明亮的烛焰映照在赵子慕沉静的脸庞上，他对她的珍重，仅是兄长对于妹妹的珍视。

“瑾仪，将烛火摆近些。”

我擎着烛台，亦步亦趋地随在他身后，珠帘镂曳，灯影幢幢。唐儿在他的怀里睡得异常安稳，她微微呢喃：“子慕哥哥。”

赵子慕闻声怔愣许久，随后蔓延开的是无尽的悲凉。他把唐儿放在床榻上，为她掖好被角，又转身走过寝殿的每一处窗牖，半阖了窗子。

他说：“瑾仪，再取一支蜡烛来。”

“好。”

等到赵子慕点完最后的一根烛，他看着唐儿静谧香甜的睡颜，情不自禁地笑了。

我对他说：“唐黎是真的很在乎你。”

赵子慕突然问我：“你知道忘忧吗？”

唐儿曾说，这是忘忧，能够让人忘记一切，忘记自己是谁，没有记忆，没有痛苦，所有的一切都能真正地重新开始。

我急道，“你想让她忘记一切？”

他别过脸去，远远望着珠帘后的小丫头。他们相识十二载，十二年的爱恨纠缠只消一杯薄酒就能一笔勾销，荡然无存，只有忘了他，她才有可能在余生重新得到幸福。她还这么小，余生那样长，他不忍心她一直为情所困。

“是，她出嫁那日凌君会准备好一切。”

唐黎情根深种，爱而不得，遗忘对于她来说，可能是最好的归宿。

“唐黎想吃一次白栀酥。”

“嗯，我回去做好，明日一早便派人送来。”

“她和凌君找到解药了。”

赵子慕淡然一笑，“凌君果然不会令我们失望。”

我看着赵子慕意气扬扬，实不忍心拂了他的兴致，便将今日唐儿古怪的行径也瞒下不说。

第八日，唐儿在我宫中醒来，梳理晨妆之后赵子慕派人送来了一个食盒，上中下三层，摆满了玲珑精致的白栀酥，让人看着便食欲倍增。

送食盒来的宫人指着食盒仔细解说道：“这一层，是桂花味的白栀酥，二层是枣泥味，三层是最纯正的白栀味儿。”

唐儿看了眼食盒，转头对我说：“姐姐，陛下待你真好。”

我把放在桌上的食盒一一打开，“唐儿，你爱吃哪个口味便多吃一些。”

她点点头，“嗯，我最喜欢白栀味儿。”

我将白栀味儿的那层推到她面前，笑道：“可不能浪费陛下的一番心意啊。”

“好。”

我和唐儿相识那么久，第一次见她吃得这么开心，十个白栀酥全都进了她的肚子。吃完以后，我领着她在雪栀宫走一走，以免她积了食，肚里难受。

她问我："姐姐，我走了以后，你会想念我吗？"

我莞尔道："你只是出嫁了，我若想念你，可以召你入宫，也可以和陛下一同来看你，凌君要是欺负你，我一定不放过他。"

我和唐儿言之甚欢，姝夫人却突然带着一干众人推门而入，气势汹汹，好不得意。

我不想让锦姝宫的乌合之众踩脏了雪栀宫的寸草寸花，于是上前拦住了姝夫人。

我责问道："姝夫人，雪栀宫尚未封宫，本宫也还是陛下亲册的雪栀夫人，你大动干戈地带了这么多人闯入雪栀宫，是什么意思？"

姝夫人瞥了眼唐儿，嗤笑道："本宫可不是来找夫人你的，赵国的宫规，在外建府的公主不能随意留宿宫内，除非是向皇后或太后禀明缘由方可留宿宫中。本宫听说，昨儿个惜和公主在雪栀宫住了一宿呢，本宫有协理后宫之权，自然要来过问一二。"

"你要做什么？"

姝夫人轻笑一声，冷睇着唐儿，"自然是要以宫规论处，来人呐……"

还没等姝夫人把话说完，唐儿便面色阴冷地走到姝夫人面前，重重地扇了她一巴掌。

"协理后宫之权……真是可笑，陛下待你如何，待雪栀夫人如何，待本宫又是如何？你一个不受宠爱的夫人，空有协理后宫之权又能拿我怎样？你别忘了，揽月台上，陛下是怎么对你说的，今日之事本宫上呈陛下，倒想看一看陛下是处置他的臣妹，还是处置你赵洛姝！"

赵洛姝被打得面色铁青，怒然地看着唐儿，她方要开口，唐儿悠悠说道："你别忘了，南朝假公主是谁送过去的，随都的账，你也欠了本宫，如今要还，就要连本带利一起还了。"

赵洛姝藏在袖中的手紧紧握成拳，随都之事，定然不能外泄。她将自己冰冷阴沉的脸色渐渐收敛，即便挨了一巴掌，也只能打碎牙往肚里吞了。

"惜和，你当真厉害呀，做事都有雪栀夫人的派头了。"

唐儿微微一笑，"不，是您作孽太多。"

赵洛姝气急败坏地瞪着唐儿，她的眼神就像一把刀，凌厉地落在唐儿的身上，"本宫不同你们一般见识，哦……今日已经是第八日了。"她全然忘记了右颊的疼痛，笑盈盈地对我说，"雪栀夫人，本宫可从没见过锥骨凌迟二者兼受之人呢。"

我的眸中渐渐涌出寒意。我今时今日的境地无不是拜赵洛姝和赵苑绮所赐，如今竟还敢跑到我雪栀宫来撒泼。

“姝夫人可有想过为自己留一条退路，若本宫绝处逢生，姝夫人对本宫的恩泽，本宫必定十倍奉还！”

赵洛姝恨恨地攥紧双手，唐儿迎了上来，乜斜着赵洛姝道：“姝夫人，雪栀宫不欢迎你，你还死乞白赖地赖在这儿做什么，莫不是嫌你那锦姝宫及不上雪栀宫的一处偏屋？”

原来昔日温婉的小丫头，也会被深不见底的宫廷磨炼出狠厉的一面，她也变得会咄咄逼人。她的眸光变得和赵子慕一样漆黑，连声音也莫名地令人不寒而栗，她靠近赵洛姝，一双明眸在阳光下隐约如琥珀，流光溢彩，明净不可方物，她微斜着头，“赵洛姝，你怎么还不快滚呢？”

她的声音虽不甚大，但我依旧听得清清楚楚。旁人眼中的巧笑嫣然，背后却是不堪的明争暗斗。

赵洛姝的脸色愈加难看，而后一脸不善地扬长而去。

我望着那抹倩丽的身影越走越远，在心中微微叹息，唐儿算是彻底同她结下了梁子。

“赵洛姝为人睚眦必报，你今天当着她一众宫人的面打了她的脸，今后在宫里可要多加防范着她，今日之耻，她必定会来讨要。”

唐儿凝视我半晌，默不作声。自她昨日来雪栀宫告诉我解药可制后，整个人就变得很沉静，我看不穿她的心思，今日她对赵洛姝步步紧逼，更不是她一向的作风。

她淡淡道：“赵洛姝得意不了多久的。”

·第三十九章·

缘 灭

第九日的清晨，我便把要送给唐儿的簪子做完了，本欲让素寒走一趟，转念一想，倒不如将凌君的衣袍也做好之后，明日让唐儿一并带出宫。

凌君留恋山水美景，我便执笔在青衫上微微点染几枝修竹，然后再做缝制，可以节省许多时间。

窗外夜色幽暗，似是已经过了子时，我也有些困倦，等到我将衣衫做好，已经是第十日了。我把唐儿的钗子放在凌君的衣衫上，我明明放得好好的，可当我转身走向床榻的时候，盒子却突然掉在了地上，发出一声沉重的呜咽。

我的头脑顿时清醒，簪子！

簪子从中折为两段，怎么会断……我用的都是上好的材料，即使摔在地上，也顶多是蹭花了簪子上的珠玉，根本不会断的……我拿着断簪，心口忽然闪过一丝不祥。

“素寒！素寒！”我急忙跑出殿外，素寒听到我一直在喊她也匆匆忙忙跑进殿，我紧紧抓着她的双肩，“快，让翩衣西辞去宣凌君与惜和公主入宫！马上入宫！”

“翩衣和西辞都走了，您的安危……”

我冲她厉声大喊，“快去宣召！”

“是，奴马上就去。”

我强作镇静，眼里却似积蕴了一片深蓝湖泊，静谧的寝殿里只剩下我的低泣声。

断钗，唐儿的古怪……

她一定有事瞒我！

赵子慕，对，赵子慕！

我顾不得整理妆容，独自一人跑去御书房，一路上，宫人们对我频频侧目，指指点点。

他们说雪栀夫人大限将至，如今疯了。

半途，一行太医十万火急地往一个方向赶去，但我已经管不了那么多了。我必须先找到赵子慕，唐儿千万不能有个好歹。

我赶到御书房外，小黄门愁眉苦脸地站在殿外，他见我直闯御书房，扬手将我拦下，“放肆，睁开你的狗眼看看本宫是谁！”

小黄门立马下跪，颤着嗓子道：“奴知道您是雪栀夫人，可这会儿……陛下不在殿里啊……”

“陛下现在何处？”

“锦姝宫。”

我闻言一怔，转道锦姝宫。

我在锦姝宫外遇见了素寒。

我惊诧地看着她，“你怎么会在锦姝宫？翩衣和西辞回来了吗？”

素寒“扑通”一声，直直跪倒在锦姝宫外的石子路上。我连忙扶她起身，她抬眸，泪如雨下，“夫人……惜和公主……惜和公主薨殁了！”

素寒的声音重新在我耳畔响起，“惜和公主……薨了……”

“不可能，不可能的。胭脂香的解药她都还没有亲手交给我，她怎么会……不会的，你骗我！你骗我！”

素寒的眼泪一滴一滴地掉落在鹅卵石径上，泪水下坠的声音分外清晰。

“滚！”

锦姝宫内传出的声音足够让整个赵国为之一颤，我哭不出来了，我的脑海里只有一个念头，唐儿还在锦姝宫等着我去找她。

我拖着沉重的步子一步步迈上台阶，锦姝宫里的喧闹声越来越清晰，低泣、争论、哀号……到了最后，我什么都听不到了，赵子慕木然抱着唐儿逐渐失去温度的身体，锦姝宫阖宫人都跪倒在地，只有姝夫人站在众人之间，冷眼看着一切。

“你来了。”赵子慕的声音低低散落在锦姝宫的每一处角落，无声无息，平静如一汪死水。

泪水从我的眼角悄然滑落，浮云蔽日，锦姝宫内光影黯淡，绝望的凄凉涌上心头。

“太医呢？”

“她去了。”

“还有凌君，凌君在哪里？”我揪着赵子慕的衣袖，苦苦哀求，唐儿不会死的，我们说好的，到了赵国她要和我做一辈子的好姐妹，她要看着我和你得到幸福，她说她再也不会骗我，她怎能食言！

赵子慕慢慢抬首，眸光空洞，冰冷彻骨，他把唐儿的身子放到我怀中。他缓缓起身，嘴角缓缓浮上一丝惨淡的笑，“赵洛姝。”

赵洛姝听到赵子慕低抑的声音，她凝看着他，小心翼翼地步步后退。

“陛下……不是臣妾……不是臣妾……臣妾根本没有传惜和公主入锦姝宫，是她自己来的，臣妾也不知道……好好的人怎么说没便没了……”

赵子慕伸手抚上赵洛姝宫髻上的一支流苏步摇，冰冷的坠子砸在她的脖颈上，她紧闭双眼，猛然一颤，“是吗？前日她扬手打了你一巴掌，今日你便要置她于死地？”

赵洛姝连连摇头，跪着伏在赵子慕的脚边，卑微得如同蝼蚁一般，“陛下，真的不是臣妾……”她突然像抓住了救命稻草似的欣喜，“太医，您可以传召太医，公主是暴毙，不管臣妾的事啊！”

赵子慕冷笑道：“暴毙？她满身的伤痕瘀青，是在方才的半个时辰前落下的，半个时辰前她只到过你的锦姝宫！”赵子慕拔了她发间的步摇，在她的右颊狠狠刮下，那张美艳的面庞瞬间就变得血肉模糊，她忍着痛，凄绝地望着赵子慕，“你为何不信我……”

“我告诉你，她受的苦楚，我要千倍百倍地还给你，来人，姝夫人谋害惜和公主，罪不可恕，今褫夺其封号，打入冷宫永世不得出！”他轻轻靠近赵洛姝的耳畔，“你放心，我不会杀你。”

赵洛姝痴痴地狞笑着，她仰起头的时候，眼泪和血掺杂在一起，嘴角勾勒出一抹嘲讽的笑意，“赵子慕，我要害人，第一个就是周瑾仪，我害一个不受宠的野女做什么！”

他暴怒地抡了她一巴掌，“惜和是赵国最尊贵的公主，是朕最亲的皇妹，你说她是野女？来人，给我拔了她的舌头，丢出去喂狗！”

“陛下……臣妾错了……”

赵子慕置若罔闻，静静地从我怀里抱起了唐黎，失魂落魄地走出锦姝宫，他的身影摇摇欲坠，渐渐消失在我的视线里。

赵国的深秋，苍凉肃杀，第一片落枫幽幽然飘进锦姝宫的苑子，从此赵国再无姝夫人。

我走出锦姝宫的时候，明亮的阳光刺得我难以睁眼，浮生且歇，暗偷流光去。从此不见朱颜笑。

我的生命仿佛也随着唐儿的离去，一点点地被耗尽，生魂被抽离，我的视野变得越来越模糊，突然间有人扶住了我的身子，低低唤了我一声，“瑾仪。”

睁开眼，艳阳逝去，晚霞初生。

凌君负手而立，怔怔看着天边的霞光。

“凌君，我想知道真相。”

他转过身，眼窝深深凹陷下去，那眼神也是苍凉的，“我没想到第一个猜到的会是你，而非子慕。”

因为我记得两日前，唐儿的古怪，她更是说了一句，赵洛姝得意不了多久。两日后，赵洛姝被废，幽居冷宫。

她的断言，一下子就应了验。

“胭脂香的解药，有一味很重要的引子。”他抬头仰望着微暗的天空，“玉骨香。胭脂香所谓的无药可解并非是全无办法，世间的病症，无非是以毒攻毒，胭脂香则是以香抑香。旧时有澄明酒，饮后能使人骨中带香，我可以调澄明酒，却没有一根玉骨做引。”

玉骨……

我心中骇然，不敢往深处想。

“玉骨，自然是女子之骨。”

我闻言一僵，凌君的话一直在我的脑中来回徘徊。玉骨香，那一根玉骨，是唐儿的骨头……

“你中胭脂香数年，一根玉骨是杯水车薪，根本救不了你。若第一年能及时诊治，是三根玉骨，第二年是九根，第三年……是二十七根。人的身上有多少根骨头，一下子抽去二十七根骨头，常人难以忍受的疼痛暂且不说，人没了骨头的支撑，下半辈子就是一个彻彻底底的废人了。”

我听到这里，心中满是凄然。过了许久，我终于开口：“所以，她便用死来嫁祸赵洛姝。”

“这只是其一。”

“她的骨头……”

凌君垂下眸子，淡淡道：“是我亲手抽走的，澄明酒伤身，佐以其他的烈性药物，会让唐黎的肌肤在一个时辰后遍布瘀痕，然后身亡……唐黎担心被子慕察觉她已是无骨之人，甘愿再一次忍受剧痛让我把死骨重新植入她的体内。”

“她怕疼的。”

“不，她害怕服用麻沸散会使玉骨损坏，硬生生咬着牙看我抽骨、植骨，亲眼看着自己的肌肤被刀子划开，剥皮抽筋之痛哪里及得上抽骨之苦……”

我紧紧咬着唇，泪流不断，开口的声音都像是被刀子在磨割，喑哑生涩。

“你为什么要答应她？如果赵子慕知道这件事是你们一手谋划的，你……”我的身子也在不住地颤抖，我握着拳，越握越紧，我怕我熬不下去，我怕我承受不住……

“其二，是为了赵子慕。”

我踉跄着后退一步，冷不防磕在了椅上，我倒吸了一口冷气。

凌君道：“南陵缙即将来赵，为了你，也为了天下。四国局势瞬息万变，赵国已非当年，子慕有野心，他要吞并三国划入赵之版图，南朝，是他谋国的第一步。”

可赵子慕和南陵缙不是朋友吗？为什么矛头会直指南堇？

凌君迟疑了很久，最终还是告诉了我，赵子慕在南朝时，南陵缙是唯一一个不对他恶语相向的皇子，渐渐地他们结为知己，但是赵子慕性情孤傲，南陵缙又何尝不是如此。既生瑜，何生亮，年少时他们打下赌约，来日赵子慕若能归赵，五年后，天下之主，非赵即南。

这无疑是下了战书。

唐黎不喜战争，也厌恶杀戮，但是为了赵子慕，她什么都可以做。赵洛姝谋害公主，被赵国帝君幽禁冷宫的消息不日就会传入南朝，赵大夫就这么两个女儿，一个红颜白发，一个终身监禁。

这场战争，他定然主战。

“胭脂香的毒已解，三日后南陵缙会按时抵达赵国帝都。”

我的脑中千头万绪，如今正是千钧一发之际，赵洛姝这根引线已经烧旺，他若不转道回南，处境定然不妙。不，不对，既然他和赵子慕有君子之约，南赵迟早会开战，既然不能议和，那他为什么要多此一举来赵国呢？

我的心里闪过一丝希冀，却很快就湮灭了。

不可能的，他亲手把我推开，怎么还会是为我而来？

我宁愿相信，他是想和赵子慕联手吞了西魏和东祈，再和赵国一决胜负。

“无论如何，唐儿真正的死因不能让子慕知道。”

我苦笑一声，“既然不能让赵子慕知道真相，你又何必答应唐儿取骨制药？”

凌君默了默，转而垂眸盯着我的眼睛，“赵子慕心里只有你，唐黎眼中只容得下一个赵子慕，可谁又曾看到过我呢……”

我的目光落到他的脸上，对上那双乌黑的秋水般幽深的瞳孔，竟在其中看到了深情，没等我察觉，他的眸光瞬间黯然下去，“天色晚了，我该离宫了。”

“等一等。”我把亲手缝制的衣衫交到凌君的手里，“原以为我要死了，我想最后为你们留下些东西。”

凌君失神地看着手中的衣裳，怔了半晌后，行以臣子之礼向我谢赏，我不料他会突然如此，也不知该如何应答，堪堪受下一礼。

“臣下告退。”

我敛眸不言，青砖地上承载的脚步声已渐行渐远，转头看青镜，落梅已不见。

·第四十章·

落定

翌日，太后派弥姑与太医院使来雪栀宫为我诊脉，顽疾已除。

赵洛姝谋害惜和公主一事传遍了整个赵国，惜和为人善良，在宫外的时候常常救助贫苦百姓，赠医施药。

翩衣告诉我，城外聚集了一帮民众，纷纷要求陛下杀了赵洛姝还惜和公主一个公道。

而赵洛姝的日子已是生不如死。素寒去冷宫看过，赵子慕以铁链覆住她的手脚，掖庭不乏心狠手辣的老嬷嬷，她们半辈子都想着如何折磨人。赵洛姝落在她们手里，便是入了炼狱。有的嬷嬷下手重，打断了她的骨头，便草草续接，第二日继续折磨她。

这样苟延残喘地活着，倒不如干脆一死。

赵子慕让我暂时搬离雪栀宫，他想把唐儿的灵柩安置在那里。

这日，原本是她和凌君的喜宴，而今，她却已孑然离我们而去。

赵子慕辍朝七日，亲诣灵前祭奠，自制挽歌词，令百官继和。绛罗多绣络金银瑟瑟为帐幕者亦各千队。结为幢节伞盖，弥街翳日。旌旗珂佩兵士卤簿率加等。以赐紫尼及女道士为侍从引翼，焚升霄降灵之香，击归天紫金之磬。

繁华辉煌，殆二十余里。

赵子慕为其赐谥昭惠，于永宁陵百里内建昭惠公主庙。

永宁陵，是赵子慕百年之后的帝陵，她若成了孤魂野鬼叫旁人欺负了，有他在，他就会好好地保护她。

夜风吹得帘栊微微晃动，西风帘卷，鲛绡帐影影绰绰似鬼魅张扬，月色斜漏，无数细小的窗格子将一袭圆月生生凌迟分离，弄得残霜一地，破碎支离。

夜风拂过，白栀羸弱落地，可怜而狼狈。

雪栀宫九十九盏连枝灯尽数被点亮。我转身入内殿，素色宫装在月下兀自流光皎皎。素色，终归是不吉利的。

我站在殿前看了许久，已经夤夜。

赵子慕坐在地上，只是抱着唐儿的灵牌发呆。

“赵子慕，你已经不眠不休整整一日了。”

他好像失去了知觉，只是紧紧地抱着那块灵位，他侧过脸去看着唐儿的棺木，面色惨淡，形容枯槁，他茫然地看着，眼中突然落下一滴泪，湿了灵位上镌刻的名号。

“唐黎死了。”

“你去锦姝宫的时候，她还有气息吗？”

“都说人死之后，知觉尚存。你信吗？”

微弱的字句就像碎片一样钝钝地割着我的心，凄凉的寒夜里，我似被撕扯得体无完肤，她到死也不知道，赵子慕心里其实是有她的。

正殿内一片死寂，我走到棺木旁，发现棺盖半开，连枝灯擎着的烛火幽幽地浮在她的脸上，令她姿容似雪，芳容端丽。我抚上她的脸，帮她把头发拢顺，将修好的簪子斜簪于鬓，“唐儿，这是姐姐亲手给你做的簪钗，你戴着真是好看。”

“她到死，都爱着回忆里向她讨要一枝栀子的赵子慕，也不能忘记对她漠不关心的赵子慕。”

“等我到锦姝宫的时候，她一息尚存，她叫了我一声，子慕哥哥。”赵子慕的声音轻柔而悲凉。

我不言。静静靠在唐儿的棺木旁，我能陪你走的路，只剩最后两日了。

送葬的那日，天空落着淅淅沥沥的雨，赵国都城沉浸在阴沉的雾霾之中，也是这一日，南朝使者抵达赵国。

赵子慕和凌君都没有来。

我覆着面纱缓缓走在送葬队伍的前头，白色的纸钱被我用力掷向空中，再飘飘悠悠地落在唐儿的棺椁上，送葬的队伍走得很慢，路旁的百姓络绎下拜，他们声嘶力竭地喊着恭送公主，自赵都城下，一直到城郊永宁陵，都没有半分消减。

我的唐儿，赵国的昭惠公主，真的是很善良的人。

“夫人，时辰到了，昭惠公主该下葬了。”

我平静地看着素寒，“好。”

城外的栀子还未落尽，我摘了一朵开得最好的栀子花放在唐儿的棺椁上，温热的泪打在栀子花瓣上，宛如清露。我浅浅一笑，告诉唐儿，“他许你来世，白栀就是你们的姻缘信。”

第八卷

似曾相识燕归来

·第四十一章·

重逢

赵子慕等在雪栀宫内。

我说："唐黎的身后事，我已经安置好了，想她的时候就去城外永宁看一看她吧。"

"好。"

案上错金博山炉溢出雾袅袅的清神香气，赵子慕静静地告诉我，南陵缙如今就在赵宫。他问我，要不要去见他一面。

我怔怔地站在原地，他真的来了……

殿外的浓云积蕴在一起，沉沉罩在雪栀宫的上空，"大雨将至，连天都不给我们相见的机会。"

话音刚落，一声惊雷响起，疾风骤雨突至。

我一步步向着殿外走去，抬头凝视着漫天的雨，"最好不相见……"

"离多最是，东西流水，终解两相逢。浅情终似，行云无定，犹到梦魂中……"我蓦然抬头，雪栀宫门外，南陵缙正撑着伞走来。

蓝墨点青荷的油纸伞，他撑着伞向我走来，伞是昔日被我丢弃在栀子树下的伞，人……也是我深爱过的人啊。

南陵缙吟唱着昔日的曲调，"可怜人意，薄于云水，佳会更难重。细想从来，断肠多处，不与今番同。"

我的愿望是，青砖黛瓦，烟雨小巷，撑一把油纸伞款款而行。蓦然回首，我的良人正在我的身后笑吟吟地看着我。

可是他并非我的良人。

我回身，赵子慕已经离开了。

我转身入殿，把殿门紧紧地关上。

生死不相逢。

这场雨一直下到了丑时，大风把雕花窗子打得吱呀作响，长夜凄清，我躺在床里辗转未眠。我执着一盏灯赤足走到窗边，豆大的光幽幽地摇曳着，我看不清他的神色，但是他依旧撑着伞，站在雪栀树下。

积雨从檐上滑落到石阶，又从石阶流向更为宽阔的宫道上，我把最后的一扇窗子也关上了。我靠着墙壁颓然无力地坐在冰冷的地面上，拔下头上的银簪，将烛芯剔亮。

我抬手抹了抹脸，双颊一片湿冷。也许是在窗边看得太出神，雨丝拂到了脸上。

清晨，阳光穿透画栋飞甍照进了雪栀宫的大殿中，细碎的尘埃浮游在空气中，覆在昨夜的残烛上，斑驳的烛泪纠缠着残烛缓缓垂落。

素寒推门入殿，惊呼道："夫人，您怎么坐在地上！"

"素寒，你扶我起身。"我的双腿发麻，实在是起不了了。

素寒放下手中的东西立刻过来扶我，一直搀着我走到桌旁。

雨伞。

我的目光紧锁着靠着桌角的雨伞，素寒看到了，解释说："这把伞放在寝殿门外，样式做工皆为上品，也许是雪栀宫里的东西，奴便自作主张拿了进来。"

伞面上已经没有一丝雨迹，他应该是清晨离开的。

我对她说，"这不是雪栀宫的伞。"

"那……奴去扔了。"

"不必，陛下何时下朝？"

"还有半个时辰。"

我把伞交给赵子慕，再让他去还给南陵缙，我更想知道，南陵缙到底在打什么算盘。

御书房距离雪栀宫本就不远，约莫只是一盏茶的工夫。

我候在殿外，等着赵子慕下朝回来。

掌事公公笑着对我说：“老奴陪着陛下也有十多年了，还是头一次见着后妃那么早便来瞧陛下的。”

我但笑不语。

赵子慕远远地从正德殿走来，他紧蹙着眉，看来朝堂之事，也并非皆在他掌控之中。

待他走近的时候，我颔首行礼，赵子慕横眸看了我一眼，“进来吧。”

我把伞递向赵子慕，他淡淡地扫了一眼，“这是南陵缙昨天放在雪栀殿外的，你替我转交给他。”

“为何不自己去？”

我把伞放在桌案上，“我不想见他。”

赵子慕长眉微蹙，“你可知道，南赵要开战了？”

我蓦然抬头，愣愣地盯着赵子慕，南赵……真的要开战？

赵子慕叹了口气，“瑾仪，在南朝的时候，南陵缙屡次三番地暗中帮助我，你就一点儿也不奇怪吗？”

“你们……不是很好的朋友吗？”

“不，南陵缙的母亲是我的姑姑，他是我的表哥。”

我愈发不解，“既然你们是血亲，为何还要兵戎相见？”

“我发过誓，要让赵国成为四国中最强大的国家，并不是我在南朝受过幽禁之辱，而是因为我的母亲栀夫人……是死在南宫的，而逼死她的就是南陵缙的父母，南朝的皇帝，还有我的亲姑姑。”

他嘴角扯出一抹深笑，“我实在不明白，南陵缙的母亲辜美人明明和我的母亲是孪生姊妹，她们的面容几乎是一模一样的，南朝的皇帝为何还会见异思迁，将我母亲召入南宫，又将其赐死。”

我诧异，“南陵缙的父亲赐死了栀夫人？”

“我眼睁睁地看着他扔出三尺白绫，赐死了我的母亲，而我的亲姑姑就在她身旁，什么也没有做，冷眼看着我的母亲在挣扎中死去。”

“可，先皇已经驾崩，辜美人也薨殁了，你……要找南陵缙报杀母之仇吗？”

赵子慕勾唇微笑，“我只要辜瑢的命！”

“辜美人……不是在先帝驾崩后就病逝了吗？”

“辜瑢没有死，南陵缙是怕我找到她。所谓的病逝，不过是一个掩人耳目的幌子，如果愿意把辜瑢交出来，南赵之战自有和谈的余地。我是与南陵缙自幼交好，但杀母之仇我永世不忘，瑾仪，南赵开战之前，是去是留，我绝不拦你。但是你想清楚了，如果你选择留在赵国，一旦交战，你南朝逸阳长公主的身份就会给你招致祸愆。南陵缙来赵只有一个目的，就是带你走。”

我的眼睛死死地盯着那柄伞，低笑自嘲，“带我走……这一次是把我送给西魏还是东祈？”

“他在正德殿。”赵子慕没有看我，他低垂着眸子将伞放到我的手中，“这把伞太贵重，只能你亲自去还。”

被赵子慕婉拒之后，我能想到的只有凌君了。恰好，他也在宫中陪着使臣，我让素寒宣他入雪栀宫。

我把伞递给他的时候，他就像是接到了一个烫手山芋，死活不愿帮我这个忙。

“赵子慕果然没有猜错，他就知道你会来找我还伞，他说拆人姻缘的事儿可接不得。”

“我们之间的事，你也都清楚，我不想见他，你也是知道的。”

凌君斜了我一眼，“瑾仪，你们之间的事我和赵子慕都清楚，只有你不清楚。你要是想知道，就亲自去一趟正德殿问个明白。也许，回来的时候，你就不会这样决然了。”

我静静地看着他，“你们竟还有事瞒我？”

“你自己去一趟正德殿吧，赵子慕还要找我商议国事，我就不多留了。正德殿内，自有人等你去。”

我不想做第二个唐儿，也不想糊里糊涂地被人瞒一辈子。

我垂了眼帘，提步走出雪栀宫。

正德殿是专门用作招待外臣的，因此离妃嫔居所也很远。将其安置在侍卫所旁边，以保护外臣安危之名来顺道监视，却是一举两得。

南陵缙正巧站在殿门口，汪秉侍立在一侧。汪公公看着我远远地走近，语调有些激动，“陛下，来了，夫人来了。”

他闲逸地缓步下阶。

一年未见。

玄色衣袍，风姿天成。

“臣妹……参见陛下。”

南陵缙怔了一怔，原本带着一丝微笑的脸瞬间便暗了下来。逸阳长公主，他亲封的名号，他自己都不记得了呢。

“臣妹是来还伞的。”我把伞转交给汪秉，南陵缙脸色一凛，汪秉的手怯怯地缩了回去，尴尬地咳嗽了一声。

南陵缙一把扣住我的手腕，正色道：“跟我回去。”

“陛下真是说笑了，长公主是您亲口册封的，和亲也是您亲自选定的，如今要回去了，回哪儿去，还有哪里可以去呢？”

他的语气忽然变得冰冷，皱紧眉头，“你不要命了吗？”

我一扬脸，凝视着他，冷笑道：“我是不要命了，你别忘了，我的身份是赵国的雪栀夫人。”

他冷哼一声，拽着我的手腕把我往正德殿拖去，“南陵缙，这里是赵宫！”

“我自然知道这是赵宫！皇兄与皇妹一年不见，闲话家常不行吗？”我用伞敲打他的手，他一副恍然未觉的模样，愣是把我往里头拉。

汪秉倒是会看风头，立刻跟在后头悄悄掩住了门。

南陵缙默默松了手，“周瑾仪，南赵要开战了。”

“我知道。”

“赵子慕要我把我的母亲交给他处置，否则他绝不议和。”

“我知道。”

“我母亲的生死，断然不能操纵他的手里。而你，我也不许别人来伤害。”

我把伞放在正德殿，转身欲走，“没人能伤我的，南陵缙，除了你，所有人的伤害对我来说，都不算什么。”我的手扶在殿门，抬头看着雕花长窗外湛蓝的天空，心里很安定也很平静。“南陵缙，赵子慕和凌君说，你还有一些事没告诉我。如果你愿意，我也想听一听，如果你不愿意，日后相见，你就当作不相识我吧。”

静了半晌，我转过身朝他淡然一笑，“南陵缙，我回宫了。”

他走过来轻轻地环住我的身子，他从颤抖的唇间吐露出我的名字，温柔而绵长。

我恍然以为，这还是我昔日在缙王府的时候。

我和他之间，利字在前，却生了爱意。

如今，往日的恩深爱重，都成了我们彼此缠缚的冤孽。

他在我耳畔呢喃：“瑾仪，我从未负过你。”

南陵缙没有负我，他只是觉得对不住赵苑绮。

他告诉我，三年前，他让赵苑绮转交给我的是假死药，给南陵刈的才是胭脂香，如果没有变故，我和南陵刈都能好好地活在这世上。可是赵苑绮掉了包，她说她嫉妒我，因为我可以逃脱南宫的囚笼，而她却不能，她的心智迷失在爱恨之间，那座金雕玉刻的囚牢让她变得偏执，变得不可理喻。

她恨我，也怨我。

太妃之名，注定让她这一辈子只能站在暗处，默默地看着南陵缙的背影，而非与他并肩而立。

南陵缙的脸上浮现出讽刺的笑，“更何况，缊华不是我的孩子。”

·第四十二章·

一 诺

我心里一顿，蓦然抬头，难以置信地看着他。那册彤史明明是被人修改过的，既然不想让人知道，真相必然是满目疮痍。

“她处心积虑地教宸月说的那些话，只是为了扰乱视听。至于缊华……汪秉已经查明，那个孩子根本不是她所生，是她派人在外头寻来的初生婴儿，她只是想让你自觉地离开我。”

我挣脱他的怀抱，向后缩，“不是……不是她……让我离开南朝的人是你，把我远嫁赵国的人也是你，你把未央宫赐给赵苑绮，现今你跟我说，缊华不是你的孩子，将我驱逐的也不是你，你教我如何相信？”

“你的身份被公之于众，也是绮儿。”

“我知道，她恨我入骨，除了她没有人会这么想置我于死地了。”

南陵缙摇了摇头，苦笑着，晨光熹微，点点浮在他的侧脸上，如梦如幻一场虚无，他轻声开口，语调平缓，就像是浮光碎金。

“她以死威胁我，要我顺应朝臣之意，把你以欺君之罪论处。论旧情，她为我入宫，而我负了她；论功劳，南堇新朝她功不可没，我欠了她。不管是有恩情，还是念在往日情分，我都不能眼睁睁地看着她死在我的面前。而我当时能想到的唯一的法子，就是把你送到赵国。”

我问：“如果赵子慕没有告诉你揽月台上我命悬一线，如果不是赵洛姝之故周大夫主战，南赵局势岌岌可危，那你又何时会来告诉我真相呢？”

南陵缙伸出手，想要抚上我的眉眼，我轻轻别过脸。

他凝望着我的侧脸，口中低喃道：“瑾仪，你就这般怨憎我吗？”

他的话声声入耳，刺骨的寒。

我不知道。今时今日我对你还留有什么样的思绪。

“陛下，南堇来了急奏。”汪秉隔着殿门跪奏道。

“宣。”

离殿前，我到底忍不住看了他一眼，墨色的深瞳正对上我的眼睛，视线相交的刹那，我涩然一笑，收回目光。

我把门关上，听到南陵缙一声怒喝。

我心头一跳，门上一根长刺深深没入指尖。

殿门重开，“周瑾仪！”

南陵缙站在正德殿中，玄衣锦袍，淡金的阳光落在他的身上，他的眼里没有丝毫温度，甚至还带着一种不容抗拒的威慑。

他逆着光，长长的睫毛在脸上撒下一片阴影，“立刻跟我回南朝。”

“不回。”

他沉沉地看着我，“留在赵国等死吗……可我想让你跟我生未同衾，死则同穴。”

闻言，我竟沉默当场。

而今局势波谲云诡，生死无常，我却听到了当初最想从他嘴中听到的话。

汪秉恭立一旁，低垂的脸褪了血色。

“出什么事了？”南陵缙眸色微动，迟不开口，我续道，“南陵缙，你总是这样，把想法强加到我身上，你以为这样是对我好，每次你不择手段地保护我时都让我特别恐慌，你带给我的伤害，都是你自认为爱的庇护，所以，我再也不要任你摆布。我再问你一次，到底发生了什么事！”

南陵缙闭眸，缓声道，“赵苑绮在赵国。”

“她怎么也来了？”

“不止是赵苑绮……她还带了一个人。”

我一惊，心里也猜到七分。

南陵缙的脸色越来越沉，我的心也不断的下沉，艳阳高悬，却寒风猎猎。

“她找到了她。”

赵大夫在溪南找到辜瑢，赵苑绮把辜瑢带到赵国，看来这一次，赵苑绮是真急了眼，连南陵缙的生母都可以成为她的筹码。

她的意思再明显不过，一命换一命。

“南陵缙，赵苑绮和我当真是不死不休。”

话音方落，素寒便气喘吁吁地从远处跑来，我抬眼看着南陵缙，“赵苑绮已经入宫了。”

“陛下传召夫人，夫人快快随奴去觐见陛下吧。”

我回眸望着南陵缙，“赵苑绮对你的爱，真是令人骇然。”

南陵缙大步走到我身边，当着素寒的面，牵起我的手，十指相扣。他的力道很大，我越是想挣开，他越是狠狠攥在手心。

素寒大惊失色，怔愣地看着我和南陵缙。

“瑾仪，你是我南陵缙的夫人。”

我垂眸看着紧扣的双手，低着头，淡淡道：“你这又是在做什么？”

途径侍卫所的时候，侍卫见我身着赵宫宫装，手却被南朝帝君攥着，碍于南陵缙的身份，他们也只是默默地向我投来未明的眼光。今天日落之前，整个赵宫都会传遍，雪栀夫人和南朝帝君有染。

“你这是让我在赵国无立身之地。”我斜眼看着南陵缙，冷声说道。

他好言相劝，“那就跟我回去。”

到后来，我们索性就不再说话，只是手还被他紧紧攥着。

御书房内侍卫分两列，赵宫守卫自不必说，而赵苑绮也带了十几个武艺高绝的暗人。赵苑绮看到我的时候，嘴角露出了一抹冷笑，恨恨道：“贱人。”

我走到赵子慕身侧，微微欠身行礼。赵子慕看到我身旁的南陵缙，并没有太大的惊讶。

“陛下，本宫的要求很简单，我把辜瑢交给你，你把周瑾仪交给我，一命换一命，如何？”

辜瑢……竟是溪南宅子的那个老婆婆。

我立刻转眸看着赵子慕，赵子慕轻轻一笑，“祯太妃，这交易可不划算。一个是垂暮老妇，一个是倾国美人，这笔交易，怎么算都是朕吃了亏。”

赵苑绮看到南陵缙紧紧拉着我的手，故意高声道：“您的倾国美人，何止倾了赵之一国，本宫看呐，这狐媚子可是将手又伸回了南朝，这样的女子只会带来灾祸，本宫为陛下清除妖妃，赵王理应感激本宫才是。”

南陵缙厉声喝止，“赵苑绮！”

她笑盈盈地看着南陵缙，“陛下，本宫将为南朝免去一场战事，陛下应该深感欣慰才是。”

“你究竟想要如何！”

赵苑绮斜睇着辜瑢，从衣袖中抽出一把匕首，刀刃闪着迫人的寒光。

她端详着匕首，自顾自道：“这把匕首，我只想让它尝一尝周瑾仪的血。至于辜瑢……南陵缙，你把她孤零零地扔在溪南十多年，若说你们之间有母子之情，我怎么也不信的，辜瑢的死活，周瑾仪的死活，你更关心的是后者。所以……”她的唇角露出得意的笑，“赵王，所以我跟你做交换，你换还是不换？”

赵子慕淡淡地瞥了我一眼，又扫了一眼辜瑢，“太妃，这儿可是赵宫，我若想要谁的命，只需一声令下。”

赵苑绮大笑了几声，尖锐的笑声回荡在御书房内，显得分外诡异。

南陵缙冷哼了一声：“听说近年来赵大夫和东祈走得很近，果真确有其事。”

她止了笑，“东祈的细作已经进入赵国，只要我今日申时未回，驻扎在城郊五百里外的东祈大军便会直入赵国。赵王，您意下如何？”

赵子慕朝一旁的侍卫使了眼色，四个男子上前团团围住了南陵缙，可他依旧牢牢地握住我的手，而他掌心的温暖一直铭记在我的心里。我的眼泪溢出了眼眶，我们之间隔着人，也将隔着生死，“南陵缙……”

“瑾仪，对不起了，杀母之仇我不得不报。”

赵苑绮露出森然的笑，慢悠悠地说：“周瑾仪，没有人会来救你了，今日我就可以为我姐姐报仇，为我自己报仇了……”

南陵缙的手微翻，指尖在我掌心落下一字，我微显诧异，但还是不动声色地敛了眸光。

他放开了我的手，而目光自始至终留在我身上。我低眸瞥了他一眼，果然，他的眼中丝毫没有哀戚之色。

我朝着赵苑绮一步一步走去，她明眸漾漾，红唇浅勾。

她也如约放了辜瑢。

“周瑾仪，这次你逃不了了。”她紧紧握着匕首直接对着我的右颊滑落，我缓缓闭眸，双手紧紧交握着手心，因为南陵缙在我的手心写着“安”。

·第四十三章·

和鸣

匕首铮然落地，赵苑绮惊讶地看着赵子慕。

凌君从内殿而出，俯身在赵子慕的耳畔说了几句话，南陵缙远远地凝望着我，眼中波澜不惊。

凌君面色凌厉，抬手一挥，立刻有无数的暗人进入殿中。

赵国的人已然占了上风，赵苑绮皱眉，“赵子慕，你想食言？你就不怕我父亲带着南朝军还有东祈军踏平你赵国帝都吗？”

“绮儿，南军抵赵的时辰，是昨日未时。”

她惑然不解地看着南陵缙。

“五百里外的东祈军已在我赵军的控制之下，”凌君抬头看了眼南陵缙，笑得大有深意，“东祈的手笔真是不小，难怪赵大夫乐不思蜀。”

赵苑绮的暗人已全被制掣，南陵缙沉吟道：“绮儿，朕还要多谢你，将东祈十万大军引入赵国，南赵联军，东祈全军覆没，生擒叛国佞臣。”

“父亲……”

“你的父亲，会以叛国重罪押解回南。”

我现今才明白，南赵才是盟友，南军昨日便抵达赵国，而赵苑绮却浑然不知，说明这一切都是在南陵缙的算计之内。赵大夫叛国，东祈兵临城下，南赵联军重创了东祈，此时再乘胜追击，迎战东祈，东祈元气不伤必然不敌。

东祈，已是他二人的囊中之物。

赵苑绮难以置信地看着南陵缙，“南陵缙，你为了天下，竟连自己母亲的生死都可以不管不顾，真是令人齿寒。”

赵子慕和南陵缙对视了一眼，笑了笑。

“朕的母妃早就薨逝，丁婆婆是我母亲身边最信任的女官。赵国与南朝相去甚远，赵洛姝在赵国被废，在冷宫受尽折磨一事会这么早地传进你和赵大夫的耳中吗？至于我的母亲辜美人与赵国栀夫人一胎双生，二人自幼亲厚，又怎会生了闲隙，赵王在南朝时我便受母妃之托，好生照顾他……你所知晓的，都是我们想让你知道的。”

赵苑绮大笑着，神似疯癫，狠狠地瞪着南陵缙，泪水簌簌而下。

“来人，将祯太妃收押天牢！”

许久，我目色沉沉，对南陵缙曼声说道：“你和赵子慕一唱一和，配的当真是好。”

他双眉一斜，侧眸看着赵子慕，“今日之事，可都是赵子慕的主意。”

赵子慕蹙眉，“辜瑢的主意可不是我想的。”

我不理他二人，对婆婆弯唇一笑，“婆婆，溪南一别，没想到会在这里见到你。”

“是啊，也许是天意吧。山水有相逢，故人重聚首，都是命中的缘……你，别怪他。”

在他一路执着我的手，片刻不肯放的时候，我就知道，这辈子，我都怪不起他了。

“你来赵国的以后，每过三日南陵缙便会修书一封，问问你的近况，问问你在赵国是否安好。后来连三日他都不愿意等，他放下南朝，不顾一切地来到赵国，他站在雪栀宫外看着你便心满意足。我在殿外看着你们，渐渐地明白，你不爱我。你可知你走后，赵大夫虎视眈眈着他的江山，他和东祈秘密联系，欲谋南朝。只要南陵缙前脚离开南朝，后脚赵大夫便会开门迎接东祈大军。上回他不计后果来了赵国看你，就使得赵大夫有机可乘，掌握了南朝近半的肱股之臣。揽月台之事我本想按下不说，可是万一凌君的解药制不出来，我是赵国的帝君，赵国的王法是我亲手改制，我没办法保全你，我做不到像南陵缙一样，为了你可以以江山为注，为了你甚至连江山都宁可不要。”

我听着，许久默默无言。

后一径展颜，言语柔和道：“谢谢你，赵子慕。”

赵子慕也露出淡淡的笑意，“你不必谢我，如你当日所言，我今日助他也是彼此两讫，南陵缙这只老狐狸，三城人心所向根本不服赵人的律法管束，着实费去我不少人力财力。今日我助他解决内忧，换东祈七城。”

东祈十五城，赵国可分七城？

遐思之余，南陵缙不知不觉来到我的身边，轻轻揽过我的肩膀，“瑾仪，我们回去吧。”

“现在我更是南朝的逸阳长公主，赵国的雪栀夫人，又如何回得去？”

他的头抵着我的额发，“如果你不想回去，我便陪你三年，等那些食古不化的老顽固都告老辞官了，我们再回去，好不好？”

“若我当了真，你可要真陪我三年光阴了。”

“南朝的两年，赵国的一年。我欠你的光阴就用余生偿还，春花秋月，夏蝉冬雪，我都会在你身边。”南陵缙静静地看我半晌，漆黑的眼眸满溢缱绻。

我轻轻拥住他，还是那般熟悉的体息，温热的胸怀。

春日宴，绿酒一杯歌一遍。再拜陈三愿：一愿郎君千岁，二愿妾身常健，三愿如同梁上燕，岁岁长相见。

番外卷

满架馀花悲零碎，
莫将折扇出帷来。

（唐黎篇）

我微微仰头恰见斜月素辉眇眇点碎疏棂。昔年未入宫时，屋外花架结满白色栀子，绣锦成堆，芳菲满院香。

而今……满架栀子早已凋零凄凄。

我缓缓闭眸，终究是乏了。转身入殿的时候，缠枝牡丹纹宫装旖旎一地，在月下兀自流光皎皎。

莹莹星月在寒镜折射出清冷的光色，我坐在镜前，缓缓卸下束发的簪饰，启开妆奁，末层是一把点墨折扇，一朵萎谢的白栀。

暗香盈盈入梦来，醒时潸潸涩泪吟。

“这样好的花，姑娘可愿割爱赠在下一枝？”

还未来得及拒绝，他便用折扇掀起车帷一角，那双手十分好看，指骨分明，白净修长。

“这样洁净的花，本不该任人随意攀折，只是孤芳自赏未免可惜，在下略懂丹青，便向姑娘讨了一枝去，看能否可为一花流芳。”

他将扇面徐徐展开，递至碧鸢面前，温言道：“花颜素洁，实在不忍玷污，劳烦姑娘将花放在这扇子上吧。”

宣纸折扇上虽只寥寥几笔江山写意，气息却浑厚苍茫，与墨色浑然一体。匆匆看了眼落款题字，便在碧鸢耳畔呢喃几句，遣她答话。

公子既已折了花，便早早归家去吧，不然这花就该枯死了。

他将车帷徐徐落下，日光下移，恰好照在帘上，这天地间的日月光辉仿佛都系于帘内一人身，“慕，多谢小姐赠花。”

山水国手朱名增，善点江山色，为赵国太子师。

初遇赵子慕的那年，将军府已败落两年，我也成了孤女。我时常站在苑内，呆呆望着满园白栀如荼绽放，我听老人说，赵国的栀子花神会给人带来好运。父兄故去的时候，我还很小，什么也不懂，但老人们的话却深深烙刻在我的心里。

我在庭院中种了大片的白栀，每当到了花期，白色的花海如暮雪清峭，似霜染远山。我想念父兄的时候就会一个人躺在白栀花间，静静地数着花苞儿，庭院里的花越开越盛，直到整个院子都是雪白的栀子。

将军府只有我一个人，开得再热闹，我也是一个人。

我看到房间外头的花架光秃秃的，于是我便在花架下洒了许多的白栀种子，等到花开的时候，枝蔓绕着花架，引来蝶戏，看着也不会很孤独。

那个少年，衣着清贵，谈吐得宜。他和我说话的时候，我很开心，这两年我除了和花儿吐露心事，再没有别的朋友。

他跟我讨要一枝白栀，我也欣然答应。

如果他每日都能和我说上几句话，我可以送给他很多白栀花。

他把折扇递了过来，示意我把花放在上面。我愈发喜欢这个小哥哥了，我把花当作朋友一样倾诉心事，他虽是想要一枝折花，但是能够这样爱惜，实在让我吃了一惊。

我小心翼翼地把花放在山水扇面上，父亲爱字画，若我没有看错，下笔笔法应是山水国手朱名增所作，落款为，慕。我的手微微一颤，赵国太子，赵子慕。

我长大后要嫁给的男子，赵子慕。

可惜，那是父兄和爷爷在世时先帝许下的承诺了，现在的将军府，金玉其外，败絮其中，如何还高攀得上皇亲国戚，即便是寻常的官宦人家，也不愿意同将军府攀一门姻缘。

我的心里隐隐有些酸楚，可能以后都没机会见到这个小哥哥了。

我翻过一页书卷，书卷沙沙声，如叶纷纷落。

好像有人在敲着窗子。

我撇下书卷，连忙跑到窗边，外头的人也不说话，我定了定心神，支开半扇窗子。

是他。

我又惊又喜，却一下子变得手足无措，想了许久才涩涩开口："你是来要白栀花的吗？"

他双手将画轴从窗外递进，浅笑道："还赠白栀以丹青，望姑娘不嫌宁画技拙劣。"

他说话真是好听，文绉绉的。公子世无双……他便是如书中所言，有匪君子，终不可谖矣。素闻承宁太子玉质显章，雅人深致，倒也不是虚名谣言。

那一枝白栀子，何其有幸，竟能得其青眼。

我学着在书中看来的拗口的话，从容答道："不过是一枝白栀花罢了，寻常路人见其有几分香气颜色，便兀自摘了去把玩，圣人言'不问自取是为偷'，现下公子以礼待之，取之有道，可见是公子德行嘉善，也算白栀花的福泽了。这画，我断然不敢再收。"

他笑了笑，乍然抬起眉眼认真凝视着我，眼波宛如春风吹皱池水般轻柔。

"姑娘既视宁为君子，不诚无以为君子，姑娘若不收此画，便是宁无全无德，轻负当日诺言。"

我一时没了主意，怔怔地从他手里接过画轴，方才他拿着的地方，辗转至我手中，余温未凉，握在手心里，只觉得像是掬住了一缕暖阳。

这是整个将军府最珍贵的宝贝了。

"谢谢公子。"

"我叫赵子慕，我比你大，你就叫我子慕哥哥吧。"

我很开心地叫了他一声子慕哥哥，对他说："我叫唐黎，我是在黎明出生的，因此取名为黎。"

夏未入伏，窗外的风带着暖意呼扇在脸上，风中有花草的清香，也有泥土的气味。一如人间百味，咸淡香甜。那日午后，阳光透过窗棂，细细长长似一串流苏络子飘飘然洒在屋内，骨碌碌几声，地上就掉落好些明晃晃的圈儿，亦有小巧的跌进了我方沏好的新茶中，玲珑可爱。

白栀香风入珠帘绣幕。

我心下一动，将沏好的茶倒了去。从柜中取出月前新摘的白栀花，虽然我极力贮藏好，然而仅仅只隔月余，素白的白栀花形如枯槁美人，惟依稀有些彼时姣好的模样。

将晒干的白栀花瓣放在青瓷茶盏里，沸水徐徐斟入茶盏内，原本干枯的白栀仿若重新注入了生机，牢牢揪住那一股澹淡崔错的氤氲水汽，攀延发散。

“真是叨扰你了。”他的脚步极轻，想必是宫中规矩甚多。

我看了看眼前的白栀花茶，清香杳杳，闻起来十分舒心。

他拾起茶盏，略略开了一角，栀子清香便恣肆弥漫。他怔怔，拈着盖子的手迟迟未有动作。

“这茶不好喝吗？”我疑虑道。

他的眼眸折射出一缕柔光，明晃晃地照进我的眼里，“我母亲也爱用栀子花泡茶。对了，你知道白栀酥吗？”

我静默地点点头，“我的哥哥会做，但是他已经死了。”

他察觉到我的失落，“带我去你家的厨房，我做给你吃。”

我带他去了后厨，他让我去摘一些新鲜的栀子花瓣来，我小跑着就去了。哥哥在的时候，也总打发我去摘花，所以我知道怎样的栀子花做出来的白栀酥最好吃。

我把栀子花瓣拿给他的时候，他正在揉面团，我也想帮他，就挽起了衣袖，笑眯眯地说，“子慕哥哥，我也来帮你。”

他笑着说，“好。”

一个个小面团圆滚滚的，像是雪球，又带着隐约的清香。我看到子慕哥哥脸上沁出了汗，我就伸手替他抹去，我忘了刚刚我也在揉搓面粉，雪白的面粉沾在他的脸上。我尴尬地挠了挠头，“子慕哥哥，你的脸被我弄脏了。”

子慕哥哥下意识地用手一抹，整张脸都是雪白的面粉。

我笑得合不拢嘴，子慕哥哥皱着眉跑到水缸旁一照，才知道自己成了大花脸。

我还在笑着，子慕哥哥佯怒道，“唐黎，过来。”

“啊？”

“啊什么啊，把你的帕子借我擦一下。”

“哦。”

子慕哥哥笨手笨脚把脸都蹭红了，我从他手里接过帕子，仔仔细细地帮他擦了一遍，他低着头看我，喃喃说了一句话，“唐黎，以后我就是你的哥哥。”

而赵子慕和唐黎是有过婚约的。

那是她人生的另一种可能，这辈子都没有可能。

子慕哥哥做的白栀酥很好吃，我吃了两块就舍不得再吃了，我想藏起来慢慢吃。可是有一天晚上我突然做了噩梦，梦到子慕哥哥去了很远的地方，再也不来看我了。我很害怕，点亮了屋子里所有的蜡烛，一边哭一边吃着他做的白栀酥。

我半个月都没有见过子慕哥哥，但是有宫人来到将军府。我学着父兄以往接旨的模样，恭恭敬敬地下跪接旨，公公用很奇怪的眼神打量着将军府，用很不善的眼神打量着我，让我觉得很不舒服。

就连圣旨里说了些什么，我都没听明白。

后来，别人跟我说，是栀子花神庇护了我，让我一个无依无靠的孤女能够在朝夕之间飞上枝头，做了赵国的公主。

他们说，以后，我不可以叫唐黎这个名字了。

他们叫我，惜和公主。

我再一次看到子慕哥哥的时候，他成了我的皇兄，成了我的哥哥。

把我接进宫的人是皇后，我应当尊称她一声母后，可我感觉得到，她并不喜欢我。

每当我想去找子慕哥哥玩的时候，她们就会让我去学习琴棋书画，或者是诗词歌赋。等到我满心欢喜地完成之后，她们便会说，“公主，您该休息了。”

两年过去了，我渐渐明白了一些事。比如说，赵子慕是太子，我是公主，我们是兄妹，再比如，他是太子，他今后要娶的人一定是要能够配得上他的。

有一天，皇后勃然大怒，和陛下大吵了一架。

我隐约听到，赵国败给了南朝，赵国不想亡国的话，要割几座城讨好南朝，还有……把赵王最宝贝的东西也带去南朝。

我以为是皇后喜爱的东西要被夺走了。

后来我才知道，赵王最珍视的，是太子。

是我的子慕哥哥。

我等了两年，我长大了。

我在公主殿种满了雪白的栀子花，我依旧相信栀子花神，她会把子慕哥哥安然送回赵国。

璧鸾是我的婢女，她说，我真像栀夫人。

栀夫人是子慕哥哥的母亲。

她告诉我，栀夫人是赵王最爱的女子，但是红颜薄命，已经病殁了。

我有些惋惜。

璧鸾说，栀夫人是后宫最幸福的女人，陛下把所有的爱都给了栀夫人。公主，你看到过雪栀吗？

我摇摇头。

赵国有一座雪栀宫，就是当年栀夫人居住的宫室，那里有大片大片的雪栀，就像阆苑仙境一般。

我兴趣寥寥，我只盘算着，子慕哥哥何时会回来。

这一年，赵王驾崩，子慕哥哥回国继位。回宫之后我常常去找子慕哥哥，我以为他也会像我想念他一样想念着我。可是守殿的公公最常对我说的一句话就是，公主，陛下正在处理政务，任何人不得入内。

刚开始的时候，我会自觉地走开，到后来我就守在殿外，直到他出来。

好几次也已经很深了，他疲惫地从殿里出来，我兴高采烈地迎上去，唤他子慕哥哥。

他厌恶地皱起了眉，厉声训斥了我，“你应该唤我陛下。”

我低下头，心里好像有什么地方缺了一块，“是，陛下。”

回赵之后，他为我做的第一件事就是建了公主府，把我安置到了宫墙之外。我知道，他肯定是不想看到我了。

我生平第一次，大着胆子去问他，为何要赶我走。

“唐黎。”

我以为我听错了。

这些年，人人都唤我惜和公主，连我自己都快忘了，我的名字叫唐黎，是当年赠他白栀的唐黎。

“我知道，这些年你一直在等我回来。”

我的心意他能懂，我就知足了。

“如今你长大了，再过两年，朕就会为你招驸马了。”

我大惊失色。

他淡淡道，“长兄如父，朕会赐婚，你不得不遵。”

我深吸了一口气，鼓足勇气，“我……”

“朕有心爱的女子，她在南朝。”

我还没来得 及说出口，没来得及告诉子慕哥哥，我喜欢他，我想和他在一起。

我不信，他在南朝为质子，怎还会爱上南朝女子！

“我不信……”

他神色淡淡，但是在说起她的时候，连语气都变得柔软，就像昔日在将军府的好时光，可是那样的时光已经过去，再也回不来了……

物是人非，事事休。

她叫什么名字？

周瑾仪，南朝周相之女。

·全书完·